MÉMOIRE

SUR

LE DESPOTISME

DES ABBÉS

DE S<small>T.</small> HUBERT,

ET

Sur les innovations introduites dans ce monastere.

Manfuetudo ornet vigorem & fic alterum mandetur ex altero, ut ne vigor fit rigidus, nec manfuetudo diffoluta.

S. Greg. moral. lib. 9.

Aliud eft difpenfator, & aliud dominus, difpenfator enim fervus eft.

S. Aug. ad frar. in eremo. 5 36.

A PARIS,

M. DCC. LXXII.

MÉMOIRE

SUR

LE DESPOTISME

DES ABBÉS

DE SAINT HUBERT,

Et fur les innovations introduites dans ce monaftere.

AVANT PROPOS.

TOutes les régles monaftiques furent l'ouvrage de la piété, de la tranquilité & de la paix, mais la plus ancienne & la plus celebre, eft fans contredit, celle de faint Benoit. Les vertus éminentes de ce faint patriarche, lui attirerent en peu de temps grand nombre de difciples, auxquels il donna une regle qui fut approuvée par l'églife, & formée dans la vûe de rendre heureux tous ceux qui s'y foumettroient, en leur applaniffant, dans la retraite, les voyes qui conduifent à la perfection chrétienne. Elle ne fut établie que d'après un examen reflechi de la nature de l'homme & de fes forces, comparées avec les maximes de la plus pure morale.

Ce faint inftituteur, favoit, que par la nature, tous les hommes font égaux; qu'entre tous les égaux toutes les obligations font reciproques; que perfonne ne doit faire aux autres ce qu'il ne voudroit pas qu'ils lui fiffent; qu'il faut rendre à chacun ce qui lui

A ij

appartient; que chacun peut uſer de ſa liberté, quand il n'eſt en-
tré dans aucun engagement qui puiſſe la reſtraindre, mais que
tel que ſoit cet engagement, il ne va pas juſqu'à ſe ſoumettre
à la tyrannie; & que ſi la ſuperiorité a des bornes, l'obeiſſance doit
auſſi en avoir; que la volonté du créateur doit être la regle de celui qui commande, comme de celui qui obeit.

Ces vérités de ſentiment font ſur l'eſprit des impreſſions plus
fortes que les axiomes des mathematiques, dont l'évidence eſt
apperçue de ceux même qui n'en entendent que les termes, mais
à l'évidence des principes de la morale, ſe joint encore le ſentiment
de l'interét que nous avons à leur obſervation.

Toute ſociété demande que l'on pourvoie au bien de tous ceux
qui en font partie; c'eſt ſur ce principe qu'il faut juger de la fin
de toute inſtitution monaſtique : cette fin conſiderée relativement
aux ſuperieurs ne doit rien avoir d'oppoſé à la fin de la regle, con-
ſidérée par raport aux inférieurs.

La fin d'une loi quelconque à l'égard des inférieurs, c'eſt qu'ils
y conforment leurs actions & que par là ils ſe rendent heureux.
Le bonheur des ſujets doit faire la gloire & la ſatisfaction du chef.
Les régles monaſtiques ne ſont pas faites pour être un joug aux inferieurs & flatter la gloire & l'ambition d'un ſupérieur, mais pour
obliger les premiers à agir ſelon leurs veritables intérêts & à entrer
dans le chemin le plus ſûr de parvenir à la perfection. En un
mot un ſupérieur doit ſavoir qu'il commande à ſes ſemblables &
que ſes ordres doivent être revêtus du ſçeau de la juſtice. S'il employe quelquefois la force, ce ne doit être que pour ramener à la
raiſon ceux qui s'en écartent contre leur propre bien. Le Sauveur
du monde, dit ſaint Auguſtin, n'a pas pretendu que nous euſ-
ſions pour les autres de la ſévérité, mais ſeulement pour nous mêmes. La charité pour les autres & la ſévérité pour ſoi-même ſont
deux devoirs, qui, loin de ſe combattre, ſont d'une néceſſité abſolue, puiſqu'il eſt certain que l'obligation charitable envers nos freres, nous met dans une abſolue néceſſité d'être ſéveres envers nous.

Ce fut cet eſprit de charité qui anima les ſaints fondateurs des
ordres religieux. La ſainteté ne fut point en eux tempérament,
dit ſaint Chryſoſtome, puiſqu'elle changea, reforma, & detruiſit en
eux le tempérament. Elle ne fut point humeur, puiſqu'elle ne
les ſanctifia qu'en combattant, qu'en reprimant qu'en mortifiant
ſans ceſſe leur humeur. Elle ne fut en eux ni politique, ni intérêt, puiſqu'elle les degagea de toutes les vûes humaines & les fit
renoncer à tous les biens de la terre. La vanité, ni le chagrin

n'eurent aucune part à leurs deſſeins , puiſqu'ils ſe ſont preſque tous ſanctifiés dans les tenebres, & qu'ils ſe ſont ſeparés du monde lorſqu'ils étoient plus en état de jouir de ſes proſperités & de gouter ſes agréments.

La ſainteté ne fut point chez ces hommes de Dieu une foibleſſe, puiſqu'elle leur fit prendre les plus genereuſes réſolutions & ſouténir les plus heroïques entrepriſes : l'hipocriſie fut un monſtre à leurs yeux, puiſque bien loin de vouloir paroître ce qu'ils n'étoient pas, ils prirent tout le ſoin poſſible de ne pas paroître ce qu'ils étoient. Or pour ſavoir ſi ceux qui commandent aux autres doivent être ſeveres ou indulgents; ſi dans les fonctions d'un miniſtere ſaint, la ſévérité doit prédominer la charité, ou ſi la charité doit l'emporter ſur la ſévérité : ſi la ſévérité ſans charité, peut être utile, ou ſi la charité ſans ſévérité peut être efficace, il ne s'agit que d'examiner la conduite qu'ont tenue les ſaints qui ſe ſont chargés de conduire les autres dans le chemin du ſalut.

Quand ſaint Paul nous dit que la charité doit ſupporter les foibleſſes & les imperfections de nos freres; qu'elle doit obliger & ſervir le prochain; qu'elle doit ſoulager ſa miſere : quand il ajoute que la charité ne s'aigrit point, ne ſe pique point, ne rend point le mal pour le mal; qu'elle eſt patiente dans les injures, qu'elle fait du bien à ceux qui l'outragent, qu'il n'y a rien qu'elle ne ſoit diſpoſée à ſouffrir : dans cette deſcription ſi vive & ſi belle, il ne nous prêche que la ſévérité envers nous mêmes. Mais celui qui s'aime lui même, qui ne ſait ſe gêner, ni ſe mortifier ne peut s'acquitter de ces devoirs & de mille autres à quoi nous oblige la charité : il ne ſait s'humilier pour adoucir les autres, ni pardonner la moindre faute, il voit une paille dans l'œil de ſon frere & la fait paroître comme une poutre. Sa ſévérité lui inſpire de l'aigreur dans les avis même de charité qu'il donne: ſur ce pied il en donne ſans meſure & preſque toujours par bizarrerie & par caprice. Il s'en ſert pour médire & elle eſt d'autant plus dangereuſe qu'elle paroit être mieux intentionnée & qu'elle prend l'apparence du zele. On conçoit bien que ſi par maxime de regularité, nous diſons plus de mal de notre frere que les plus médifants du ſiecle n'en diroient, par imprudence ou par malice; que ſi cet eſprit de ſévérité ſert à fomenter nos reſſentiments particuliers , à exciter nos vengeances, à nous rendre incapables de retour; ſi l'averſion même & une averſion d'état, ſi l'aliénation du cœur & un eſprit de domination eſt le principe ſecret qui nous engage à être ſeveres, ce n'eſt plus qu'un abus de l'autorité & on peut nous reprocher, comme aux Pharifiens, que nous fommes de grands obfervateurs des petites chofes, tandis que nous négligeons les plus importantes.

Nous avons cru devoir expofer ici les devoirs de la charité & les défauts qui lui font contraires, parcequ'elle eft le fondement de toute fociété chrétienne & que la providence a fouvent permis que des hommes, dans l'état le plus faint, s'en écartaffent par des vûes d'ambition, comme on en verra de triftes exemples dans le cours de ce memoire. C'eft en rapprochant deux tableaux d'un mérite tout différent, qu'on juge de la beauté de l'un & de la difformité de l'autre.

Tout commandement, toute autorité qui n'eft point accompagnée de charité dans la religion, eft oppofée au principe, alors le fupérieur commande en defpote, mais eft on dans l'obligation d'obeir ? Doit on travailler à fa propre deftruction, en confentant à tout ce que la paffion dicte, à tout ce que l'ambition fuggere? cela repugne à l'idée même de droit & d'obligation. Le premier confeil que la raifon nous donne à l'égard d'une autorité malfaifante eft de lui refifter. Or, fi on a droit de refifter c'eft un droit incompatible avec l'obligation d'obeir & qui l'exclud très-évidemment. Il eft vrai que tous nos efforts étant inutiles & notre refiftance ne pouvant nous attirer qu'un mal plus facheux, on fe foumet, pour un temps, quoiqu'à regret, mais ce n'eft plus que contrainte. On fouffre malgré foi tous les effets d'une force majeure; & en s'y foumettant extérieurement, on fe fouleve intérieurement contre elle, par un fentiment naturel, mais, on n'eft pas privé du droit de tenter de fe delivrer d'un joug injufte qu'on nous impofe.

Si dans l'établiffement des loix jugées les plus néceffaires au bien d'un état, les legiflateurs les plus fages ne pretendent pas à l'infaillibilité & ne doivent pas rougir de quelques erreurs dont le reproche ne tombe pas fur leur perfonne. Si par des liaifons quelquefois imperceptibles, ce qu'on aura établi dans la vue d'un bien, produit un effet que l'on n'a pas prevû, faut il laiffer fubfifter le mal par l'idée d'une grandeur imaginaire? On ne recule pas en retrogradant fur le chemin qui nous égare; c'eft avancer dans la bonne voie.

Il en eft à peu-près de l'équilibre moral comme du phyfique, il eft rare qu'il foit abfolument parfait & durable; les inftitutions les plus faintes font quelquefois devenues parmi les hommes des femences de divifion; les établiffements qu'on croiroit devoir être les plus permanents & les plus durables, font femblables aux eaux qu font pures à leur fource, mais qui fe troublent, en s'en éloignant ; ils perdent de leur perfection, primitive en raifon de ce qu'ils s'éloignent de leur origine ; les plus faintes entreprifes, les inftitutions les plus refpectables & les plus édifiantes, ne font pas à l'abri de ces funeftes viciffitudes. Fruits de l'efprit de l'homme elles en portent toujours quelques caracteres ; & femblables aux vêtements qui s'ufent, au bout d'un certain temps, elles ne laiffent fouvent que le fouvenir de la candeur & du zele de ceux qui les premiers en firent leur occupation & leurs délices.

Il eft peu d'ordres monaftiques qui ayent produit de plus grands faints & de plus favants perfonnages que celui de St. Bénoît, qui ayent plus éclairé & édifié l'églife ; mais malgré la fageffe de la regle, & la fainteté du zele qui la dicta, elle ne fut point exempte de la deftinée commune aux chofes humaines. Les paffions fi fubtiles à étendre leur empire s'introduifirent peu à peu dans les maifons de cet ordre ; l'ambition, le fafte & le dereglement des fuperieurs y devinrent un objet de fcandale ; mais plus que tout, les abbés s'étant fait une idole de leur autorité ils n'infpirerent plus à leurs freres que la terreur, qu'il convient de laiffer naître dans les cœurs faits pour la reffentir, car la jufte crainte derive de l'amour & du refpect, & la terreur eft le partage des criminels, ou l'attribut de la tyrannie. Les faints inftituteurs firent de l'amour de leurs freres un préjugé connu. Ils pleuroient fur les maux dont ils étoient temoins ; & fans en autorifer aucun, ils n'ignoroient pas ceux qu'ils pouvoient connoître. Leur langage n'étoit qu'amour, leurs reprimandes que charité ; & lorfque les paffions du fiecle eurent percé jufqu'à leurs fucceffeurs ; qu'ils s'y furent livrés avec complaifance, ils ne chercherent plus qu'à plonger leurs freres, enfants de l'obéiffance raifonnable & chrétienne, dans le plus affreux des efclavages.

Tel fut le fort qu'eprouverent la plupart des maifons benedictines & en particulier celle de St. Hubert, qui n'a pour chef que fon abbé, foumis au prince évêque de Liege, mais dont l'autorité meprifée, & troublée n'a pû y maintenir l'ordre & la difcipline, comme on le verra par plufieurs reglements, pleins de fageffe qui n'y ont produit aucun fruit. En vain on remontra aux fuperieurs de cette maifon, livrés à l'ambition, que la liberté extrême a fes inconvenients, comme l'extrême fervitude, & qu'en general un état moyen eft préférable à tous ; que la loi commune de tous les bons gouvernements eft la liberté dont chaque membre doit jouir, & que cette liberté n'eft point la licence abfurde de faire tout ce qu'on veut, mais le pouvoir de faire tout ce que la raifon

& la regle permettent : imbus du fyſteme d'une indépendance abfolue ils furent fourds à toutes les voix qui ne parlerent pas au
ton de leur ambition. Et s'il fe trouva des religieux qui eurent la
charitable hardieſſe d'un Paul, ils ne trouverent plus dans leur
abbé l'humble docilité d'un Pierre.

Il fallut quarante ans de retraite à Moyſe, pour fe charger de la
conduite du peuple de Dieu, & le religieux qu'un inſtant fait paſ-
fer à la fuperiorité, croit avoir acquis, par cette métamorphoſe,
toutes les connoiſſances neceſſaires pour la conduite de fes freres. Cependant Salomon, bien moins ambitieux, mais plus fage ; Salomon
qui avoit reçu tant de dons en partage, ne croyoit pas avoir encore aſſez de talents pour bien gouverner. On fait que l'état d'infe-
rieur emporte un engagement de reſpect, de fidelité & d'obéiſ-
fance & l'on veut ignorer que l'état de fuperieur renferme un engagement de juſtice, de protection, de vigilance & de bonté envers les inferieurs.

On n'envie cet emploi que pour l'état, fans penfer qu'on n'en
remplit les devoirs qu'avec beaucoup de foins & qu'on ne peut les
negliger fans s'attirer le mepris.

On ne doit pas être furpris fi parmi ceux qui afpirent au premier rang, il s'en trouve tant qui ignorent les principes que l'on
doit favoir, quand on veut dicter des regles aux autres ; qui vivent
dans l'indifference de la diſtinction immuable & eſſentielle qu'il
y a entre le bien & le mal ; & qui s'arrogent néanmoins le droit te-
meraire, d'ajouter à une regle fainte, des articles dictés par l'ambition & le defpotiſme.

Une regle fainte autoriſée & approuvée par les autorités les plus
reſpectables, une regle fous laquelle fe font fanctifiés tant de perfonnages illuſtres, doit fervir de bouſſole à tous ceux qui s'ingerent
de la commenter, par de nouveaux reglements ; & tout ce qui n'eſt
point marqué au coin de fon efprit, ne peut que la defigurer &
la faire méconnoitre. Elle femble dire par tout qu'il ne faut point
mener les hommes par les voyes extrêmes ; qu'on doit être ménager des moyens que la nature nous donne pour les conduire.

,, Qu'un Abbé, dit cette regle, *digne d'être à la tête d'un mo-*
,, *naſtere*, pratique fur tout lui-même ce qu'il enfeigne aux autres
,, & qu'il ne fe contente pas de leur parler de fanctifica-
,, tion & de bonnes œuvres, mais qu'il foit principalement occupé
,, du falut des ames ; & non de cette vaine follicitude qu'entraine
,, la frivolité des projets mondains. " Elle ajoute, qu'un fuperieur
n'eſt point élevé à cette dignité pour fon avantage particulier,
mais

mais pour être utile aux autres. Que toutes fes actions doivent être mefurées fur la loi de Dieu ; que pratiquant toutes les vertus chre- tiennes il doit être plus mifericordieux que fevere, & qu'étant ennemi du vice il foit l'ami de fes freres ; enfin qu'il doit fe diftinguer plus par fes vertus que par fa dignité. Quoique ces mots *digne d'être à la tête d'un monaftere* (1) renferment toutes les qualités effentielles dans un fuperieur, le faint inftituteur entre dans le detail de tout ce qu'il doit à fes freres, afin qu'il lui fût moins facile de s'en écarter, mais quelques ayent été les precautions qu'il à prifes à cet égard, des gens entreprenants ont cherché à réformer, comme dit Vincent le Lerins, ce qui devoit les réformer eux mêmes.

Tout ce que les conciles ont ftatué par rapport à la difcipline, n'a été que pour la remettre en vigueur. Ayant toujours en vue celle qui part des principes du divin legiflateur, ils ne s'en font écartés en aucun point : le gouvernement de l'eglife, dit M. de Fleuri, n'eft pas une domination comme celle des princes temporels : il eft fondé fur la charité & temperé par l'humilité : dans tout ce qui a été fait par ces faintes affemblées on reconnoît ces deux caracteres de la loi de celui qui a dit aux hommes, que fon joug eft doux & fon fardeau leger. (2)

Si toutes les réformes & les nouvelles conftitutions n'euffent eu d'autre but ; fi ceux qui les ont etablies euffent été animés du même efprit, perfonne ne s'en feroit plaint. Étant conformes à la regle, comme elles devoient l'être, on auroit pu les juftifier par la confor- mité qu'elles auroient eu avec elle ; mais plufieurs n'y ont cher- ché que leur bonheur & leur profpérité particuliere ; & la profpé- rité jette dans l'excès. Celle de la fortune dans l'orgueil, celle des richeffes dans le luxe, celle de l'efprit devient raffinement. Mais bientôt devenu bizarre & dédaigneux à force de fe méconnoître & de chercher la nouveauté, il s'ingere à decider de tout & introduit par tout le raffinement. Or en fait de regime le raffinement peut caufer autant de maux que le delire.

Ce fut, comme nous l'avons dit, la connoiffance du caractere général des hommes qui fervit de bouffole au faint inftituteur, dans l'établiffe- ment de fa regle, & ce n'eft en effet que par des moyens juftes & doux qu'on doit les engager à fe foumettre à l'obeiffance de leurs femblables pour fe procurer les avantages précieux qu'on retire du facrifice de fa volonté. Les fuperieurs loin d'être les tyrans de leurs

_____

(1) *Reg. cap.* 6. 11. *&* 64.
(2) Inftit. au droit Eccl. T. 2. p. 19.

B

freres doivent être semblables au soleil, qui porte dans son sein, cette chaleur vivifiante qui est l'ame de toutes les productions, & qui la distribue par tout. Ici elle excite la fécondité ; ailleurs elle assemble les orages ; plus loin elle seche des sables arides & repand sur la face de la terre ses influences bienfaisantes.

„ A l'instant que Dieu souffla sur nous, dit un savant ami de „ l'humanité, il nous privilegia au moral, sur tout être moins pro-„ pre à penser & à sentir, au physique sur-tout individu moins „ agile, moins fort, moins adroit, moins durable que nous. Sans „ nous donner la liberté, il ne put nous donner les facultés ne-„ cessaires à notre destination, qui fut de lui plaire. L'abus de „ cette liberté engendra un monstre à deux faces, l'envie & l'or-„ gueil. La premiere regarde les superieurs, la seconde les infe-„ rieurs, mais elles sont également hideuses & difformes & ne for-„ ment qu'un corps, l'ennemi le plus cruel de l'humanité. “ En effet si c'est l'orgueil tout pouvoir des supérieurs, tous leurs moyens, toutes leurs vues ne feront qu'un concert affreux dont le but & l'effet feront l'oppression & l'asservissement des inferieurs. Si c'est l'envie, on ne regardera les dignités que comme une injustice du sort, une barriere à l'élevation : on conspirera, on jettera la so-ciété dans des convulsions dont le terme jusqu'ici a toujours été l'é-tablissement de la loi du plus fort : vexations pour le foible, & outrages à la nature entiere.

Il n'y a donc qu'un moyen d'éviter le plus grand nombre d'a-bus ; & ce moyen est de suivre autant qu'il est possible dans des reglements, plus conformes aux mœurs & aux temps, l'esprit du saint instituteur, qui ne fut animé que de la pieté la plus tendre & de la charité la plus ardente. Tout ce qui s'éloigne de cette source ne peut qu'être vicieux; & l'envie de dominer, pesée au poids de la regle, devient une demonstration qu'on en est peu digne. On ne sent jamais mieux la foiblesse & les dangers que courre le vaisseau, que quand les differentes parties qui concourrent à son gouvernement n'ont pas un jeu relatif ; quand les manœuvres de detail, les cordages, les voiles sont hachés ou supprimés. Alors il faut que le gouvernail fasse tout ; & fût il entierement sain & confié aux mains les plus habiles, la manœuvre ne se fait qu'imparfaite-ment. La nef prête les flancs à tous les coups de vent ; & si l'o-rage survient, ce qui eut été à peine un gros temps, quand le vais-seau avoit tous ses agrêts, est pour lui une tempête, il perit.

C'est ce qui arrive lorsque des chefs se fondant uniquement sur leur autorité, suivent les fougues de leurs passions préferent leurs intérets particuliers, aux intérets de leur maison & s'enivrant du plaisir de faire idolatrer leur volonté, la raison n'est plus pour eux qu'une chimere, & la religion un phantôme. Une conduite aussi opposée à l'esprit du saint instituteur, ne peut qu'entrainer à sa suite les abus les plus pernicieux, comme on ne l'a que trop malheureusement éprouvé, à saint Hubert, & dans tous les ordres où les superieurs se sont arrogés des pouvoirs despotiques, en abusant de la sainteté de l'obeissance.

§. I. *Idée des réformes benedictines.*

Après avoir établi la nature d'un gouvernement sage & moderé, qui dût servir de modele à toutes les institutions monastiques, il convient de donner une idée des réformes benedictines & des abus qui y donnerent lieu. Et par le tableau des malheurs que causa celle de saint Hubert, parce qu'elle fut viciée dans son principe, nous ferons voir la necessité de rendre à la regle sa premiere splendeur, en arrêtant le mal dans sa source, c'est à dire, en mitigeant l'autorité des abbés qui fut le principe destructeur de la discipline reguliere.

Le plus ancien recueil d'institutions monastiques est celui de saint Benoit. Ce saint, que l'esprit de Dieu conduisit dans la retraite, y ayant été joint par un nombre de disciples que le même esprit vouloit soumettre à sa conduite, crut qu'il étoit important de leur prescrire une regle ; mais plus pieux que politique, il s'attacha plutôt à donner à ses cœnobites des preceptes de spiritualité qu'à leur tracer un regime solide & durable. Plein de l'amour de Dieu qu'il voyoit également briller dans ses freres, il previt bien que ses enfants se multiplieroient après lui, mais il ne s'attendit pas que l'ambition s'empareroit du cœur de leurs chefs & qu'ils deviendroient les oppresseurs de ceux qui leur seroient soumis. Il voulut que l'abnégation de soi même, n'excedât point les forces de l'humanité & que l'autorité & l'obeissance fussent temperées par la justice & la charité. [1]

La ferveur du saint patriarche, son zele pour la religion, l'observance des devoirs, la charité fraternelle, l'autorité & la soumission dans une juste proportion maintinrent ses successeurs pendant plusieurs siecles dans la regularité de son institution. " Pere de tous

---

[1] *Constituenda est à nobis dominici schola servitii in quâ nihil asperum nihil grave, &c.* Proleg. S. Benedicti.

„ les ordres féconds en hommes célebres, dit un favant, fource de
„ tous les genres de favoir, attaché aux fouverains & au faint
„ Siege, oracle des conciles mêmes, il jouit dans tout le monde
„ chrétien de cet empire, que donnent la fainteté des mœurs &
„ la fuperiorité des connoiffances (1).

Mais enfin les monafteres deftinés au féjour de la fainteté & de
la paix , devinrent celui de la difcorde. L'Homme moins fautif dans
certains états de la vie que dans d'autres, mais toujours homme
fe montra tout entier, dans la perfonne des fuperieurs, qui inter-
pretant la regle à leur avantage, voulurent s'en faire un titre pour
affervir leurs freres. L'indépendance & l'autorité, perpetuées fur
la même tête, furent le principe & la caufe de la décadence de
cet ordre celebre qui dégéna, en raifon du defpotifme que les
fuperieurs s'arrogerent.

Les abbés, enflés de leur dignité, oublierent qu'ils tenoient de
la regle une puiffance qui ne devoit être employée qu'à maintenir fon obfervance ; ils la regarderent bientôt comme un bien pa-
trimonial, ils arracherent les religieux du joug facré qu'ils avoient
embraffé ; & les forcerent de plier fous leur autorité ; ils employe-
rent à leur luxe les biens dont ils n'étoient que les œconomes ;
les dignités ne furent plus le partage de la piete & du favoir, elles
fervirent à leur faire des créatures ; & devinrent le partage des adulateurs. Et cette regle fi faintement établie eut le fort des établiffements humains qui portent ordinairement avec eux le germe de
leur deftruction. Tout ce qui fert à élever le cœur, fous un gouvernement fage, ne fert qu'à l'abaiffer fous le defpotique. L'extrême obéiffance qui fuppofe de l'ignorance dans celui qui obeit,
en fuppofe de même dans celui qui commande. Il n'a point a de-
liberer, à douter, ni à raifonner, il n'a qu'à vouloir. *Comme le principe de ce gouvernement , dit un homme celebre, eft la crainte,
le but en eft la tranquillité ; mais ce n'eft point une paix, c'eft le filence de ces villes que l'ennemi eft prêt d'occuper.*

Le relâchement des mœurs fut la fuite neceffaire de l'ufurpa-
tion d'un pouvoir illegitime, & la regularité, le zele & les fcien-
ces fe trouverent enfevelis fous le poids de la fervitude.

Ces abus, qui dès le 12me fiecle avoient excité les vives décla-
mations de faint Bernard, augmenterent fi prodigieufement dans
les fiecles fuivants, que le concile de Conftance jugea qu'il étoit

(1) Abrégé chronol. du P. Henault. p. 146.

de l'interêt & de l'honneur de l'églife, de travailler à la reformation des monafteres.

Martin V. s'empreffa de fuivre les vûes de ce concile, dans lequel il avoit été élevé au fouverain pontificat, en propofant pour exemple, aux autres ordres religieux, une congregation dans laquelle on vît revivre la regularité de la vie monaftique.

Louis Barbo, noble venitien & abbé de fainte Juftine de Padoue, fut le premier qui entreprit la réforme de fon monaftere, fous les aufpices & felon les vues du fouverain pontife. Plufieurs monafteres fuivirent bientôt fon exemple & s'unirent à celui de fainte Juftine, pour ne former qu'une feule congregation.

Le pape Martin V. laiffa fubfifter, dans le commencement de la réforme, la perpetuité des abbés & leur affigna la cinquiéme partie des revenus de leur monaftere. Il crut remedier aux abus par l'infpection des adminiftrateurs temporels & par l'inftitution des chapitres généraux qui devoient être tenus tous les ans, & par quelques autres reglements, exprimés dans fa bulle de l'an 1421. Mais il s'apperçut bientôt que ce frein n'étoit pas fuffifant, pour contenir les abbés dans les bornes de leur pouvoir. Il rendit un nouveau decret le 25. mars 1429., dans lequel il autorife le chapitre général à punir les abbés, fuivant l'exigence des cas, & lui donne le droit de les interdire de leurs fonctions & de les faire exercer par des prieurs.

Eugêne IV. perfectionna l'ouvrage que fon predeceffeur avoit commencé, par fa bulle du 23. octobre, il donna plus de detail & d'extention aux regles du gouvernement de cette congregation naiffante. Après avoir confirmé l'autorité pleniere & abfolue des chapitres généraux, il détermina de quelle maniere elle devoit s'exercer, pendant la tenue de ces chapitres. Il confirma tout ce que fon predeceffeur avoit ordonné, relativement aux vifiteurs & au préfident du regime, mais il corrigea deux articles dont il fentit dès lors les inconvenients : favoir la perpetuité des abbés & la cinquieme partie des revenus dont ils jouiffoient. Il ordonna qu'ils feroient élus à l'avenir par le chapitre général & vaqueroient, de plein droit, à chaque nouveau chapitre & révoqua tout partage entre l'abbé & la communauté.

La réforme du Montcaffin, établie fur des maximes fi fages, produifit en Italie les plus heureux effets; on vit renaitre la ferveur qui avoit été comme anéantie par le defpotifme des abbés, & elle fe repandit bientôt dans plufieurs monafteres de la France de la Lorraine & des Pays Bas.

Dans le nombre des abbés de ce temps la, Dieu en fuscita un, qui moins attaché à fes interêts perfonnels, & plus defireux de la perfection & du bonheur de fes freres, que du vain plaifir de primer, vit l'abus du regime précédent & voulut bien y remedier. Dom Pierre Dumaz abbé de Chezal, Benoit (1) refolut d'introduire la reforme dans fon monaftere en 1488. Ce faint religieux facrifia au bien de fon abbaye la perpetuité de fa fupériorité. Il adopta la loi de la vacance dans toute fa rigueur & en fit la bafe des nouveaux reglements qu'il prefcrivit à fa nouvelle congregation, qu'il modela fur le regime du Montcaffin.

La durée de la fupériorité fut fixée par les ftatuts de Dom Dumaz, à un trienne, après lequel le fuperieur étoit fans autorité & fans adminiftration. Il étoit enjoint aux religieux de l'abbaye de proceder à la fin du trienne à une nouvelle élection.

Ce pieux réformateur étoit fi perfuadé de la neceffité de la vacance, qu'il ne craint point d'en apporter pour motif, le penchant naturel que nous avons de primer. Il eft difficile, dit-il, qu'un abbé faffe toujours un bon ufage de fon autorité : bien-„ tôt il s'oublie lui-même & fe conduit avec hauteur & avec „ infolence. Il eft à craindre d'ailleurs, que le travail & la fol-„ licitude ne l'accablent. Il peut même fe faire, que l'ambition „ ou quelqu'autre paffion éleve un religieux à la qualité d'ab-„ bé, & qu'il recherche cette dignité, plutôt pour le plaifir de „ commander aux autres, que dans la vûe de leur être utile, „ pour vivre fuivant fes caprices & parvienne par là à fe perdre „ lui-même, en corrompant les autres (2).

Tels furent les motifs puiffants qui engagerent ce réformateur à fixer à trois ans la durée des fupériorités. S'il permet de les continuer pendant un fecond ou même un troifieme trienne, ce ne fut que pour un temps & jufqu'à ce que d'autres monafteres euffent embraffé fa réforme (3) : *Cum in hac provincia Galliæ erunt tria vel quatuor monafteria reformata.*

(1) A trois lieues d'Iffoudun dans le Berri.

(2) *Tunc ne infolefcat abbas & fui oblivifcatur in autoritate qua diffcillimum eft femper bene uti : tum ne diuturno labore & follicitudine opprimatur : tum etiam ne per ambitionem aut aliam peftem, procuret quis etiam fratrum noftrorum, titulum abbatiæ non ut profit fed ut præfit, vel ad fuum libitum vivet & fic perderet feipfum & alios deformaret.*

(3) *Volumus quòd electio abbatis vel provifio, qualitercumque fieret, non fit nifi pro triennio, quo elapfo nullam amplius autoritatem vel adminiftrationem habet : ideo ftatim termino facto fiat nova electio abbatis per fratres profeffos in abbatia noftra. Poterit tamen qui renuntiavit iterum eligi ufque ad tertiam vicem continuam, id eft per triplex triennium & non plus, alio autem interpofito poterit iterum eligi.*

Bientôt fa réforme fut embraffée par trois autres monafteres qui s'unirent à celui de Chezal-Benoît ; & qui s'étant foumis à la vacance abfolue de trois ans, rendirent la claufe de continuation inutile.

Cette congregation & la loi de la triennalité furent confirmées en 1516 par une bulle de Leon X. & en 1559. par une autre bulle de Paul IV.

Tandis que par des reglements fi fages, on jouiffoit dans la congregation de Chezal-Benoît de l'union & de la paix, celle du Montcaffin commençoit à s'en écarter. Les fuperieurs n'eurent pas la force de refifter à la tentation & à l'envie de dominer; & cette paffion chez eux, fit tant d'éclat que le pape Gregoire XIII. fe crut obligé de les rappeller encore à l'efprit de la réforme, par fa bulle du 12. fevrier 1577.

Ce pontife s'y plaint d'abord de ce que les definiteurs confervoient cette dignité toute leur vie ; de forte qu'ils étoient devenus, dans le fait, fupérieurs perpétuels. ,, On conçoit ai-,, fément, dit-il, que pour fe maintenir dans ces poftes, ils ont ,, recours aux intrigues, aux cabales & à d'autres voies éga-,, lement condamnables. A peine font ils definiteurs, continue ,, ce fouverain pontife, qu'ils diffimulent les vices des autres ,, abbés. S'ils viennent à éclater, ils en prennent ouvertement ,, la deffenfe. Par-là ils s'attachent les coupables, ils s'affurent ,, de leur fuffrage, ils les engagent à former des brigues en ,, leur faveur. Ces mauvais fujets en agiffent ainfi, pour avoir ,, toujours dans les chapîtres généraux des amis fecrets & des ,, protecteurs de leurs defordres. Ces définiteurs fe regardent ,, comme au-deffus des loix, ils meprifent les conftitutions & n'é-,, coutent que leur ambition. Ils ne font qu'un ufage déréglé de ,, leur pouvoir.

,, Ces définiteurs, ajoute ce pontife, ne confultent ni l'utilité des ,, monafteres, ni la décence, ni le mérite perfonnel dans le choix ,, des abbés, des prieurs, des doyens, des celleriers, des maîtres ,, des novices. Ils ne fuivent en tout cela que leur volonté & le dé-,, réglement de leurs caprices. Delà naiffent les difcordes, les fédi-,, tions, les haines parmi les moines de la congrégation. Delà la ,, mauvaife adminiftration des monafteres. Delà la perte, l'oppro-,, bre & le fcandale de la congrégation. ''

Il feroit difficile de faire une peinture plus naturelle des ravages que peut caufer l'ambition dans le cœur des hommes, lorfqu'une fois, ils s'y abandonnent, & l'on douteroit peut-être que des

perfonnes qui fe font confacrées à Dieu, non feulement pour
fe fanctifier, mais encore pour aider à fanctifier les autres, euffent pu porter l'oubli de leurs devoirs jufqu'à tel point, fi le por-
trait qu'on vient de voir n'étoit peint par la veracité même, &
fi l'on ignoroit que les hommes, qui font capables des plus grandes
vertus, font capables auffi des plus grands excès : le faint pere
étoit fi perfuadé de ceux qui regnoient dans la congregation du
Montcaffin & de la neceffité d'y apporter des remedes, que pour
déraciner d'abord l'abus de la perpétuité, qu'il regarde comme la
fource de tous les maux : il ordonne, qu'à l'avenir les définiteurs ne feront continués que deux ans; & ne pourront être élus
de nouveau qu'après un repos de deux autres années, Pour tem-
perer & mitiger encore leur autorité, il établit des confervateurs
dont la fonction devoit être de veiller à la confervation de la
regle & d'avoir infpection fur les definiteurs & les vifiteurs mêmes. Il ordonne au procureur général de la congregation de de
nommer à fa fainteté ou au cardinal protecteur, les confervateurs qui ne feront pas exacts à remplir leurs devoirs.

Pour affurer à jamais l'obfervation de ces reglements, ce fou
verain pontife defend, fous les peines les plus feveres, d'y jamai
deroger. Il fe lie les mains à lui même & à fes fucceffeurs, vou
lant qu'on ne puiffe s'en écarter, qu'en vertu de trois bulles dif
férentes, dans chacune defquelles, on infcrira tout au long la
prefente, avec les claufes de la dérogation; & que ces bulles n
puiffent avoir d'exécution, qu'autant qu'elles auront été fépa
rément & diftinctement notifiées & acceptées par la congregatior

Paul V. confirma par fa bulle du 6. avril 1607. celle de Gre
goire VIII ; & ajouta que les abbés, prieurs &l autres officiers n
pourroient être continués au de-là de cinq ans & vaqueroien
abfolument pendant cinq autres années.

Telles étoient les loix du Montcaffin que Dom Didier de l
Cour projetta d'établir dans les maifons benedictines de Lorraine
L'éveque de Verdun, abbé commandataire des abbayes de fain
Vannes & de St. Hidulphe de moyen-Moutiers, entra dans fes vue
& obtint le 7 avril 1604. une bulle du pape Clément VIII. qu
érige ces deux monafteres en congregation, fur le modele d
celle du Montcaffin. La reputation avantageufe que fe fit la re
forme de faint Vannes, les vertus qu'on y vit briller, lui att
rerent, en peu d'années, plus de quarante monafteres qui s'ag
gregerent à cette nouvelle congregation.

Elle fut introduite en France par Jean Regnault Abbé d
fair

faint Auguftin de Limoges & autorifée par des lettres patentes de Louis XIII. des années 1610. & 1618. Par ces lettres le roi ordonne, que les abbés, prieurs & religieux qui defireront de vivre fous les réglements de faint Vannes, formeront une congregation particuliere qui prendra le nom d'une abbaye ou d'une ville du royaume. Il fut determiné, à cet égard, dans le premier chapitre général, tenu au monaftere des Blancs-Manteaux à Paris le 2 9bre 1718, que la nouvelle congregation françoife prendroit le nom de St Maur; & ce fut un religieux de faint Vannes qui y préfida.

Dans toutes ces réformes on n'eut garde de toucher à la fubftance de la regle qui eft toujours invariable, *abfque tamen regulæ variatione fubftantiæ.* Reftriction importante, fans laquelle elles feroient auffi déraifonnables qu'abufives.

Ce fut dans le même temps, mais par des vues bien differentes que la réforme fut introduite dans l'abbaye de faint Hubert en Ardennes. Le defpotifme fubalterne, dit un favant, multiplie les barrieres pour fe féparer davantage de ceux qui oferoient prétendre à l'égalité; & le defpotifme fuprême les abat toutes : vérité qui ne s'eft que trop veritablement accomplie, dans tout ce qui s'eft fait par plufieurs abbés, comme nous le juftifierons, par la fuite de l'hiftoire de cette réforme que nous allons faire ; mais avant d'entrer dans ce detail, il convient de donner une idée de l'origine & du gouvernement de cette abbaye jufqu'à l'époque de la réforme qui y fut introduite, en confervant au chef, la perpétuité de la fupériorité qui fut regardée dans toutes les autres congregations, comme la fource de tous les maux qui ont affligé fi long-temps l'ordre de faint Benoit & qui l'ont mis, pour ainfi dire, à deux doigts de fa deftruction.

L'abbaye de faint Hubert doit fon origine à la piété de Pepin le gros dit d'Herftal, maire du palais & tige de la feconde race des rois de France & de Plectrude fa femme, qui y établirent vers l'an 692. une communauté de clercs, fous la conduite de faint Beregife. Par le titre de la fondation, Pepin & fa femme donnent au monaftere de faint Hubert, nommé pour lors Andage ou Andaie, un territoire dont ils font la defcription.

Les fondateurs, en cedant tous les droits utiles & honorifiques s'en referverent la protection pour eux & pour leurs fucceffeurs : *quam donationem fit Deo factam étiam in mandiburnium meum fuscepi, pofterifque commendo ut fit ftabilis.*

Telle eft l'origine des droits de protection que les rois de France ont conftamment exercé fur l'abbaye de faint Hubert, jufqu'à l'epo-

C

que de la convention faite au mois de mai 1769, dans laquelle S. M. T. C. se desiste & renonce à ce droit, en faveur de S. M. l'imperatrice reine apostolique : & ce fut en signe d'hommage & de reconnoissance, que ce monastere offre, chaque année, aux rois très-chrétiens, ses augustes protecteurs, un present consistant en chiens & en oiseaux de chasse.

Un siecle ou environ après la fondation faite à saint Hubert, par Pepin de Herstal, les clercs réguliers qu'il y avoit placés, n'ayant pas dequoi subsister, dans un desert aussi sterile, eurent recours à Walcand, évêque de Liege, & lui exposerent leur triste situation & la necessité où ils étoient de quitter leur solitude, pour pouvoir subsister. Ce prélat charmé de trouver une occasion de signaler son zele, pour le retablissement d'une demeure que la divine providence sembloit avoir choisi pour y operer le salut de quantité d'ames, fit rebâtir le monastere de fond en comble; & il remplaça les clercs reguliers, par des réligieux de l'ordre de saint Benoit qu'il tira de l'église de saint Pierre de Liege; & pour les doter plus avantageusement, il détacha des biens considérables de sa mense épiscopale dont il leur fit une donation absolue, en l'année 824 (1).

Ce prélat transporta le corps de saint Hubert, un de ses prédécesseurs, au monastere d'Andage, qui à l'occasion de cette translation, prit le nom de saint Hubert. Il nomma pour premier abbé de cette communauté naissante Alvée ou Alveus; & ses successeurs évêques ont continué de nommer les abbés de saint Hubert, jusqu'en 1087. que l'évêque Henri, après plusieurs libéralités & notamment la donation des seigneuries de Bra & de Grupont, accorda aux religieux l'élection libre de leurs abbés; à condition toutefois qu'elle se feroit en présence de l'évêque ou de ses députés, ce qui a constamment été suivi & pratiqué, jusqu'à l'élection de l'abbé actuel (2).

Les évêques de Liege sont non-seulement restaurateurs & bienfaiteurs de l'abbaye de saint Hubert, ils en sont encore les supérieurs immédiats; & personne ne leur a disputé ce titre, en vertu duquel ils ont constamment dirigé la discipline de cette maison.

En 1073. Thierri vingtieme abbé de saint Hubert, que Theodwin prédécesseur de Henri, évêque de Liege, avoit tiré du monastere de

____

(1) Voyez le Recueil de Chapeauville in cap. 34. de Walcando ep. t. 1. p. 252. & seq. ibid p. 254.

(2) Voyez le cantatorium de saint Hubert, parag. 52.

Lobbes, pour lui donner la dignité d'abbé de faint Hubert, ayant obtenu du pape Gregoire VII. une bulle, par laquelle ce pontife declaroit, qu'il prenoit l'abbaye & tous fes biens fous la protection du faint Siege, Bofo archidiacre repandit le bruit que l'abbé n'avoit follicité cette bulle, que pour fe fouftraire à la foumiffion qu'il devoit à l'églife de Liege. En conféquence & par ordre de l'évêque, l'abbé fut obligé de comparoître, en préfence de tous les abbés du diocefe; & de déclarer, que par la bulle qu'il avoit obtenue, il n'avoit entendu, ni n'entendoit fe fouftraire à la jurifdiction de cette églife (1).

Les évêques de ce fiege ont fait en effet, dans tous les temps, des vifites canoniques, dans le monaftere de faint Hubert. Ils ont publié des ftatuts & des réglements, pour le gouvernement tant fpirituel que temporel, toutes les fois qu'ils ont trouvé que leur miniftere & leur autorité étoient neceffaires, au regime de cette maifon. En 1507, fous l'abbé Nicolas Malaife, le cardinal Evrard de la Marck y rétablit, par de fages réglements, la difcipline réguliere; & reunit à la menfe conventuelle celle de l'abbé, qui en avoit été détachée fous l'abbé Jean III.

Les évêques George d'Autriche, Gerard de Grosbek, & Erneft de Baviere firent plufieurs vifites à faint Hubert, pour y maintenir l'obfervance de la difcipline, retablie, par Evrard de la Marck.

Dom Nicolas Fanfon, receveur de l'abbaye de faint Hubert, fe rendit à Liege en 1609, & y préfenta requête contre Jean de Masbourg fon abbé. Il obtint la vifite du monaftere qu'il avoit demandée; & on nomma à l'abbé dont la prodigalité & les diffipations furent conftatées, trois curateurs pour adminiftrer le temporel du monaftere. Cet abbé avoit été pris & enlevé pour otage, par les Hollandois, qui exigerent environ cent mille livres pour fa rançon, qu'il fallut prendre à intérêt; de forte que fa mauvaife adminiftration, jointe aux malheurs de la guerre & aux incendies, avoit épuifé le temporel du monaftere.

L'abbé Jean Masbourg étant mort, au mois de janvier 1611. le 6. février fuivant Dom Nicolas Fanfon fut élu pour lui fuccéder, en préfence des Commiffaires députés de Liege. C'étoit un genie vafte, adroit, entreprennant, qui favoit fe montrer fous toute forte de formes, qui étoit extrêmement avide de domination, & qui fut vaincre tous les obftacles qu'on oppofa à

(1) Ibid. §. 25.

ses desseins. Il est peu d'hommes qui ayent fait mouvoir tant de ressorts & mis tant de passions en jeu pour parvenir à ses fins.

§. II. Réforme de saint Hubert.

Dès l'an 1612, un an après son élection, il avoit envoyé secrétement , au monastere de saint Vannes de Verdun, un de ses religieux, nommé Dom Louis de Visez, qui n'étoit encore que diacre & en qui il avoit mis toute sa confiance. L'éloignement de ce religieux, l'unique confident des desseins de l'abbé, donna de l'ombrage à la communauté, mais ce prélat ne voyant pas moyen d'exécuter sitôt ses desseins, rappella son religieux au monastere, après une absence de neuf mois. Les religieux apprirent bientôt quel avoit été le sujet de ce voyage & s'imaginerent qu'on vouloit les soumettre à la réforme de saint Vannes, mais l'abbé, usant de sa politique ordinaire , chercha à éloigner cette pensée de leur esprit , en réprimandant en public son religieux, qui ne s'étoit absenté que par ses ordres, le traitant de leger & d'inconstant. Il lui imposa même une pénitence très-sévere.

Il est des gens capables de jouer toute sorte de rôles; & l'on verra par ce qui s'est passé à saint Hubert, sous la regie de cet abbé , qu'il étoit également propre à tous les genres de spectacles; néanmoins ses religieux ne furent pas long-temps dupes de ses stratagêmes. Dom Louis, son religieux confident, ayant été fait prêtre, peu de temps après son retour au monastere, il fut d'abord déclaré sous-prieur conventuel. Cette promotion réalisant les soupçons des religieux, sur les stratagêmes de leur abbé, ils s'y opposerent; & cette démarche obstative aux vues d'un homme impérieux donna lieu à tant de difficultés que M. Abergatus, nonce de Cologne qui se trouvoit à Liege, fut invité par l'évêque de visiter le mo naftere. Dans cette visite, qui eut lieu au mois d'octobre 1613. c nonce porta plusieurs décrets qui devoient être observés à l'avenir tant par l'abbé que par les religieux. Mais ce premier, ayant extrai tous les articles de ces réglements qui concernoient ses inférieurs, les fit afficher au chapître & en ordonna l'exécution. Sa reticenc sur ceux qui regardoient son administration, parut d'autant plus in juste à ses religieux, qu'il les chargeoit par là d'un fardeau qu'il ne vouloit point partager, quoiqu'il lui eût été enjoint expressémer de le faire; & l'on conçoit parfaitement que ces reglements ne pou voient être illusoires pour une partie & obligatoires pour l'autre. Le religieux s'en plaignirent au nonce, mais l'abbé eut l'adresse de

prévenir en sa faveur, & de lui persuader que ses religieux s'oppo-
soient à son autorité, & menaçoient d'avoir recours aux puissances séculieres. Le nonce répondit que ces puissances respecteroient infailliblement les decrets ecclésiastiques, & que s'ils pre-
noient ce parti, ils ne pouvoient manquer d'encourir, *ipso facto*,
l'excommunication majeure.

C'est ainsi que des religieux, sur le malheureux préjugé que les
inférieurs doivent toujours avoir tort, étoient livrés à toute la sévérité d'un genie naturellement dur, qui punissoit, comme crime, tout
ce qui s'opposoit à l'excès de son ambition.

L'abbé, pour parvenir à ses fins, avoit tenté toutes les voies possibles, pour prévenir les esprits en sa faveur : il avoit exposé, aux supérieurs, l'ardeur de son zèle & multiplié à l'infini les défauts de ses religieux, mais pour trancher toutes les difficultés & se donner un second
capable de le soutenir dans la carriere où il vouloit entrer, il falloit
comme lui un homme adroit, insinuant, entreprenant, un de ces
hommes à qui toutes les affaires conviennent & qui joignent l'adresse
à la science politique. En vain il auroit cherché un pareil sujet dans tous
les religieux externes de sa connoissance, dans les meilleurs avocats
du pays, les moyens qu'il falloit employer ne se trouvoient ni dans
le droit canon, ni dans le droit civil & il ne l'ignoroit pas. Il eut l'a-
dresse de mettre dans ses interets quelques Jesuites, & par leur moyen
le cardinal Bellarmin. Par l'entremise de cette éminence, il obtint,
sur de faux exposés, un bref du pape Paul V. en date du 11. avril 1615.
dans lequel ce pontife loue sa pieuse résolution, touchant la réforme,
& l'exhorte à en poursuivre l'exécution, menaçant de l'indignation
du saint Siege ceux qui oseroient s'y opposer.

L'abbé ayant reçu ce bref, eut soin de le tenir secret. Il dispersa la
plupart de ses religieux, c'est à dire, ceux dont il appréhendoit les
raisons, dans les prieurés; & invita, en même temps, le président de
la congrégation de Lorraine, l'abbé de saint Airy & quelques
autres peres de la même congregation, de se rendre à saint Hubert.
A cette nouvelle les religieux dispersés dans les prieurés, avertis du
dessein de leur abbé, les abandonnerent & revinrent tous au monastere : ils députerent deux d'entre eux, pour conferer, en présence
de l'abbé, avec les peres réformés, qui ne voyant aucune disposition à changer l'état de cette maison, sans le consentement d'une si
nombreuse communauté, & sans le concours du sme. prince évé-
que de Liege, supérieur immediat, de cette abbaye, s'en retourne-
rent, sans avoir rien effectué.

Sous le nom impofant de *réforme*, on s'imagineroit, peut-être, que les religieux de faint Hubert ne s'oppoferent, avec tant d'ardeur, aux demarches de leur abbé, que pour fe fouftraire à l'obfervance régulière de la regle & vivre plus commodément, ou avec plus de licence ; mais non, ils fentoient que leur abbé ne cherchoit qu'à les plonger dans tous les inconvenients du defpotifme, & il étoit de leur intérêt, de celui de leurs freres & utile à l'honneur & à la permanence de leur maifon qu'ils s'y oppofaffent. D'ailleurs ils avoient un fuperieur immediat, à l'infçu duquel ils croyoient qu'on ne pouvoit rien innover, fans manquer effentiellement à l'obéiffance qu'on lui devoit.

Les religieux, allarmés de toutes les tentatives de leur abbé, s'adrefferent à l'évêque de Liege, en l'informant de toutes ces nouveautés ; & demanderent que la difcipline, retablie par le cardinal Evrard de la Marck, approuvée & augmentée dans plufieurs vifites, faites par les évêques fes fucceffeurs, fût inviolablement obfervée.

Nouvelle difficulté, nouvel expedient de la part de l'abbé. Prévoyant bien qu'il ne pourroit venir à bout de fes deffeins, fans l'autorité de l'évêque, il chercha à le mettre dans fes intérêts. Il le fupplia d'interpofer fon autorité, pour faire recevoir la réforme, dans fon monaftere, proteftant qu'il n'entendoit, par elle, porter aucun préjudice à fa jurifdiction, mais uniquement faire revivre, à faint Hubert, le veritable efprit de la regle de faint Benoit.

Le prince Ferdinand, pour lors évêque de Liege, en louant le zele de l'abbé, lui ordonna par fa lettre du 18 9bre 1616, de fe rendre à Liege, pour conferer avec fon fuffragant & fon grand vicaire, fur un objet auffi important. L'abbé s'y rendit en effet & propofa le plan de fa réforme, mais il fe rencontra tant de difficultés, par le refus que faifoient les peres de faint Vannes, de fe charger de la direction du noviciat, aux conditions que l'abbé offroit, & par les oppofitions que les anciens religieux formoient, à Liege, à Cologne, & à Rome, qu'elle ne put pour ce moment avoir lieu.

Parfaitement inftruits du caractere de leur abbé, ils reprefentoient " que fous le prétexte fpécieux d'une réforme, il cachoit „ une grande avarice & un défir ardent de dominer, que fon deffein „ étoit de fe rendre maître abfolu des biens du monaftere, pour „ les adminiftrer à fa guife, avec quelque feculiers, comme il avoit „ deja commencé de le faire ; qu'enfin par ce moyen, il feroit feul

„ abbé & chapitre tout enſemble; & que perſonne n'oſeroit lɗ
„ contredire , &c.

Ils obtinrent le 19 juillet 1617, à force de ſoins & de peines,
un monitoire, *de nihil innovando*, de l'auditeur de la chambre
apoſtolique; mais l'évêque ſéduit par l'abbé, écrivit aux cardinaux
Borgueſe & Bellarmin, & même au pape Paul V qui lui repondit,
qu'il avoit ordonné à ſon auditeur de révoquer le monitoire. Il
loue dans la même lettre le zele de ce prélat pour la réforme &
l'exhorte à en procurer l'avancement & l'exécution.

En conſequence de ce bref, l'évêque écrivit le 8 janvier 1618,
tant à l'abbé qu'aux religieux, la reſolution où il étoit d'introduire la réforme. Sa lettre aux religieux étoit conçue en ces termes : *Quare ut ſanctitatis ſuæ monitis obedire & pro debito noſtro*
épiſcopali munere, hoc pium opus promovere volentes, vobis omni-
bus & ſingulis, autoritate tam noſtra quam apoſtolica nobis com-
miſſa, ſub pœnis arbitrio noſtro infligendis præcipimus ac manda-
mus ut tum in novitiatus erectione ejusmodi & reformationis in-
troductione, ejusdem Smi D. noſtri voluntati ac abbatis inten-
tioni acquieſcentes, ab omnibus deinceps impedimentis, & turba-
tionibus, moleſtiis & quibusvis aliis ſubterfugiis, quovis prætextu
excogitatis abſtineatis & hactenus preſtita revocetis, nobisque ſeu pro-
vicario noſtro Leodienſi ſtatim de paritione veſtra fidem legitimam
faciatis, alioquin contra moroſos & rebelles ad alia opportuna
remedia procedi faciemus.

On peut juger, par cette lettre, combien l'évêque de Liege étoit
prévenu, en faveur de l'abbé, & au déſavantage des religieux,
qui firent encore pluſieurs demarches inutiles, offrant de ſe ſoumettre à toute réforme raiſonnable, s'il étoit néceſſaire, mais
qu'on daignât écouter leurs raiſons. L'évêque ordonna le 27 mars
ſuivant, à l'abbé & aux deputés de la communauté, de ſe rendre à
Liege, pour être entendus de part & d'autre ſur le plan de la réforme.

L'abbé remit ſecretement aux deputés, denommés par l'évêque, les raiſons & les articles, ſuivant leſquels il jugeoit neceſſaire
d'introduire la réforme; à quoi ils joignit une declaration que cette
réforme feroit à l'*inſtar* de celle du Montcaſſin, à condition même
que les ſupérieurs, pourroient diſpenſer pour le maigre & demandant que la choſe fût d'abord exécutée.

Le même jour les commiſſaires declarerent aux deputés, que
l'affaire ſe traiteroit, ſans appareil judiciaire, qu'ils pouvoient librement propoſer les raiſons pour leſquelles ils s'oppoſoient aux

intentions de leur abbé. Ils demanderent d'avoir communication des articles fécrets qu'il avoit préfentés contre eux, mais ils ne purent obtenir qu'une copie de fa déclaration, fur la réforme du Mont-caffin. Ils vouloient que tous les trois ans il pût être vifité, corrigé, & changé, par les commiffaires, ainfi que cette réforme l'ordonne, & que l'abbé donne lui-même l'exemple de ce nouvel inftitut. Ils firent encore plufieurs autres propofitions auxquelles l'abbé repondit, qu'il étoit d'intention d'introduire une réforme de vie & de mœurs, qui ne depend pas de l'amovibilité des abbés, mais de l'obfervance des regles de faint Benoit, auxquelles il eft prêt de fe foumettre ; que le changement d'abbé tous les trois ans, n'eft point de la regle de faint Benoit ; qu'il ne convient pas que l'abbé de faint Hubert foit amovible, parce que le terme d'un trienne eft trop court pour s'inftruire, comme il faut, des affaires & des intérêts de la maifon ; que cette amovibilité n'eft d'ailleurs obfervée que dans les monafteres où il n'eft pas requis de recevoir la confirmation abbatiale du faint fiege & de l'ordinaire, ce qui, dans ce cas, porteroit un grand préjudice à la jurifdiction épifcopale de Liege.

On voit que l'abbé de faint Hubert, bien éloigné des fentiments du faint réformateur de Chezal-Benoit qui depofa fon autorité, pour le bien de la religion, de la paix, & de l'ordre, cherche au contraire, tous les moyens poffibles de ne s'en pas defaifir, ce qui auroit dû rendre fon pretendu zele fufpect aux commiffaires, s'ils avoient cherché à approfondir fes deffeins. Mais on en jugea fur les apparences & l'on ne devina pas le motif de fes démarches. Il propofa à l'évêque, ou de rappeller tous les religieux des prieurés à l'abbaye, afin d'en choifir un pour y établir le nouveau noviciat réformé, ou de l'établir dans l'abbaye, en réleguant les anciens dans ces prieurés, dans lefquels il s'obligeroit de fournir à leur fubfiftance & de leur laiffer voix active & paffive, dans ce qui eft d'ufage, &c.

Les religieux firent inutilement plufieurs inftances pour avoir communication des articles & mémoires préfentés contre eux, par l'abbé. Ils offrirent de fe foumettre à toute autre réforme & particulierement à celle de Bursfeld ou de Lieffies. (1) Ils fupplierent l'évêque

(1) Abbaye de Bénédictins, fituée dans le Haynaut François près d'Avefnes.

que de convoquer un chapitre général dans l'abbaye de saint Hubert, en préfence de fes commiffaires, pour corriger les abus & punir les coupables, s'il y en avoit, & pour, eu égard au lieu, aux perfonnes & autres circonftances, convenir d'une réforme qui convînt au chef & aux membres de l'abbaye. Mais l'abbé fit rejetter toutes leurs demandes & obtint un ordre de l'évêque de convoquer le 17. avril 1618. tous les religieux externes, à l'abbaye, afin de procéder à l'exécution de la réforme. Il fe procura encore un ordre particulier de faire prendre les armes à fes fujets, pour intimider fes religieux, dont il appréhendoit encore quelques oppofitions.

La feconde fête de Pâques 1618. les commiffaires de Liege arriverent à faint Hubert. L'abbé, fous prétexte de leur faire honneur, les fit introduire à l'abbaye, au milieu d'une efcorte nombreufe de gens armés, au bruit du tambour, des trompettes & drapeau deployé, en figne du triomphe qu'il avoit remporté fur fes religieux. Ceux ci épouvantés de cet appareil militaire, quoique ruftique ; & comme affiegés de toutes parts, fans favoir à qui conter leurs douleurs & leurs peines, fans trouver une ame affez fenfible au moins, pour les plaindre, dûrent foufcrire à toutes les conditions auxquelles on voulut les affujettir; & l'abbé auffi fier que s'il eût remporté une victoire fignalée, fur un corps d'ennemis formidables, annonçoit qu'il attacheroit bientôt ceux qui lui avoient été oppofés à fon char de triomphe. Les commiffaires publierent le 21. avril les décrets de l'introduction de la réforme.

Ils portoient en fubftance qu'on érigeroit dans l'abbaye un noviciat, fous la direction des peres réformés de la congrégation de faint Vannes & faint Hidulphe, fuivant leur difcipline & leurs exercices, contenus dans un petit livre intitulé, *exercices fpirituels pour les novices*, fans pouvoir adjoindre l'abbaye à aucune congrégation réguliere ; mais que fi l'abftinence des viandes fouffroit trop de difficulté, vû la fituation & l'éloignement des rivieres, il feroit libre aux fupérieurs d'en difpenfer; que l'abbé doit fe conformer à la difcipline réformée, même quant à l'abftinence.

Il étoit permis aux anciens religieux de vivre, felon l'ancien ufage, en retranchant cependant ce qui pourroit être abufif & contraire à la regle. Ils pouvoient demeurer au monaftere, ou y revenir après une abfence d'un an, en fe conformant à la difcipline réformée. Ils devoient conferver voix active & paffive dans les élections d'abbés & autres affaires importantes, fuivant le droit & la regle; à condition néanmoins que ces droits ne préjudicieroient point

D

à la réforme. L'abbé devoit leur affigner, dans les prieurés, une honnête alimentation & felon que l'évêque la jugeroit convenable. Il y étoit dit que ceux qui prétendoient dorenavant avoir des griefs ou fujets de plaintes contre leur abbé, pourroient, après lui en avoir demandé la permiffion & avoir été refufés, fe plaindre par écrit à l'évêque ou perfonnellement, avec fa permiffion.

L'abbé devoit rendre fes comptes pardevant deux conventuels tous les quatre mois, & tous les ans fes comptes généraux pardevant deux conventuels & deux prieurs externes.

Tels furent les ftatuts & réglements de la réforme introduite à faint Hubert, avec tant de fracas & contre lefquels le prieur & les anciens religieux formeront appel au faint fiege, deux jours après le départ des commiffaires.

L'abbé ne manqua pas d'informer de cet appel l'évêque & prince de Liege, fon fuffragant & un des commiffaires. Ce prince lui manda le 26. avril de mettre les décrets de la réforme à exécution, nonobftant tout appel & empêchement quelconque, en recourant même au bras féculier, en cas de befoin.

Cette févérité acheva de confterner les anciens religieux qui ne voyant autour d'eux que mauvaife mine & dangers, prirent le parti de fe retirer dans les prieurés qui leur avoient été deftinés & d'abandonner leur maifon de profeffion à une nouvelle colonie de vingt novices que l'abbé y raffembla, tout à la fois, fous la direction de deux religieux de la congrégation de faint Vannes.

L'abbé ne put s'empêcher d'en témoigner fa joie à Mr. le fuffragant & de lui peindre fon triomphe en ces termes : *prior mutavit fententiam & heri circa diluculum infalutato hofpite abceffit ad prioratum fibi defignatum, reliqui tanquam capite plexi, quafi exanimes jacent, nec ullus amplius fpiritus in eis eft.*

Qui ne croiroit après ce qu'on vient de lire, que l'abbé de faint Hubert étoit le fujet le plus attaché & le plus foumis au prince évêque de Liege dont fes foupleffes il avoit gagné la confiance? ou plutôt qui croiroit qu'un chef de communauté religieufe, qui crioit tant après la réforme, ait pû porter la diffimulation jufqu'à en impofer au pape, aux cardinaux, à fon évêque, à fon fuffragant & peut-être à des jéfuites? C'eft cependant ce qu'il a prouvé lui-même par fa conduite, comme nous le rapporterons, parce que la chofe eft notoire, après que nous aurons dit un mot de fa prétendue réforme.

En la comparant avec la regle de faint Benoit, on voit combien elle s'éloigne de fon efprit & combien elle étoit infuffifante pour remedier aux abus dont on fe plaignoit, l'objet principal étoit de borner l'autorité du supérieur, sans borner l'obéissance des inférieurs, & en soumettant l'abbé à rendre ses comptes devant des religieux qui lui doivent leur emploi & qui n'en peuvent espérer la permanence que de la complaisance qu'ils ont pour lui, n'est-ce pas prétendre lui arracher d'une main, ce qu'on lui rend par dix autres ? Mais toute favorable qu'elle étoit pour l'abbé Fanson, il n'y avoit donné les mains que pour se frayer un chemin à un despotisme encore plus absolu. Il vouloit être l'unique maître du spirituel & du temporel de son abbaye; il semble que son esprit à cet égard ait passé dans ses successeurs.

Malgré toutes les demarches antérieures de l'abbé Fanson, pour masquer sa marche, il ne put s'empêcher de laisser entrevoir un échantillon de son projet, par un serment qu'il exigea, lors de la profession de ses nouveaux réformés. Il les disposoit par ce serment à l'union de leur monastere à une autre congregation, contre la disposition des décrets publiés par les commissaires, de l'évêque de Liege & au préjudice de sa jurisdiction.

Les anciens religieux, toujours attentifs sur la conduite de leur abbé, & qui n'avoient d'ailleurs que trop de sujets de s'en plaindre informerent l'évêque du serment que l'abbé exigeoit de ces novices. Ils présenterent, en même temps, plusieurs plaintes contre lui, où ils n'oublierent pas de faire valoir les ressorts qu'il mettoit en œuvre pour se soustraire à sa jurisdiction épiscopale.

L'évêque deputa au mois de mai 1621. son suffragant & Mr. de la Roche son conseiller, pour faire la visite du monastere. Le suffragant cassa & annulla le serment que l'abbé exigeoit de ses novices, avec défence de le faire prêter à l'avenir.

Mais l'abbé leva le masque & se revolta contre l'autorité de son évêque dont il s'étoit servi pour l'exécution de son premier dessein. Il dressa un acte de protestation contre la visite, dans lequel il se declare immédiat du saint siege; & il porta même la témérité jusqu'à dire, que les évêques de Liege n'avoient jamais visité le monastere de saint Hubert, qu'après en avoir été requis.

Après le depart des commissaires, il fit emprisonner deux de ses religieux qu'il soupçonna d'avoir informé l'évêque de ce serment, & l'un de ceux là étoit Dom Louis de Vizez, ce religieux qui avoit eu sa confiance dans son entreprise & qui s'étoit attiré la haine de ses confreres, pour lui avoir été trop attaché.

L'évêque ordonna à l'abbé de relâcher ces religieux & d'en envoyer un à Liege pour prendre connoissance du fait, mais il refusa d'obeir. On lui ordonna une seconde fois, sous peine d'ex-

D ij

communication d'obéir, ce qui l'engagea à appeller de cette ordonnance au faint fiege. Il eut affez d'adreffe pour extorquer des
religieux incarcerés des déclarations, en fa faveur, & qu'il envoya
à l'évêque pour fa juftification.

Cependant il fit démolir des arches énormes qui foutenoient le
vaiffeau de l'églife, il en fit conftruire des tours, dans l'enceinte de
l'abbaye & en forma une efpece de fortereffe. Il s'étoit auffi procuré fecrétement, une défence du confeil de Luxembourg, de dé-
férer à l'ordonnance du prince de Liege, mais il ne jugea pas à
propós d'en faire ufage.

Malgré tous ces préparatifs, l'abbé craignant les fuites de l'appel
qu'il avoit formé à Rome contre fon évêque, dreffa un ample mémoire de tout ce qui s'étoit paffé jufqu'alors, & confulta la celebre univerfité de Douay, qui étoit pour lors occupée par les
Benedictins. Le refultat de la confultation fut abfolument au defa-
vantage de l'abbé, qui n'avoit pourtant rien oublié de tout ce qui
pouvoit lui être favorable. On lui développa tous fes torts, par
des principes folides, ce qui l'empêcha de pourfuivre fon appel
au faint fiege.

Les anciens religieux confulterent auffi la même univerfité
fur leurs griefs dont ils expoferent une partie, comme s'enfuit:

*Interea a prelato turres triangulares, quadrangulares rotundæ,
in orto, in area, clauftro templo, quafi caftrorum propugnacula
extructæ funt. Harum præfidio munitus abbas, variis litibus, ple-
rafque territorii communitates, cum magno multorum, qui panem
quo vefcantur, non habent, éjulatû, durius æquo exagitare perfe-
verat. Et cum in fimilibus & aliis gravibus negotiis, ut in deci-
marum & aliorum proventuum feu feudorum elocationibus, villa-
rum emphiteufibus, & filvarum, feu arborum cæduarum, pro notabili multorum millium fumma, aureorum venditionibus, requiritur
capituli affenfus, numquam ulli feniorum ejus modi negotia com-
municantur, fed abbas de abfoluta poteftatis & autoritatis pleni-
tudine, illum qui folummodo pro novitiorum inftructione ex congregatione reformata adfcitus eft, priorem conventualem dicit, &
eo titulo cum hujus & novellorum confenfû, figillo conventuali quæ-
libet negotia & contractus muniuntur.*

D'après un femblable expofé, les religieux ne pouvoient recevoir qu'une refolution favorable. Ils en furent en effet fi fatisfaits
qu'ils l'envoyèrent à l'évêque & demanderent une nouvelle vifite
du monaftere.

L'évêque y envoya au mois d'août 1623. fes commiffaires, &

l'abbé, par fa foumiffion & fes inftances, fut abfous de l'excommunication qu'il avoit encourue, pour avoir défobéi à l'ordonnance qui lui enjoignoit d'envoyer à Liege un des religieux qu'il avoit emprifonnés; & pour avoir eu recours au confeil de Luxembourg, contre cette ordonnance.

Après avoir employé douze jours à entendre les plaintes & les témoins de part & d'autre, après avoir remarqué beaucoup de mauvaife foi & d'irregularité, dans·les procédés de l'abbé, les commiffaires publierent vingt quatre décrets, pour la fréquentation des offices, pour le maintien de la réforme, & la concorde entre l'abbé & fes religieux. Il fut ordonné entr-autres que dans les affaires importantes, telles que les alienations & oppignorations qui excederoient la valeur de cent florins d'or, l'abbé & la communauté feroient obligés de convoquer les religieux externes, pour prendre leur avis :

Que tous les ans au mois de feptembre, les adminiftrateurs des prieurés apporteroient leurs comptes, approuvés & fignés de leurs confreres & les rendroient, en préfence de l'abbé & de la communauté ; & que pareillement l'abbé rendroit les fiens en leur préfence, & qu'ils confereroient enfemble, fur les affaires arrivées pendant l'année & autres furvenantes ; arrangeant conjointement le tout, pour la plus grande utilité & la paix du monaftere. Que fi ces affaires étoient de nature à ne pouvoir être accommodées entre eux, ils expoferoient leurs difficultés à l'évêque ou à fon commiffaire, en attendant, avec modeftie & charité, fa réfolution. Que l'abbé remettroit dans les archives tous les papiers & documents, qu'il en configneroit une clef, differente de la fienne, à un religieux, choifi par la communauté ; que pareillement il remettroit à la communauté le fceau ou cachet conventuel, qui feroit confervé dans un coffre, fous trois differentes clefs & gardées, par trois conventuels ; que l'abbé ne pourroit entreprendre aucun procès, ni aucune affaire de quelque importance, fous prétexte de quelque procuration générale de fon chapitre, mais qu'il en demanderoit une fpeciale & particuliere du chapitre, pour chaque affaire ; qu'il s'abftiendroit autant qu'il pourroit, & que l'équité le permettroit, de procès, & termineroit à l'amiable, ceux qui étoient intentés.

Les commiffaires firent auffi des reglements pour la deffervitude des prieurés & nommerent les religieux qui devoient y être envoyés. Les autres points de cette vifite regardent les difficultés entre l'abbé & les religieux.

Tous ces décrets furent acceptés, tant par l'abbé que par tous les religieux, qui ratifierent par un acte paffé devant notaire la fuperiorité immédiate du prince évêque de Liège, sur l'abbaye de saint Hubert.

Après tant de troubles & d'agitations, il paroit que l'abbé auroit dû être charmé, de voir enfin regner l'union & la paix dans son monastere. Telles que soient les passions, elles ne sont pas toujours ennemies de la paix & de la tranquillité, & par les sages reglements qu'on venoit de faire, il sembloit qu'elles devoient être rétablies pour long temps, dans un lieu, d'où elles ne furent jamais bannies que par les entreprises des abbés. Les plus redoutables guerriers reviennent avec plaisir au séjour de la paix. On ne se console, dans la tempête, que par l'espoir de la voir bientôt finir, mais l'infatigable abbé de St. Hubert, avoit trop fait de préparatifs pour observer long-temps le traité, auquel il venoit de souscrire : semblable à ces grands du peuple d'Israël, il vouloit posseder, comme à titre d'héritage, le sanctuaire du seigneur : *hæreditate possideamus sanctuarium Dei*, (1) commander, non, comme disoit St Bernard, à un grand de la terre : *Præes, non ut de subditis crescas, sed ut ipsi de te* ; mais ennemi de toute contrainte, son ambition n'admettoit point de bornes ; & l'on peut assurer que l'histoire monastique n'a point d'exemple d'une semblable ténacité, dans la poursuite d'un plan aussi contraire à l'esprit de la regle de saint Benoît, qu'il est étrange & extraordinaire.

Aussitôt après le départ des commissaires, auxquels il avoit témoigné toute la soumission possible, il envoya une procuration à une personne de confiance, à Verdun, n'osant le faire à saint Hubert, pour interjetter appel, en son nom, au saint siège, des décrets & autres actes de la visite, comme contraires à ses droits & privileges. Il envoya sécretement au mois de juin 1624. Dom Luc de Fleuru, un de ses réformés, à Rome, pour y poursuivre son appel, & tâcher d'obtenir l'exemption de la jurisdiction de l'évêque & l'aggrégation de son abbaye, à la congrégation de saint Vannes ; enfin il avoit résolu, comme on dit, de n'en pas avoir le dementi, à tel prix que ce fût.

Cependant les anciens religieux se plaignirent de nouveau à l'évêque, de l'inobservation, de la part de l'abbé, des decrets portés dans la derniere visite, & ils en obtinrent une nouvelle, au mois de septembre 1624., dans laquelle les commissaires représenterent à l'abbé de se conformer aux concordats faits avec ses religieux &

_____

(1) Psalm. 82.

aux decrets publiés, dans les vifites précédentes. Ils en ajouterent encore quelques nouveaux, mais ils s'apperçurent bien que leur préfence & leur infpection n'étoient nullement agréables à l'abbé, & qu'il tramoit fourdement contre l'autorité de l'évêque.

En effet ils furent informés, fur la fin d'octobre, de l'arrivée de Dom Luc de Fleuru à Rome, & des refforts qu'il faifoit jouer, de la part de fon abbé, pour obtenir l'exemption de l'ordinaire & unir l'abbaye de faint Hubert à la congrégation de faint Vannes, ou à celle du Montcaffin, mais le réfident du prince évêque de Liege, rompit toutes fes mefures; & tous fes foins & fes démarches n'eurent aucun fuccès. Il obtint néanmoins le 25. avril 1625. une bulle de confirmation de la réforme introduite,

Dans cette bulle le pape Urbin VIII. s'exprime en ces termes :

Ex voto congregationis venerabilium fratrum noftrorum S. R. E. cardinalium negotiis regularium præpofiturum, reformationem & inftitutionem præfatas, ac pro ut illas concernunt fcripturas defuper confectas, & in eis contenta atque indè legitime fecuta, quæcumque licita tamen & honefta, ac facris canonibus concilii Tridentini decretis nec non ordinis S. Benedicti & congregationis SS. Vitoni & Hidulphi hujufmodi regularibus, minime contraria, apoftolica, autoritate, fine præjudicio quorumcumque jurium moderni & pro tempore exiftentis epifcopi Leodienfis, tenore præfentium approbamus & confirmamus.

Dès le 7. juin, l'abbé fit fignifier cette bulle aux anciens religieux, par un notaire dans les prieurés. Ils députerent un de leurs confreres à Liege, qui repréfenta, que par cette bulle, l'abbé ne deviendroit que plus entreprenant & plus téméraire, à l'égard du prince évêque, malgré la claufe refervative de fes droits, exprimée dans cette bulle; que les décrets & concordats paffés entre l'abbé & eux & confirmés d'autorité épifcopale, n'y étant point inferés & confirmés, qu'autant qu'ils n'étoient pas directement oppofés à l'inftitut de la congrégation de faint Vannes, auquel l'abbé prétendoit qu'ils étoient contraires, il éluderoit par là, tout ce qui s'étoit fait jufqu'alors.

Quelque temps après, les religieux, fans ceffe vexés par ce turbulant abbé, qui fous tout autre gouvernement eût été enfermé pour le refte de fes jours, afin de dérober à la terre un femblable boutefeu, mais que l'on fouffre, dans le gouvernement de l'églife, parce qu'elle attend fes enfants à recipifcence & qu'elle ne corrige jamais qu'avec charité; ces religieux enfin, outrés de fa perfécution, prefenterent, aux commiffaires de l'évêque, de nouvelles plaintes contre cet abbé, contenant non-feulement les vexations qu'il exerçoit contre eux, mais encore contre les fujets de l'abbaye; & n'y oublierent pas les manœuvres fourdes qu'il employoit, tant contre eux que contre la jurifdiction de l'évêque &c. & demanderent encore une vifite, comme le feul remede qui pût au moins calmer leurs maux, pour un temps.

Elle leur fut accordée & l'évêque donna ordre, à fes commiffaires, de prendre avec eux un abbé de l'ordre de faint Benoit, qui devoit être celui de Munfter, & qui devoient travailler de concert à mettre fin, à tant de troubles, de plaintes & de tracafferies.

Les commiffaires avertirent l'abbé du jour de leur arrivée, & de l'ordre qu'ils avoient donné, aux religieux des prieurés, de fe rendre à faint Hubert pour la vifite.

L'abbé trop clair voyant, pour ne pas fentir une partie de fes torts & craignant les fuites de tant de plaintes & de vifites, repandit le bruit, dans le public, que le refte de fes jours, dans le château de Bouillon; qu'ils vouloient détruire la réforme & replacer dans le monaftere *le dragon de la débauche* : c'eft ainfi qu'il qualifioit fes anciens religieux; & que fous les apparences d'une piété factice, il furprit la piété véritable & fincere de l'Infante Ifabelle pour lors gouvernante des Pays-Bas. Il en obtint, par ce ftratagême, un détachement de troupes pour fa défenfe & qu'il fit entrer dans l'abbaye, dont on a vu qu'il avoit fait une efpece de place d'armes.

Les commiffaires de l'évêque, au nombre de trois, prirent la route de Marche-en-Famene, pour fe rendre à faint Hubert. Ils y trouverent le fyndic de l'abbé, un huiffier de Luxembourg, & un autre témoin. Le fyndic leur dit, que l'abbé fe doutoit de l'objet de leur commiffion, & qu'il avoit ouï dire, qu'on projettoit de s'affurer de fa perfonne, de l'enfermer dans les prifons de Bouillon, & de détruire la réforme. Ce bruit étoit fans fondement, mais fa confcience lui dictoit, fans doute, qu'il étoit affez coupable pour le mériter. Les députés répondirent par écrit, que la conduite du prince évêque, n'avoit pu donner lieu à des foupçons auffi odieux, que la réforme étoit fon ouvrage, autant que ce lui de l'abbé, que leurs intentions étoient pures, & fi conformes aux vues de leur évêque, qu'ils n'étoient accompagnés que de leurs domeftiques. A deux lieues de faint Hubert, ils trouverent un officier qui leur tint le même langage que le fyndic. Etant arrivés à la porte de l'abbaye, ils la trouverent fermée & gardée par des foldats, & ils apprirent qu'il y en avoit au moins deux cents dans l'intérieur du monaftere.

monaftere. Ils firent demander à l'abbé l'entrée pour faire la vifite, fuivant la commiffion de leur évêque, & le portier, après un quart d'heure d'abfence, vint leur répondre de la part de l'abbé, qu'ils pouvoient aller defcendre à l'auberge. Lui ayant fait dire que la coutume étoit de recevoir les vifiteurs dans le monaftere, il donna pour reponfe qu'il n'y avoit pas de place, que les appartements & les écuries étoient remplis.

Les commiffaires n'ayant pû avoir l'entrée du monaftere, furent donc obligés de fe rendre à une auberge, d'où ils firent fignifier à l'abbé copie de leur commiffion, en lui fixant un temps pour donner la liberté de faire la vifite, felon l'ufage, & de renvoyer les foldats & autres gens armés qui étoient dans le monaftere & qui pouvoient y apporter obftacle.

L'abbé pour toute reponfe leur fit fignifier, par un notaire, une efpece de proteftation d'appel, au faint fiege, de tous les décrets portés, depuis quatre ans, par les commiffaires de l'évêque dans fon monaftere, qu'il difoit être réformé d'autorité apoftolique & par la protection du roi d'Efpagne, fouverain pour lors des Pays-Bas.

Les commiffaires l'admonefterent de nouveau, de donner lieu à la vifite & de congédier fes troupes, fous peine d'excommunication, & d'interdiction du monaftere, mais n'ayant reçu aucune fatisfaction de fa part, ils la fulminerent le 13. juin avec les formalités ordinaires. Ils interdirent le monaftere & l'églife, permettant feulement à un chapelain, d'y célebrer la meffe, en faveur des voyageurs & des pelerins. Cette fentence fût affichée aux portes de l'abbaye & dénoncée au peuple, pendant l'office, dans l'églife paroiffiale de faint Hubert, fous l'invocation de faint Gilles.

L'abbé au mépris de cette fentence, fit toucher les orgues & fonner toutes les cloches, en figne de réjouiffance. Il défendit à tous les fujets & habitants du bourg, fous peine de rebellion & de punition, à lui réfervée, de comparoître pardevant les commiffaires. Il pouffa même l'audace jufqu'à rendre une ordonnance contre un des religieux des prieurés, mandés par les commiffaires, lui enjoignant de fe rendre au monaftere & de comparoître pour entendre ce qui feroit ftatué contre lui, comme auteur de l'arrivée fcandaleufe des commiffaires & de leurs vexations. Il dreffa plufieurs actes de proteftations & d'appels contre lui, au faint fiege, des cenfures fulminées contre fa perfonne & fon monaftere.

Dès que les commiffaires furent partis, il fit monter un prédicateur en chaire, dans l'églife paroiffiale de faint Gilles, où le peuple étoit affemblé pour l'office divin; il l'engagea à invectiver

E

contre les cenfures, & rendit une ordonnance, en forme d'é
dit, par laquelle il enjoignoit, qu'au mépris de l'interdit, on ne
defiftât pas de venir à l'église du monaftere. Il étoit conçu dans les
termes fuivants „ : Sachent tous & un chacun que le réverend préla
„ abbé de faint Hubert defirant ôter le fcandale & fcrupules de
„ confcience qu'aucuns fe pourroient forger fur certaine denoncia
„ tion d'excommunication & interdit eccléfiaftique contre ledi
„ prélat, fon églife & monaftere, hier promulguée, par les fuf
„ fragant, vicaire, & autres commilaires de Liege, a icelui penf
„ pour certiorer la confcience d'un chacun, les avertir que tell
„ prétendue excommunication & interdit font de droit notoire
„ ment nuls, & ne portent coup ni font aucune effort des confcien
„ ces de ceux qui affifteront, à l'accoutumée, aux offices divin
„ de la dite églife, & fréquenteront ledit monaftere, obftant les ap
„ pels & recours qu'at prins ledit réverend prélat à fa fainteté, fou
„ verain juge des enfants de l'églife. Fait à faint Hubert le 15 de jui
„ 1625. étoit figné Nicolas de Fanfon. "
S'il étoit téméraire & ambitieux, il n'étoit pas méconnoiffant de
fervices qu'on lui rendoit, comme il paroit par un autre édit de f
part, donné à faint Hubert le 3. du même mois de juin de la mêm
année 1625. Nous difons édit, parce que c'eft ainfi qu'on qualifio
les ordonnances qu'il rendoit.
„ Nous abbé & prélat de faint Hubert fouffigné, defirant pa
„ quelque courtofie reconnoître les offres officieufes & bonne v
„ lonté nous temoignées, & à nos fujets par le premier lieutenar
„ de la compagnie des chevaux de Dom Diego de Luna, logés à Ba
„ togne, ordonnons aux bourguemeftres de cette ville de lui fou
„ nir & faire fuivre & à ceux de fa troupe, en nombre de vingt-hu
„ chevaux ou environ le foin néceffaire, avec deux bichets d'avoi
„ par jour pour chaque cheval; & au pardeffus deux réaulx de ratior
„ auffi par chaque jour, à la depenfe dudit premier lieutenant,
„ tout pour quinze jours, à la charge des fix féautés de notre ter
„ & des villages de Naffogne & Wibrin. Fait à faint Hubert le 3m
„ juin 1525. étoit figné de Fanfon " : on voit par là qu'il avoit pris d
précautions pour fe deffendre à pied & à cheval. "
Perfonne ne porta plus haut que l'abbé Fanfon, les pretentio
des abbés de faint Hubert. Il fe fit rendre tous les honneurs d
à un fouverain, comme on le peut voir par la lecture de la pie
fuivante : (1)

(1) On ne voit pas à quel autre titre l'abbé auroit pu en agir auffi defpotiquement.

„ Nous Dom Nicolas de Fanſon, à tous qu'il appartiendra ſa-
„ lut, l'Éternel, donc la ſeule providente bonté, nous ayant ap-
„ pellé & établi en la dignité abbatiale de ce devet monaſtere
„ de ſaint Hubert, à raiſon de laquelle ſommes ſeigneur de cette
„ même terre; & dont par les bulles de notre inauguration ou
„ confirmation & par clauſes expreſſes contenues en icelles ,
„ eſt enjoint à tous nos vaſſaux & ſujets de nous préter en-
„ tre autres l'obeïſſance, honneur & fidélité & hommages qu'ils
„ nous doivent, ce que n'aurions néanmoins exigé juſques huy,
„ pour autres divers empêchements qui nous ont occupé , leſ-
„ quels ceſſant en partie, avons trouvé bon d'ordonner , & com-
„ me par cette, ordonnons à tous nos officiers & ſujets natu-
„ rels, principalement ceux qui ſont domiciliés en notre terre de
„ ſaint Hubert, de nous préter le ſerment de fidelité & devoit
„ ſuſdits, leſquels recevrons nous même des dits officiers & iceux,
„ en notre nom, de leurs ſubjets d'office & le tout virtuellement,
„ & ſelon la forme qui leur ſera preſentée; mandons partant
„ & commandons à tous & chacun de nos officiers, juſticiers &
„ ſujets de notre dite terre genera lement d'en faire le devoir &
„ acquit conformément au formula re ſouſcrit & qui le devront
„ inſerer : tant la preſente ordonnance que formulaire ſeront en-
„ régiſtrés en chacune de nos cours, avec annotation des noms de
„ ceux qui s'en auront acquitté ou bien qui l'auront refuſé, pour
„ être tel notre plaiſir & volonté. Fait à ſaint Hubert le 20 mars
„ 1616. N. de Fanſon.

Les ſerments furent prétés ſelon le déſir de l'abbé & l'on ne
voit pas que le conſeil de Luxembourg ſe ſoit appoſé à une ſemblable demarche. On voit au contraire que mettant en œuvre
tous les reſſorts de ſa politique, il en obtint les ſecours neceſſaires au maintien de ſa révolte.

Cette conduite paroit d'autant plus extraordinaire de la part
de ce conſeil qu'il ſemble, par là, avoir reſpecté, dans la perſonne
de l'abbé de ſaint Hubert, les conventions relatives à la poſſeſ-
ſion territorielle & qu'il à depuis embraſſé ſur cet objet un ſyſtême tout oppoſé, On ne dira pas que les raiſons qui militoient
dans un temps doivent militer dans l'autre, c'eſt une conſequence
qu'on regarderoit peut-être comme ſophiſtique, mais qui n'en ſeroit pas moins vraie.

On peut dire que l'abbé Fanſon avoit pour le temps toute la
politique poſſible. S'il avoit pu remplir ſes deſſeins & jouir tranquillement de ſon deſpotiſme il auroit pû donner au public des

E ij

commentaires fur Machiavel & developper de nouveaux moyens de parvenir artificieufement à fes fins.

Le cardinal Cuena inftruit de la conduite de l'abbé de faint Hubert, à l'égard du prince évêque de Liege & de fes religieux, envoya à l'Infante un très-long mémoire, où il developpe fon caractere artificieux, & reprefente à cette princeffe qu'elle compromet fa piété, en donnant des fecours à un homme qui fe revolte contre l'autorité de fon prince, (ce font fes termes) de fon fupérieur, & de fon évêque.

Les religieux des prieurés qui avoient été mandés pour la vifite & qui n'avoient également pas eu l'entrée du monaftere, étoient reftés dans le bourg. Ils fupplierent les commiffaires de leur décreter une fomme fur les biens de l'abbaye, pour payer les frais des vifites précedentes, qui n'étoient pas encore acquittés. Les commiffaires leur accorderent un décret, pour la levée d'une fomme d'environ cinquante ducats; & il fut adreffé à la cour de Bouillon pour être mis à exécution. L'abbé contre les privileges de ce duché qui appartenoit, pour lors, à l'églife de Liege & dont il eft premier pair, appella au faint fiege des ordonnances de cette cour; & non content de cette demarche, il obtint du confeil de Luxembourg des reprefailles contre les fujets du duché de Bouillon, qui paffoient par la province de Luxembourg, pour aller chercher en Lorraine des grains qui leur furent faifis. Et c'eft fans doute ce qui a fervi d'exemple à l'abbé actuel, pour demander la faifie des biens des ecclefiaftiques Liegeois. Il y avoit de meilleurs modeles à fuivre dans le nombre de fes predeceffeurs.

L'évêque & prince de Liege envoya fon fuffragant & un autre deputé à Bruxelles, pour fe plaindre à l'Infante Ifabelle, pour lors gouvernante des pays bas, de l'oppofition faite par fes troupes, à l'exercice de la jurifdiction ecclefiaftique dans l'abbaye de faint Hubert. La fereniffime Infante envoya l'examen de cette affaire à fon confeil privé, où le prieur, foi-difant de faint Hubert, ofa avancer quantité de calomnies, contre le fereniffime prince évêque de Liege & fes commiffaires; & entr-autres il accufa ces derniers de s'être laiffé corrompre par prefents.

Cependant l'Infante écrivit au prince évêque de Liege, que ni elle, ni Sa Majefté catholique, n'avoient pas eu intention de s'oppofer ni d'empêcher l'exercice de fa jurifdiction ecclefiaftique, s'il étoit vrai qu'il fût en poffeffion de l'exercer, mais que comme cette jurifdiction étoit conteftée, par l'abbé de faint Hubert & faifoit l'objet d'un procès, en cour de Rome, elle n'avoit pu moins faire,

que d'empêcher qu'il ne fût rien attenté de préjudiciable au droit prétendu par l'abbé, en attendant la décision de sa sainteté. Enfin l'affaire ayant été plaidée à Rome pendant près de deux ans; & l'abbé ayant épuisé toutes les chicannes que son esprit fertile en subterfuges avoit pû lui suggérer, il fut jugé le 22 Décembre 1627, par une congrégation de trois cardinaux, députés par le Saint Pere:
„ Que l'évêque de Liege étoit en possession d'exercer sa jurisdiction
„ ordinaire dans le monastere de St. Hubert, tant sur le chef que sur
„ les membres, ses annexes & dépendances, de faire des visites
„ & des statuts, même concernant la discipline reguliere, en
„ reservant cependant à l'abbé la correction, touchant l'obser-
„ vance de la regle & des statuts, dans les cas où il ne faudroit
„ pas proceder, suivant la forme & figure judiciaires. " On enjoi-
gnit à l'abbé & aux religieux qui avoient suivi son exemple pernicieux, de révolte, de se retirer par devers M. l'évêque de
Liege pour être absous des censures qui avoient été fulminées
contre eux; (1) ce qui fut exécuté dans la visite du 4 mai 1728.
dans laquelle les commissaires de l'évêque donnerent l'absolution
à l'abbé & aux religieux qui lui avoient adhéré, leverent l'interdit & confirmerent les décrets portés, dans les visites antérieures
& notamment dans celle de 1623.

Les commissaires ayant remarqué dans cette visite que l'abbé n'a-
voit observé jusqu'alors, aucun des décrets portés d'autorité épiscopale, mais qu'il avoit au contraire & suivant son bon plaisir, reçu
un grand nombre de jeunes religieux & continué à en exiger des
sermens, tendans toujours à unir l'abbaye en congrégation, contre
la défense, sous peine de censure que l'évêque en avoit faite; qu'il
s'étoit particulierement attaché à élever ces jeunes gens dans une ig-

(1) *Illmi cardinales deputati resolutionem dudum conceptam Smo. 22 Xbris 1627. com-*
municarunt in consistorio, quam idem Smus gratam & ratam habens, mandavit justitiam
fieri, prout eadem die lata fuit sententia in favorem Smi, qua dicti Illmi cardinales, Smum
principem in possessione, seu quasi exercendi jurisdictionem ordinariam in monasterio sancti Hu-
berti, de qua agitur, tam in capite quam in membris, & ejusdem annexis & connexis, nec
non visitandi & statuta quæcumque condendi ; etiam regularem observantiam concernentia ,
(secundum tamen Sti Benedicti regulam , & non immutata reformatione , alias in monasterio in-
reducta vel ulterius promovenda) salva abbati pro tempore correctione, circà regulæ &
statutorum observantiam , in casibus in quibus de jure citra formam & figuram judicialem
procedendum erit, manutenendum & conservandum ac manuteneri & conservati mandarunt
& mandant per præsentes, & insuper eosdem D. abbatem ac monachos & alios excommuni-
catos ad dictum Smum principem episcopum ut absolutionem ab illo, alio vel aliis, ab ipso depu-
tand s a censuris fulminatis & relaxationem interdicti , in ecclesia & monasterio prælatis , &
aliis locis de quibus in actis ,juxta formam ecclesia, consuetam, recipiant & cum effectu conse-
quantur, remittendos duxerunt & per præsentes remiserunt.

norance affectée de la jurifdiction de l'évêque ; qu'il avoit rédigé une
efpece de code de la réforme, & de ce qui s'étoit paffé pour l'introduire, fans y faire la moindre mention de l'évêque ; qu'il avoit ex-
torqué de fon chapitre une procuration générale. au moyen de laquelle, il gouvernoit tout à fon gré, tant pour le fpirituel que pour
le temporel, & par laquelle il avoit occafionné des depenfes exceffives à fon monaftere, par fes procès & fa revolte téméraire contre
fon évêque ; enfin les commiffaires convaincus de fes excès, lui di-
rent qu'il méritoit d'être privé de fa dignité & chatié fuivant les
loix canoniques, mais que l'évêque & prince, par une fuite de fa
moderation, leur avoit ordonné feulement de le fufpendre de fon
office : fur quoi l'abbé, à force de prieres, de foumiffions & de promeffes : obtint que cette fufpenfion ne feroit pas décretée, il promit
de donner à l'avenir au fereniffime prince évêque toute la fatisfaction qu'il pouroit defirer.

Sur le rapport fait à l'évêque des difpofitions apparentes de l'abbé,
il chargea M. de la Roche fon confeiller de traiter d'un accommo-
dement final. En confequence ils firent le 15. Xbre. 1628 la tranfaction fuivante, que nous rapportons ici en entier, à caufe de fon importance :

" In nomine Domini amen. Tenore præfentis inftrumenti cunctis
" pateat evidenter & notum fit, quod anno a nativitate Dni mille-
" fimo fexcentefimo vigefimo octavo, menfis Xbris die 15a in noftra
" notariorum publicorum & teftium infra nominatorum præfentia,
" perfonaliter conftituti, ampliffimus vir Dnus Gafpar a Rupe Smi
" confiliarius fcabinus Leodienfis ad infra fcripta, fpecialiter depu-
" tatus ex una, & admodum Rdus D. Nicolaus Fanfonius, abbas
" monafterii St. Huberti in Ardenna, diœcefis Leodienfis partem, tam
" pro fe, quam pro conventu fuo, faciens ex altera partibus, expo-
" fuerunt qualiter poft fententiam inter eundem Smum princi-
" pem & ipfum D. abbatem per Illmos DD. cardinales Baudinum,
" Millinum, & Bifcia judices, a Smo D. N. deputatos, in anno
" Dni 1627 menfis Xbris 22 latam, eamque legitimæ executioni de-
" mandatam, fupererant adhuc inter partes, multæ & graves diffi-
" cultates, pro quibus ad commune bonum fopiendis, inter fe tam
" verbo, quam fcripto, fub beneplacito ejufdem Smi principis trac-
" taffent, ac fere conveniffent, de cujufmodi tractatu ac conven-
" tione propofita, dictus D. confiliarius, ipfum quoque Smum
" reddidiffet certiorem, qui amore præfertim reformationis in præ
" fato monafterio vigentis & quam ipfe Dnus abbas cum fuis religiofi
" obfervare dignofcitur, fuam etiam mentem favorabilem defupe

,, aperuiffet, ulterioremque idcircò tractatum & conventionem
,, eidem demandaffet, prout binis litteris ejufdem Smi ad eundem
,, D. confiliarium de data 20 9bris noviffimi plenius continetur.
,, Quo circà volentes idem Dni confiliarius fub eodem beneplacito
,, Smi principis & abbas fub fui conventus ratificatione ejufmodi
,, tractatum & amicabilem compofitionem ulterius in Dno promo-
,, vere & ad optatum finem perducere, tandem poft varias com-
,, munirationes inter fe habitas, convenerunt in hunc qui fequitur
,, modum.
   ,, *Primo*. Quod licet dicta fententia Illmorum cardinalium fit dun-
,, taxat in poffefforio, lata de manutenendo fcilicet Smum princi-
,, pem in poffeffione, feu quafi exercendi jurifdictionem ordinariam
,, in dicto monafterio, tam in capite quam in membris, & ejufdem
,, annexis & connexis, nec non vifitandi & ftatuta quæ que conden-
,, di, etiam regularem obfervantiam, concernentia, fecundum tamen
,, divi Benedicti regulam, & non immutata reformatione, alias in
,, monafterio introducta, vel ulterius promovenda, falva Dno abbati,
,, pro tempore correctione, circà regulam & ftatutorum obfervan-
,, tiam, in cafibus in quibus de jure, citra formam & figuram judi-
,, cialem procedendum erit; ut latius tenore ejufdem fententiæ de
,, data Romæ 22 Xbris 1627. continetur: quia tamen antequam
,, ad dictam fententiam deventum fit, negotium hoc in curia fuit
,, diligentiffime & ad amuffim longo tempore difcuffum, ita ut ni-
,, hil reftet, quod rationibus hinc inde allatis adjici poffe videatur.
,, Eftque decretum hoc latum verbo prius jus præfatos Illmos cardi-
,, nales cum Smo Dno N. habito, & continet præfervationem regulæ
,, Si Benedicti ac reformationis introductæ ulterius que promo-
,, vendæ; quam in rem partes hactenus collimarunt præcipue,
,, obediet idem abbas ejufque conventus, in pofterum, perpetuis
,, futuris temporibus eidem fententiæ, nec illi unquam directe vel
,, indirecte contraveniet x revocatis ac pro nullis ac inutilibus habi-
,, tis quibufcumque in ejufmodi præjudicium dictis, fcriptis, geftis
,, vel factis, ficut & fe eidem accommodabit idem Smus prin-
,, ceps, quoad jus ut præfertur eidem Dno abbati falvatum & re-
,, formationem præfervatam, in eadem fententia; ita quod in even-
,, tum, quo Smus princeps ejusve fucceffores epifcopi Leod. vel
,, illorum vicarii aut commiffarii huic juri D. abbatis, aut præfatæ
,, reformationi contraria ftatuta regularia ederent: liberum futurum
,, fit Dno abbati ejufque conventui, fibi contra eos per legitima ap-
,, pellationis & recurfus remedia providere.
   ,, *Secundo*. Remanebit proinde in fuo robore confirmatio refor-

„ mationis per eundem Dnum abbatem a Smo D. N. obtenta &
„ ab Illmo D. nuncio apostolico publicata: quatenus juri ordinario, &
„ speciatim dictæ sententiæ non præjudicat. Quia tamen in intro-
„ ductione reformationis per D. abbatem autoritate ex auxilio
„ Smi principis, facta non fuerat expressum, an esset ad *instar* con-
„ gregationis monasterii Montis-cassinensis; prout fuit postea ab eo
„ consulto pro norma perfectiore factum, possetque tempore suc-
„ cedente, idcircò nova prætendi exemptio, quippe quod ea con-
„ gregatio sit sanctæ sedi immediate subjecta, unde nova turbatio
„ novique sumptus occiderent, pro vitando ejusmodi periculo ad
„ majorem cautelam, promittet a novo D. abbas subjectionem, re-
„ verentiam & obedientiam, erga eundem Smum principem, uti
„ ordinarium suum, ejusque pro tempore futuris perpetuis tempo-
„ ribus successores episcopos Leodienses dicta reformatione non obs-
„ tante suis suique monasterii juribus & privilegiis salvis: idemque
„ promittunt omnes religiosi conventuales, pro se & futuris fra-
„ tribus suis.
„ *Tertio.* Quia inter alias difficultates incidit suspicio, quod idem
„ Dnus abbas, promoventibus exteris religiosis unionis Lotharin-
„ gicæ, quibus ad novitiatus introducti directionem utebatur, vel-
„ let monasterium suum eidem unioni aggregare; licet ipse pluries con-
„ trarium declaraverit: pro tollenda ejusmodi suspicione, promitten
„ idem abbas ejusque conventus, non facere aliquam unionem
„ aggregationem, vel annexionem ad extera monasteria quodque non
„ utentur: amplius in suo monasterio opera exterorum religiosorum
„ absque speciali scitu & assensu ejusdem Smi principis ejusve pro
„ tempore successoris episcopi Leodiensis.
„ *Quarto.* Similiter promittent, non contravenire laudabili con-
„ suetudini de vocandis commissariis ejusdem episcopi, pro dirigenda
„ assistentibus sibi duobus religiosis ejusdem monasterii a conventu
„ putandis, novi abbatis electione, dum casus occurret, salva ipsis de
„ cœtero electionis libertate consueta, concorditer ad concordat
„ inclitæ nationis Germanicæ & privilegia sua particularia,
„ *Quinto.* Expensæ damnaque & interesse quæ Dnus abbas &
„ ejus conventus in executione dictæ sententiæ manutentionis Smo
„ principi ejusque ecclesiæ Leodiensi ad dictamen judicis refunder
„ jurarunt, (nisi Smus princeps dignetur ea remittere, pro qu
„ remissione, intuitu rationum ad Smam S. Celsitudinem, nuper mis
„ sarum ipsi quam humillime supplicant) summarie per Illmos Dno
„ cardinales examinabuntur quæ rationabiliter refundenda vide
„ buntur, illaque ab eis, vel restituentur datis terminis opportuni
ve

„ vel compensabuntur prorata, in eventum qua idem Smus prin-
„ ceps ejusque capitulum reperiantur monasterii Sti Huberti debitores,
„ per determinationem litis inter partes pendentis, coram Illmo nun-
„ cio apostolico, ratione silvæ dotalis prioratus Bullonienfis, in quem
„ finem perficietur amicabiliter & summarie ejusdem litis instructio
„ & terminabitur per eundem Illmum nuncium apostolicum.

. „ *Sexto.* Vicissim erit integrum Dno abbati ejusque conventui
„ requirere contra procuratorem Bullonienfem & alios sibi bene
„ visos damna & interesse quæ prætendit sibi inique illata, prætextu
„ quorumdam ordinationum per DD. visitatores a Sma Celsitudine
„ deputatos factarum & litterarum concilii privati Leod. ad eas
„ conformium, præstabitque eidem abbati & conventui Sma
„ Celsitudo, ad id favorem & auxilium pro complemento justitiæ
„ consequendo.

„ *Septimo.* Ut nulla amplius restet ratione introducta reforma-
„ tionis difficultas, postquam pax jam etiam inter eundem D. ab-
„ batem & seniores ejus religiosos comissariorum Smi interposi-
„ tione coaluit & Sma Celsitudo cupit omnes ejusmodi difficulta-
„ tes, etiam quoad Fratrem Franciscum Laurentii Sopitas esse, idem
„ D. abbas pro ejusmodi pacis incremento suscepit curare, ut ratio-
„ nabilia debita, quæ idem Frater Franciscus in itinere Romano
„ perficiendo, & alias alibi extra monasterium degens, pro litibus ea
„ occasione ad suam & confratrum suorum causam promovendam,
„ victumque & alias necessitates contraxit, per prioratuum suorum
„ administratores, juxta statum ab eo factum & terminantem ad
„ summam bis mille ducentorum florenorum supra recepta ; adhi-
„ bito desuper ipsius fideli juramento, solvantur, permittitque ut
„ ipse libere & pacifice ad prioratum Cunensem, cum aliis seniori-
„ bus aut ad suum monasterium, sub reformationis disciplina victurus
„ redeat, vel si Seren'ssimæ Celsitudini consultius videbitur, consentit
„ ut is monasterio ejus Stabulensi, ubi lectoris officio fungi dicitur vel
„ alteri sui ordinis beneviso incorporetur. Qui si nihilominus perfistat
„ in petitione pensionis 300 florenorum quam prætendit cum suis
„ confratribus a D. abbate oblatam, pro alimentis foris quærendis:
„ etsi Dno abbati videatur valde extraneum, postquam ipsum in
„ universitate Duacena magnis monasterii sumptibus, in studiis theo-
„ logicis aluit & gradu licentiæ insigniri fecit quocirca possit & debeat
„ merito ubicumque sit alimenta lucrari ; nihilominus si aliter ea diffi-
„ cultas Serenissimæ S. C. favore eximi nequit, concipietur hinc inde
„ quam primum sincera facti species, mitteturque ad sacram congrega-
„ tionem regularium, pro resolutione quæ quæstionem hanc decidat.

F

„ *Octavo.* Cœterum decreta inftitutæ reformationis abinde fe-
„ cuta in vifitationibus lata revidebuntur a vifitatoribus per Smum
„ principem dandis, & fi in aliquibus a præfenti reformationis obfer-
„ vantia deviare dignofcantur, ad eam reducentur & moderabun-
„ tur, audito fuper hoc Dno abbate & duobus fa tem monachis.
„ reformatis, reliquis aliis in fuo robore permanentibus.

„ *Nono.* Idem Smus princeps præmiffis mediantibus in gratiam
„ Stæ reformationis bene ftabilitæ & ulterius Deo larg ente promo-
„ vendæ, proimata pietate & clementia, quietis monafterii, nec non
„ firmæ reconciliationis; perpetuæque futuræ pacis amore offenfas
„ omnes remittet; falvo quod ut dictus D. abbas ejufque conven-
„ tus promiferunt, & ulterius promittunt : ipfi fuis officiis & obfe-
„ quiis eas in pofterum compenfent, ceffabuntque lites, præten-
„ fiones & difficultates ulteriores omnes, & quæcumque inter par-
„ tes occafione reformationis mota; fpeciatim vero renunciabunt
„ D. abbas ejufque conventus, omnibus appellationibus a fe, eadem
„ occafione interpofitis, eafque revocabunt, ac pro non factis velle
„ fe habere declarabunt.

„ In quorum omnium fidem, iidem Dni Confiliarius & abbas a
„ nobis notariis publicis defuper præfens inftrumentum ad perpe-
„ tuam rei memoriam fieri petierunt, idipfumque manibus fuis
„ propriis fubfcripferunt. Acta funt hæc in monafterio Sti Huberti.
„ ante fato, fub anno, menfe, & die quibus fupra, præfentibus
„ ibidem Rdo Dno Gafparo Aurigæ oppidi Sti Huberti parocho &
„ ampliffimo viro Dno Joanne Gobaud J. V. Doctore & oppidi Sti
„ Huberti prætore. Sic fignatum Nicolaus de Fanfon, qui fuprà,
„ Gafpar Aurigæ qui fuprà, Joannes Gobaud J. V. Doctor. Deo-
„ datus Socquay, notarius; Joannes Jupiile, notarius, anno, menfe,
„ die quibus fuprà. Coram nobis iifdem notarius & teftibus perfo-
„ naliter in loco capitulari ejufdem monafterii confueto conftituti
„ admodum R. D. Nicolaus Fanfonius dicti monafterii abbas, ejuf-
„ que fratres religiofi omnes capitulanter legitime ad infra fcripta
„ congregati, & capitulum conftituentes, habita lectura fuprafati
„ inftrumenti, & matura defuper deliberatione, confiderato etiam
„ quod ipfum, cum confilio & affenfu primariorum & feniorum fra-
„ trum fuorum emanaverit, fponte & ea certa fcientia, omnia & fin-
„ gula in eo contenta, cum ampliffimo viro D. Gafparo a Rupe Smi.
„ confiliario & fcabino Leod. gefta unanimiter ratificarunt, lauda-
„ runt & approbarunt, fideliterque & fancte ea præftare & adim-
„ plere pro fe & pro futuris confratribus, domus fuæ religiofis pro-
„ miferunt fpeciatim quod in perpetuum accommodabunt fe fen-

„ tentiæ Illmorum cardinalium ibidem memorata & sibi bene notæ,
„ nec unquam & directe vel indirecte contravenient, eidemque
„ Smo principi & futuris ejus fuccefforibus epifcopis Leod. fubjec-
„ tionem, reverentiam & obedientiam præftabunt, reformatione
„ fua non obftante, juribus & privilegiis falvis, renuntiaruntque
„ infuper quafcumque interpofitas appellationes & alia quæcumque
„ a fe dicta, fcripta, facta vel gefta in præmifforum præjudicium
„ aliafque ut in meliori forma. Acta funt hæc in præfentia præfati
„ Dni confiliarii præmiffa, nomine ejufdem Smi principis acceptan-
„ tis. In quorum fidem & robur dictus Dnus confiliarius dictufque
„ abbas & fratres ejus capitulum conftituentes, præfens inftru-
„ mentum a nobis præfatis notariis fieri petierunt, illudque ma-
„ nibus propriis fignarunt & figillo fuo abbatiali ac conventuali
„ muniri fecerunt. Signatum Nicolaus Fanfon, abbas qui fuprà. Fr.
„ Benedictus Leffive, Martinus Fanchon, Lambertus Vandenroye,
„ Andreas Mathæi, Romualdus Hanckar, Remaclus Balon, Ma-
„ thæus Lahaye, Philippus Gruning, Paulus Gilfon, Bernardus de
„ Franfinne, Bonaventura Spigay, Thadæus Thiery, Floriber-
„ tus Boulet; Bafilius Noel, Ambrofius Goblet, Jacobus de Ge-
„ nalle, Placidus la Croix, Hubertus Grignet, Joannes Prayon,
„ Petrus Molart, Mono Mafæus, Michael Fabry, Maurus Michlot,
„ Carolus Lepage, Sulpitius Somlette, Laurentius Jadot, Roma-
„ nus le Patron, Stephanus le Chafteur, Hyeronimus Noville, &
„ paulo inferius Gafpar Aurigæ qui fuprà, Joannes Gobaud teftis.
„ Deodatus Jocquay, notarius, Joannes Jupille, notarius, & erant
„ impreffa duo figilia in cera viridi, abbatis fcilicet & conventus.
„ Et licet non deeffent nobis graviffimæ caufæ propter quas iis in
„ rebus merito nos ad ejufdem concordiæ confirmationem diffici-
„ liores exhibere debuiffemus, & rationem in obedientiæ ab eodem
„ abbate in rigore juftitiæ, requirere, nihilominus ex caufis in
„ eodem actu memoratis, & aliis animum noftrum ad id mo-
„ ventibus clementiam rigori juftitiæ præferentes eandem concor-
„ diam prout fuprà ad longum defcripta eft, laudandam & approban-
„ dam cenfuimus, laudamufque & approbamus per præfentes. Quod
„ vobis univerfis & fingulis ad quos fpectare poteft & poterit, in
„ futurum, notificamus earumdem præfentium tenore. In cujus rei
„ fidem præfentes fieri, ac figillo noftro muniri fecimus, propriæque
„ manus noftræ fignatura, firmavimus. Datæ in civitate noftra
„ Bon. anno 1630. menfis maii die 8. Signatum Ferdinandus, In-
„ ferius Segerus Strans ".
Par les précautions énoncées dans cette tranfaction, on voit

combien le prince de Liege avoit à cœur le retabliffement de la
paix dans ce monaftere. Il y conftate l'exercice de fa jurifdiction
ecclefiaftique, comme un droit précieux de fon églife, & parcequ'elle avoit toujours été la pierre d'achopement aux abbés ambitieux, qui cherchoient à s'y fouftraire, pour pouvoir exercer,
fans gêne, un pouvoir arbitraire. L'idée de fouveraineté dont ils
fe repaiffoient & qui emporte avec elle une obéiffance fans replique, ne pouvoit fympatifer chez eux, avec ce pouvoir que
leurs religieux avoient de recourir à l'autorité d'un fuperieur majeur, & qui malgré l'obéiffance particuliere qu'ils lui avoient vouée
jouiffoient d'un privilege que les fujets des fouverains n'ont pas.
L'afiliation de leur monaftere à une congregation les auroit fouftraits à l'obéiffance de l'ordinaire & les abbés feroient devenus
les fouverains defpotiques de leurs religieux, comme ils pretendoient l'être de leurs vaffaux. Ce fut pour y remedier que
tous les droits du prince évêque de Liege furent conftatés,
dans cette tranfaction, & que l'abbé qui avoit échoué dans
tous fes fubterfuges & fes défences, y foufcrivit avec toute la
communauté : l'un, parce qu'il avoit épuifé fes reffources & en quelque façon malgré lui, les autres le cœur plein de joie de voir
renaître la paix dans leur maifon, en confervant leur privilege. La
nouvelle réforme y fut auffi confirmée, pour autant qu'elle étoit
conforme à l'efprit de la regle de faint Benoit, mais on verra
dans la fuite quel en étoit l'objet.

On ne voit pas que le gouvernement de Bruxelles, ni le confeil
de Luxembourg, ayent pris la moindre part à ces demêlés, depuis
que la cour de Rome avoit confirmé la jurifdiction de l'évêque &
prince de Liege. Il étoit réfervé à Dom Spirlet, abbé actuel, de
reffufciter, en lui, l'efprit de Dom Fanfon, pour exciter les mêmes
troubles & les mêmes diffentions.

Depuis l'époque de cette tranfaction les chofes fe pafferent affez
tranquillement jufqu'en l'année 1633., que l'abbé Fanfon, avan-
çant en âge & craignant d'avoir un fucceffeur qui detruifit fon ouvrage, imagina de s'en donner un lui-même. Sans confulter perfonne, felon fon ufage, il jetta les yeux fur Dom Luc de Fleuru, le
feul qu'il crût digne de perfectionner fon ouvrage, pour le faire fon
coadjuteur, avec l'expectative à la future fucceffion. Il n'ignoroit
pas que ce religieux n'étoit pas agréable aux anciens, ni même aux
nouveaux réformés, ce qui lui fit defefperer de reuffir, en foumettant l'élection aux fuffrages libres de la communauté, mais comme il étoit fertile en expédients & en reffources, il eut recours à un

nouveau ſtratagême qui prouve bien, que la prétendue réforme n'avoit point augmenté en lui, le degré de candeur ſi eſſentiel à un ſupérieur; & l'aſſerviſſement, ou plutôt la ſtupidité à laquelle il avoit réduit la nouvelle communauté. C'étoit un Prothée qui ſavoit s'envéloper de tous les voiles & qui prenoit toutes les figures poſſibles pour parvenir à ſes fins. Nous devons ce trait de ſon hiſtoire à l'abbé actuel, qui dans le procès qu'il a ſoutenu à Rome en 1760., pour ſe ſouſtraire à la juriſdiction de l'évêque de Liege, l'a rapporté dans ſon ſommaire additionel lettre O où il s'exprime ainſi:

Sexta octobris 1633. *decantatam ſolemniter miſſam de Spiritu ſancto, abbas, cum commiſſariis Leodienſibus & ſuo conventu, ivit ad capitulum, ubi cum vicarius Leodienſis expoſuiſſet breviter cauſam ſui adventus, eſſe electionem coadjutoris, ad quam conventuales exhorratus eſt, tunc abbas indicti capituli cauſam aperire incipiens, petiit ſibi dari coadjutorem cum futura ſucceſſione, quibus fuſe deductis, dum Dominus Sebaſtianus a Rupe commiſſarius, quædam ad intentum ejuſdem abbatis facientia ſubjiceret, ecce frater laicus ad foras capituli comparet cum ſedula ſibi ad portam monaſterii per notarium a religioſis in prioratibus Galliæ reſidentibus expreſſe tranſmiſſum, tradita quâ itdem religioſi abſentes formaliter proteſtabantur de nullitate gerendorum & forſan geſtorum ob cauſas coram competentibus judicibus apoſtolicis ad quos appellabant deducendas.*

Verum abbas rem ejuſmodi ad aurem ſibi inſinuatam diſſimulans, lecta commiſſione commiſſariorum, accuſavit abſentes contumaciæ, nulla facta proteſtationis eorumdem mentione orationis ſuæ filum reſumpſit, neglectaque immo & ſpreta omni forma a concilio Tridentino & ſacris canonibus præſcripta & ſervanda in electionibus, commiſſarios epiſcopales requiſivit; quatenus ipſi coadjutorem nominare dignarentur, cumque illi hanc nominationem in ipſum abbatem remiſiſſent, ſub prætextu quod melius qualitates religioſorum ſuorum cognoſceret; idem abbas ipſos religioſos interpellavit, & cum nullus eſſet auſus minimum verbum proferre, metu carcerum iterum iterato ipſos interpellat, donec ſurgens pater Lucas, recenter prior conventualis & ſolus arcani miſterii conſcius, adjuravit abbatem ut ipſe ſibi coadjutorem nominaret, tacentibuſque cæteris religioſis ipſorum ſilentium pro conſenſu accepit, facto que magno, ſanctæ crucis ſigno; ipſum Lucam coadjutorem nominavit, qui illico tali nominationi acquievit.

Que de traits véridiques ne tireroit on pas de ce recit, pour en former le tableau de l'abbé actuel! s'il n'aſpiroit à la gloire d'être original en tout. Le front paré de cette ſérénité qui ne convient qu'à la candeur, il revele comme turpitude les actions de ſon prédéceſſeur, dans le temps qu'il ne ceſſe de les copier avec la derniere exactitude : tant il eſt vrai qu'on voit une paille dans l'œil de ſon prochain & qu'on ne voit pas une poutre qui aveugle. C'eſt la beſace du bon Phedre où nos défauts ſont toujours par derriere.

Malgré l'irrégularité de cette élection & les proteſtations des anciens religieux, à qui l'abbé avoit fixé un terme ſi court, pour ſe rendre à ſaint Hubert, qu'il n'étoit pas poſſible qu'ils puſſent s'y trouver, Dom Luc de Fleuru obtint de l'évêque, que l'abbé avoit encore ſu remettre dans ſes intérêts, ſa confirmation ; & il partit pour Rome, où il arriva le 15 janvier, 1634. Il ne put facilement obtenir ſa confirmation, par l'oppoſition des anciens religieux, auxquels ſe joignirent pluſieurs des nouveaux réformés, & entre autres Dom Benoit *Leſſive*, qui pour avoir oſé repréſenter à ſon abbé, l'irrégularité de cette élection, fut traîné en priſon, ſans aucune formalité ; & pour l'en tirer, il fallut encore avoir recours à l'autorité du ſupérieur majeur.

Ce fut à l'ombre de cette prétendue réforme que l'abbé Fanſon en impoſa aux perſonnes les plus illuſtres & les plus éminentes en ſaintété ; réforme, qui, ſi elle n'eſt réformée elle-même, ne peut donner lieu qu'à des troubles, des ſcandales & des diſſentions. Il faut diſtinguer, dit Van-Eſpen l'eſſentiel de l'acceſſoire dans les réformes : *in reformando diſtinguenda eſſentialia religionis ab accidentibus* (1). Mais ce terme de *réforme* a été dans la main des partiſans du deſpotiſme une arme équivoque qu'ils ont employée & qu'ils employent diverſement, ſuivant l'intérêt du moment & qu'ils ſavent rendre à propos, ou tranchante par rapport aux défenſeurs des loix primitives, ou impuiſſante pour les partiſans des innovations.

Cependant Dom Luc avoit été inſtruit, par un trop grand maître, pour ne pas obtenir, à force d'intrigues & de protections, gagnées par des ſoupleſſes, la confirmation de ſa coadjutorerie, par un bref de ſa ſaintété, mais il mourut peu de temps après ſon retour à l'abbaye, & pluſieurs années avant l'abbé Fanſon.

Dom Nicolas Spirlet, abbé actuel, nous apprend encore que cette coadjutorerie & les affaires de la réforme ont couté à l'abbaye, plus de ſoixante mille écus Romains, qui font environ trois cents mille livres de France. Il auroit pû ajouter avec beaucoup de vérité

(1) *Jus eccleſ. Part. 1. tit. 12.*

que les fucceffeurs de Dom Fanfon en ont au moins depenfé le double pour conftater & affermir leur defpotifme, comme on le verra par la fuite de ce mémoire.

Mais s'il en a couté des fommes auffi confidérables à l'abbaye de faint Hubert pour la pourfuite de ces procedures, en cour de Rome, il n'eft pas douteux qu'elles furent auffi très-frayeufes aux princes évêques de Liege, qui jugerent que le maintien de leur fupériorité, fur ce monaftere, exigeoit de leur part les foins les plus affidus & des dépenfes extraordinaires. Saint Ambroife, faint Charles Borromée, Dom Barthelemi des martyrs leur en avoient donné l'exemple, dans la défence qu'ils prirent des privileges de leurs églifes, contre leurs fouverains mêmes; & le zele qu'il temoignerent dans ces occafions n'eft pas le moindre trait de leur apotheofe.

On a vu jufqu'ici les intrigues, les violences, & les dépenfes exceffives de Dom Nicolas Fanfon, pour établir dans l'abbaye de faint Hubert, fous le fpécieux nom de *réforme*, un gouvernement arbitraire, auffi contraire au véritable nom, ftrictement pris, de réforme, qu'à l'efprit de la regle de faint Benoit, & l'on va voir quels en furent les fruits, fous le regime de fes fucceffeurs abbés; & l'on conviendra, fans peine, que l'abbaye de faint Hubert n'a pû fubfifter jufqu'à préfent, après les fecouffes & les révolutions qu'elle a effuyées, depuis environ un fiecle, fans une efpece de miracle. Si par les fruits, on peut juger de l'arbre, il ne fera pas difficile de porter fon jugement, fur la prétendue réforme, & fur la néceffité d'établir à faint Hubert, une forme de gouvernement plus analogue à l'efprit du faint inftituteur.

Dom Benoit *Leffive* le plus ancien des réformés & qui avoit été emprifonné, pour avoir ofé réclamer contre l'irrégularité de l'élection de Dom Luc de Fleuru, fut élu abbé, après la mort de Dom Nicolas Fanfon; il ne gouverna l'abbaye que pendant 20 ans.

Dom Cyprien *Maréchal* lui fucceda en 1662. Malgré les malheurs & les ravages auxquels l'abbaye fut expofée, pendant le regime de ces deux abbés, par les guerres civiles, & celles d'entre les maifons de Bourbon & d'Autriche, étant d'un caractere fort doux & d'une conduite exemplaire, la paix & la bonne intelligence regnerent dans l'intérieur de l'abbaye. Mais fous le regime de Dom Clement le Febure, qui fucceda à ce dernier, les troubles fe renouvellerent. En 1699. les religieux adrefferent à l'évêque de Liege quantité de plaintes contre cet abbé, qui ne témoigna pas moins de paffion pour le defpotifme que Dom

Nicolas Fanſon. L'objet principal des plaintes des religieux étoit cet eſprit d'empire & de domination; & une permiſſion qu'il avoit ſurpriſe en cour de Rome, de faire deſſervir les prieurés, par des prêtres ſéculiers, à l'excluſion de ſes religieux, contre l'intention des fondateurs & l'octroi de ſa Majeſté Très Chrétienne, qui en avoit permis l'union, à la menſe conventuelle.

Mr. de *Heniſdael* co-adminiſtrateur & vicaire général de Liege & Dom Nicolas *Bouxhon*, abbé de ſaint Jacques, furent deputés, par l'évêque, pour faire la viſite de l'abbaye. Ils y arriverent le 12 de janvier 1700. & publierent le 22. du même mois des réglements tant pour la diſcipline reguliere que pour l'adminiſtration ſpirituelle & temporelle de l'abbaye.

Quelque temps après, l'évêque ayant été informé, que ces reglements n'étoient pas exécutés, deputa le 21 août 1701. Hugues de la Croix abbé de ſaint Remi, pour faire de nouveau la viſite du monaſtere.

Voici M., écrit le ſereniſſime prince évêque de Liege à cet abbé, *une lettre ſous cachet volant pour l'abbé de ſaint Hubert, laquelle vous lui porterez, vous même, en allant publier dans ſon abbaye, les ordonnances que vous donnera mon grand vicaire dont vous recevrez de plus amples inſtructions, me rapportant à ce qu'il vous dira la deſſus. Je prie Dieu qu'il vous ait M. en ſa ſainte garde. A Bonn, le 4 octobre 1701. étoit ſigné* Joſeph Clement Electeur. *Et ſur le repliſ écrit*, à M. l'abbé de ſaint Remi.

La lettre de ce prince à l'abbé de ſaint Hubert étoit conçue en ces termes : *Je ne doute pas, M. que vous ne faſſiez tout ce qui dépend de vous pour le bien ſpirituel & temporel de votre abbaye; auſſi pour vous témoigner l'envie que j'ai de vous appuyer de ma protection en toutes les rencontres que vous pourriez en avoir beſoin, j'envoye, par l'abbé de ſaint Remi, quelques ordonnances que j'ai cru néceſſaires pour affermir entierement chez vous la paix & la bonne diſcipline. Je ne doute pas que vous ne vous y conformerez auſſi bien que vos religieux ſans difficulté, & dans cette perſuaſion, je prie Dieu qu'il vous tienne M. en ſa ſainte garde. A Bonn, le 4. octobre 1701*

Etoit ſigné, JOSEPH CLEMENT, *&c.*

Les réglements qui furent faits dans cette occaſion, & publiés par M. l'abbé de ſaint Remi, portoient :

„ 10. Nous renouvellons & confirmons déréchef les ordonnances
„ qui

„ qui furent faites & publiées l'année derniere; & afin qu'elles foient
„ gardées plus exactement, tant par l'abbé, que par les religieux
„ & freres (1) commis, nous voulons qu'elles foient inferées de
„ mot à mot, à la préfente carte de vifite, lefquelles feront lues au
„ chapître, la communauté affemblée, tous les vendredis des quatre
„ temps de l'année. "

On voit par ce premier article que les réglements de 1700. avoient
été négligés; & felon toutes les apparences ceux ci ne furent pas plus
exactement obfervés, puifque le nonce vifiteur les recommanda,
comme on verra en 1709.

„ 2 °. Comme les infirmités journalieres de l'abbé l'empêchent de
„ fe trouver aux exercices fpirituels & aux offices divins & qu'elles
„ fervent d'occafion aux religieux & officiers de s'en abfenter, fou-
„ vent fans néceffité, ni fans permiffion, nous avons jugé à propos
„ d'ordonner & ordonnons audit abbé de choifir & établir incef-
„ famment trois religieux zélés & expérimentés dans le gouverne-
„ ment fpirituel & temporel, qui par leur affiduité & bons exemples,
„ foutiennent l'obfervance réguliere, y retabliffent l'obéiffance &
„ l'union, & fervent de confeil au même abbé, dans toutes les affaires
„ qui concernent le monaftere. "

Tout fage & tout prudent que paroiffe ce réglement, il ne pouvoit guère remédier aux abus, parce que ces religieux qui devoient
former le confeil de l'abbé étant à fa nomination, il n'eft pas douteux
qu'il ne les choifît dans fes créatures & qu'ils devoient d'autant plus
fuivre fes vues, que leur permanance dans cet emploi, dependoit de
fa volonté. On verra par les réglements de 1709. que celui ci ne fut
pas mieux fuivi que les autres & qu'il n'appaifa pas les murmures,
puifqu'il y eft expreffement recommandé à l'abbé de ne rien faire
fans l'avis du chapître.

„ 3 °. La reception des hôtes fi recommandée par la regle, ayant
„ été négligée depuis quelques années, de maniere que nous en au-
„ rions reçu des plaintes confiderables & qui tournent à la confufion
„ de ladite abbaye, auxquelles voulant remédier, nous ordonnons
„ que l'abbé établiffe, au plutôt, un religieux, ou frere commis à la
„ porte du monaftere, pour y recevoir les hôtes, lefquels feront
„ traités felon leurs qualités & felon la regle, deforte qu'ils en for-
„ tent fatisfaits & édifiés.

---

(1) Il y avoit autrefois de ces freres à St. Hubert, mais on jugea qu'on pouvoit s'en
paffer, & leur préférer des domeftiques qu'on pouvoit renvoyer quand on vouloit. On n'en
a plus reçu, & le dernier eft mort fous l'abbé de Jong.

G

Cet objet avoit été fort negligé, mais l'impolitesse & même la grossiereté n'ont jamais été poussées si loin à l'égard des hôtes, que sous l'abbé actuel.

„ 4°. L'hôpital du bourg de saint Hubert étant destiné pour
„ y recevoir les pelerins & malades, qui viennent de diver-
„ ses provinces, & y rapportent tout ce qu'ils ont vû d'é-
„ difiant ou d'opposé à la charité, l'abbé aura un soin tout parti-
„ culier d'y mettre une gouvernante, d'un âge avancé, sage, cha-
„ ritable & œconome, & des servantes dont la bonne conduite &
„ réputation soient connues & approuvées, par des témoignages au-
„ thentiques. Il en usera de même à l'égard du gouvernement de
„ Bure ".

Si les personnes d'un certain état sont refusées ou mal reçues au monastere, on peut juger de quelle façon les pélérins sont accueillis à l'hôpital. Quoiqu'il n'en soit rien dit dans le réglement de 1709, la charité n'y étoit pas mieux exercée; & c'est pour ne pas multi-plier les êtres, sans nécessité, qu'on y renouvelle & confirme les ré-glements de 1700 & de 1701.

5°. Le cinquieme article ne regarde que les prieurs externes qui doivent observer pour leur nourriture & leurs vêtements les mê-mes réglements qu'à l'abbaye.

„ 6°. Tout l'argent provenant des revenus du monastere & des
„ prieurés sera mis *dorénavant*, dans un coffre, fermant à trois clefs
„ dont l'abbé en aura une, le prieur une, le cellerier ou dépositaire
„ aura la troisieme. Les comptes des officiers du temporel de l'ab-
„ baye & des administrateurs des prieurés se rendront, tous les
„ ans, en présence de l'abbé, des trois religieux destinés à mainte-
„ nir l'observance reguliere & de deux anciens; & après la reddi-
„ tion des comptes, le cellerier ou depositaire fera un état des dettes
„ actives & passives, dont on enverra copie signée à notre co-admi-
„ nistrateur.

Le mot *dorénavant* emploié, dans cet article montre que l'abbé jusqu'alors avoit été le maître des déniers du monastere & la précau-tion de les déposer, pour l'avenir, dans un coffre à trois clefs, de-voit remédier à cet abus; mais elle seroit aujourd'hui fort inutile, l'abbé, a mis son monastere dans le cas de ne pas craindre de long-temps les voleurs.

Le septieme article regardoit les oblats & les aumonier prêtres séculiers. Et ce que nous avons dit au troisieme article de la façon de recevoir les hôtes, sous l'abbé actuel, a rendu l'huitieme inutile, parce qu'il n'y vient plus personne. On n'aim pas à être mal reçu & traité avec hauteur où dedain, pour un mauvais diner.

„ 9°. Les présentations & collations des cures & benefices, „ unis au monaftere, fe feront par l'abbé, après en avoir donné „ avis à fon confeil & aux anciens qui examineront la capacité, le „ mérite & la bonne conduite de ceux qui prétendent aux benefices.

L'énoncé de cet article, renouvellé au dix-huitieme du reglement de 1709 montre, bien évidemment, que cet objet fi effentiel avoit été fort négligé à faint Hubert, & que les abbés s'étoient arrogé le droit de difpofer des bénéfices à leur collation, fans la participation de leur chapitre. Il eft vrai que les études ayant long-temps été negligées dans cette abbaye, les religieux, ne pouvoient pas être de grands théologiens, mais l'abbé n'étoit pas lui même un docteur de Sorbonne; & le moderne, quoique licentié en droit, fe feroit beaucoup mieux conduit, s'il avoit fuivi la regle qui lui étoit impofée, par ce reglement. Des licences en droit ne donnent pas des connoiffances theologiques & s'il avoit commencé cette étude par les principes, il auroit appris à refpecter davantage le droit de la nature & des gens, dans la perfonne de fes religieux. Le defpotifme n'eft pas une fuite de cette étude.

Les 10. 11. & 12mes. articles de ces reglements regardent les baux, les fermes, les ventes de bois & autres revenus temporels de l'abbaye, que l'abbé ne doit faire, que du confentement des anciens & des officiers, la révocation des procurations données pour la pourfuite des procès, afin, eft il dit, d'extirper cette demangeaifon qu'on à de plaider; & qui a été fi forte dans l'abbé actuel, qu'il a eu, tout à la fois, plus de cent & cinquante procès, ce qui ne feroit pas arrivé, s'il avoit confulté fon confeil, c'eft a dire les anciens, comme il y eft obligé, par l'onzieme article de ce reglement. Le 12. concerne le prieuré de Sancy, qui étoit alors en très-mauvais état &c.

Par les 13 & 14.mes il eft ordonné de ne promouvoir aucun des jeunes religieux, aux offices & emplois du monaftere, qu'après cinq années de religion & de n'en juger aucun capable d'aucune adminiftration que trois ans après la prêtrife. Les adminiftrateurs des biens doivent vaquer après un trienne, fuivant les conftitutions, mais s'ils font trouvés abfolument neceffaires pour ces fonctions, ils vaqueront une moindre efpace de temps, mais ils doivent vaquer, &c. Tout ceci n'a été obfervé, par aucun abbé.

G ij

Ils ont suivi sur ces articles leur goût, leurs intérêts, leur volonté & souvent leurs caprices.

Le 15me article concerne la biblioteque & il y est ordonné à l'abbé d'acheter tous les ans pour cent écus de livres, utiles sans doute à l'instruction des religieux, mais les abbés pour ces acquisitions ont souvent preferé leur amusement particulier, à l'utilité qu'en pouvoit retirer la communauté, pour sa conduite tant spirituelle que temporelle. Si cet objet avoit été ponctuellement rempli, on auroit mis dans la biblioteque, depuis la date de ce reglement, jusqu'à ce jour, pour vingt & un mille trois cent écus de livres, ce qui, avec ceux qui y étoient deja, formeroit la plus belle biblioteque du pays.

Le 16me & dernier article, ne concerne que le prieur du monastere que le prince évêque de Liege decharge de la fonction de prieur, sur les représentations qu'il avoit faites, pour obtenir une retraite, où il pût se reposer des fatigues de ses emplois & des frequents voyages qu'il avoit faits pour le monastere.

„ Ce sont là, dit le prince-évêque, les réglements que par notre
„ devoir pastoral avons trouvé à propos de faire pour la dite ab-
„ baye de saint Hubert, lesquels nous entendons y être exacte-
„ ment observés, car telle est notre volonté. Donné en notre re-
„ sidence électorale de Bonn le 4 octobre 1701. Étoit signé Joseph
„ Clement électeur, & *plus bas* Passerat.

Deux jeunes prêtres, & deux autres religieux, à peine profès, engagés par leur abbé, interjetterent appel, au St siege, & se declarerent opposants à l'exécution de ces réglemens, & cependant l'abbé se procura encore du conseil de Luxembourg, une défense de recevoir les commissaires de Liege, sans la permission du souverain de cette province, & de mettre leurs décrets à exécution.

L'évêque de Liege chargea son envoyé, à Bruxelles, de représenter au gouvernement, l'irrégularité de ce décret du conseil de Luxembourg; & l'affaire ayant été examinée, les comtes de Bergheick, de Tirimont, l'intendant Bagnol, & le procureur-général Thisquen, declarerent, que puisque le conseil de Luxembourg n'avoit pu produire des preuves, que les évêques de Liege eussent pris ci-devant des *placet* pour faire des visites à St Hubert, on étoit convenu, au conseil royal, de se désister de cette prétention.

Cependant, comme les quatre religieux appellants des réglements de l'évêque, & protégés, & soutenus par l'abbé, poursuivoient leur instance à Rome, l'évêque qui ne desiroit que le rétablissement de la paix & du bon ordre, dans le monaſtere, ſollicita & obtint un décret de la ſacrée congrégation, par lequel le nonce de Cologne fut député à St Hubert, pour faire la viſite, avec la clauſe expreſſe, de ne vouloir aucunement préjudicier, aux viſites faites d'autorité épiſcopale.

Pluſieurs affaires retarderent l'exécution de cette viſite, & entre autres celle du Duc de Mazarin, qui mécontent de ce que l'abbé de St Hubert avoit mis un prêtre ſéculier, pour deſſervir le prieu-ré de château-Porcien, dont il repréſentoit les fondateurs, pré-ſenta requête, au parlement de Paris, pour être reçu oppoſant, au décret, qui permettoit à l'abbé d'en retirer ſes religieux, & d'y ſubſtituer des ſéculiers. Les religieux ne furent pas plutôt informés de cette oppoſition, qu'ils ſe joignirent au duc de Mazarin, & ob-tinrent en 1708. un arrêt du parlement, qui ordonna à l'abbé de continuer à faire deſſervir ſes prieurés par des religieux.

Enfin, la viſite ne put avoir lieu qu'en 1709. Le nonce de Co-logne, avant d'y procéder, écrivit à l'évêque de Liege, & lui de-manda un député de ſa part, mais l'évêque ſe confiant entiérement à ſa prudence, & à ſon intégrité, ſe contenta de lui envoyer les informations néceſſaires. La viſite ſe fit, & le nonce publia, en plein chapitre, ſes réglements, dans leſquels il approuve ceux qui avoient été faits, & publiés en 1700. & 1701. d'autorité épiſ-copale, à l'exception ſeulement de quelques articles, qui furent expliqués ou modérés. Nous les inſererons ici dans la langue & dans la forme qu'ils furent publiés à ſaint Hubert, le 18 de mai de ladite année 1709.

„ *Joannes* Baptiſta Dei & apoſtolicæ ſedis gratia archiepiſcopus
„ Tharſenſis ac SSmi Domini noſtri Dni Clementis D. P. papæ XI.
„ prælatus domeſticus & aſſiſtens, ejusdemque ac Stæ ſedis aplicæ,
„ ad Tractum Rheni aliaſque inferioris Germaniæ partes cum po-
„ teſtate legati de latere nuntius & aplicus viſitator.

„ Dilectis nobis in Chriſto admodum reverendo Dno abbati,
„ cœteriſque monachis in monaſterio Sti Huberti in Ardenna pro-
„ feſſis, ſalutem in Domino.

„ Quod legationis noſtræ & peractæ viſitationis apoſtolicæ ratio
„ exigit ut per ſalutaria decreta, felici ſtatui, monaſterii veſtri
„ conſulamus, implere non intermittimus, ne labor & fatigatio
„ noſtra cujus vos memores eſtis fructu careat, viſum autem eſt
„ nobis nihil ultra imponere vobis oneris quam hæc neceſſaria,
„ *quæ ſub formali obedientiæ præcepto obſervanda vobis proponi-*
„ *mus*, & ne eadem ex memoria veſtra excidant, ad vos itaque

,, loquimur, vos adhortamur pari affectione ac poteftate, non quod
,, vita & mores veftri multum nobis correctionis dederint argu-
,, mentum, fed quia quo magis vos ad perfectionis culmen tendi-
,, tis, eo nos pro follicitudine magis caute, plus de diaboli infef-
,, tatione timeamus. Accipite autem hæc a nobis non ut verba
,, hominum, fed ut verbum Dei, qui eft autor omnis legis, in
,, eadem inclinate aures cordis veftri, ac memoria tradite, complete
,, denique efficaciter, ut digne ambuletis Deo qui vocavit vos in
,, fuum regnum & gloriam.

,, 1 °. Divinum miffæ facrificium quod Dominus nofter Jefus-
,, Chriftus in fui commemorationem a nobis fieri præcepit, quam
,, frequenter monachi celebrent & ut commodius populus fanc-
,, tiffimæ huic actioni intereffe valeat, miffæ fucceffivis horis ordi-
,, nentur, & tabella quâ unicuique facerdoti celebrandi tempus
,, præfigitur quamprimum inftauretur, & in facrario affigatur. Horæ
,, tamen chori excipiantur: duo etiam sint in ecclesia clerici probis
,, moribus imbuti, & vigesimum ætatis annum excedentes, qui ta-
,, lari vefte & fuper pellicio induti facerdotibus celebrantibus infer-
,, viant. Hi vero monachi, qui facerdotes non funt atque etiam no-
,, vitii singulis dominicis ac folemnitatibus per annum diebus, quod
,, majoribus faltem feftivitalibus in fummo altari inter miffarum
,, folemnia, ad populi ædificationem fieri placet, euchariftiæ menfæ
,, communicent, ambulaturi in fortitudine cibi illius, ufque ad
,, montem Dei, qui perfecti funt, accedant ad facrum convivium,
,, & delectentur multitudine dulcedinis quam abfcondit Deus ti-
,, mentibus fe; qui vero imperfecti funt non ideo recedant & te-
,, neantur, fed potius fequantur vocem Jefu Chrifti Dni noftri illos
,, amantiffime invitantis & dicentis: venite ad me omnes qui labo-
,, ratis & onerati eftis, labore fcilicet & onere imperfectionum, &
,, ego reficiam vos.

,, 2 °. Cum plures devotionis & recuperandæ fanitatis caufa ad
,, ecclefiam Sti Huberti ex diverfis regionibus confluant, curet D.
,, abbas ut facerdotum qui confeffiones excipiant copia femper
,, in ecclefia habeatur, accerfitis etiam ad hoc ex vicinia, religiofis
,, recollectis, carmelitis aliifve confeffariis, iis diebus, quibus major
,, ad ecclefiam accurfus fieri folet: fundatio vero quæ dicitur facta
,, pro confeffario, qui præter linguam patriæ, germanicam intel-
,, ligat, exacte fervetur, nec contra fundatoris mentem aliquis ex
,, ea fuftentetur, qui prædictas linguas non calleat. Defignet quo-
,, que D. abbas prædicto confeffario horas, quibus in ecclefia ad con-
,, feffiones audiendas expofitus effe debet.

„ 3°. Quoniam pro parte incolarum oppidi Sti Huberti nobis
„ humillimæ preces porrectœ fuerunt quatenus numifmata alia-
„ que figna pro facro ftolœ divi Huberti attactu porrigere poffent,
„ volumus id facile & frequenter a D. abbate per facriftam aut
„ alium monachum concedi, ftatis diebus & horis, fevere tamen in-
„ terdicimus, ne prœdicti incolœ, vel alii quicumque ejufmodi nu-
„ mifmata aliaque figna, cariori pretio, habita dicti attactus facri, ra-
„ tione divendere prœfumant, ficut etiam volumus quod ex pura ma-
„ teria prœcipue aurea vel argentea fiant, non autem ex materia
„ mixta fub pæna conficationis eorumdem numifmatum, quorum
„ pretium arbitrio D. abbatis in ufum pauperum applicetur.
„ 4°. Omni cura D. abbas invigilet, ut laudabilis defunctorum
„ voluntas, qui bona vel promiffis celebrandis, vel pro alio pio opere
„ reliquerunt ad amuffim impleatur, prœcipue vero fundationes
„ quæ in altaribus ex ordinarii licentia deftructis extabant, ob-
„ ferventur. Lampas quoque in prioratu Evernicurtenfi, quæ diu
„ noctuque juxta piam fundationem ardere debet non negligatur.
„ Oblationes quæ ad ecclefiam Sti Huberti deferentur, volumus in
„ particulari regiftro adnotari, & in ornatum & cultum ejufdem ec-
„ clefiœ expendi.
„ 5°. Cum dies fefti fpeciali jure divino cultui addicti fint, mul-
„ tum autem venatio ab ejufmodi cultu diftrahat, hinc prohibe-
„ mus, etiam pro aliorum exemplo, ne monafterii venatores dic-
„ tis diebus ad venationem mittantur, nifi urgente graviffima
„ caufa
„ 6°. Omnibus monafterii officialibus, injungimus ut omnino
„ ad chorum accedant, neque fe fub prætextu fuorum officiorum
„ exemptos exiftiment, nifi pro diebus dumtaxat & horis ita impe-
„ ditis, ut negotia eo tempore tractanda aut opus faciendum tale
„ fit, quod in aliam horam, aut diem commode differri non poffit.
„ D abbas pro tempore fæpe adhortationes ad religiofos fuos habeat,
„ ficut eum decet, qui animas fufcepit regendas, de quibus & ratio-
„ nem redditurus eft, ne fit perfonnarum acceptor.
„ 7°. Intermiffum aliquantulum facræ theologiæ ftudium, in
„ monafterio veftro, reftituere cupientes, ftatuimus & ordinamus
„ facræ theologiæ lectionem perpetuo in monafterio haberi, non fo-
„ lum autem lector quem pro primâ vice nos deputabimus, quoti-
„ dianam facræ theologiæ lectionem, audientibus monachis ejufmodi
„ ftudiorum capacibus pro D abbatis difcretione quos tamen nos
„ pro prima vice felegemus, habebit, verum etiam concilii Triden-
„ tini decretis inhœrentes, mandamus ut faltem duabus vicibus in

„ hebdomada, die scilicet lunæ & veneris lectionem sacræ scrip-
„ turæ ad solidam horam, congruo tempore destinandam, servet,
„ hujus autem sacræ scripturæ lectionis omnes monachi auditores
„ erunt, nec monasterii officialibus licebit abesse nisi gravissimis de
„ causis.

„ 8°. Libri ex bibliotheca non extrahentur sine D. abbatis aut
„ bibliothecarii licentia; qui prohibiti aut suspecti sunt in particu-
„ lari custodia asserventur nec ulli dentur legendi. Bibliotheca sta-
„ tis horis pro commodo religiosorum aperta sit & in ea rigoro-
„ sum silentium servetur.

„ 9°. Cum satis idoneus ac felix censendus sit monachus
„ ille, qui unico tantum officio in monasterio laudabiliter fungi po-
„ test, hinc omnem officiorum cumulationem in eadem personna
„ interdicimus, exceptis casibus, in quibus, aliter de jure facien-
„ dum est; sicut etiam prohibemus ne unus officialis, in alterius
„ officium & in alienam missem nisi de expresso abbatis man-
„ dato falcem immittat, sed quilibet unico officio contentus, in
„ idem diligenter incumbat : Ad hœc volumus ut a D. abbate ad
„ portam monasterii constituatur ostiarius idoneus juxta caput
„ regulæ 66mum. Una tantum porta sit per quam illis qui mona-
„ chorum alloquium petunt aditus pateat : ostiarius vero neminem
„ monachorum ad alloquium vocet nisi prævia superioris licen-
„ tia, præter dictam portam, aliæ non aperiantur; si quis contra
„ hoc decretum facere presumpserit, sit eo die in refectorio in pane
„ & aquâ.

„ 10°. Monachorum libertatem suffragandi in capitulo sartam
„ tectamque servare cupientes, statuimus & ordinamus ut impos-
„ terum omnis capitularis resolutio, per secreta suffragia, adhibita
„ bussula fiat, sub pæna nullitatis actus, declarantes ex nunc pro
„ ut ex tunc nullam & irritam quamcumque resolutionem, quæ
„ non adhibita hac forma, imposterum unquam fieri continge-
„ ret. Præterea si aliquid capitulo proponatur, dequo religiosis sa-
„ tis non constabit, resolutio ad aliud capitulum transferatur,
„ dato interim congruo temporis spatio ad deliberandum. Caveat
„ vero D. abbas ne quando aliquid capitulo proponi debet, præ-
„ vie è conventu dimittat monachos illos, quos suæ sententiæ non
„ adhæsuros putat, actui vero per secreta suffragia resoluto omnes
„ subscribant.

„ 11°. Novitii in ipso receptionis actu, formulari Alexandrino
„ & constitutioni Smi Domini nostri quæ incipit *vineam Domini*
„ medio juramento subscribant. In novitiorum receptione & illo-
                                                              „ rum

„ rum admiſſione ad profeſſionem nihil plane ab ipſis ſeu ipſorum
„ parentibus exigatur ſub quocumque prætextu : prædictis novi-
„ tiis per aliquot menſes ante profeſſionem dentur regulæ & conſ-
„ titutiones ordinis ad legendum, ut prævie ſciant & videant,
„ quid Deo vovere & reddere debeant; ſi velint in ſancto propo-
„ ſito perſeverare; impoſterum D. abbas nullum particulare jura-
„ mentum à dictis novitiis in profeſſione, vel alioquocumque tem-
„ pore præſtari curabit. Poſt emiſſam a religioſis profeſſionem ut
„ eo diligentius ſub novitiorum magiſtri diſciplina permaneant,
„ adhuc per biennium aliis religioſis in colloquiis & recreationibus
„ non jungantur, niſi de expreſſa D. abbatis vel magiſtri novitio-
„ rum licentiâ. Monachorum numerum uſque ad quadraginta ſal-
„ tem augeri cupimus, ſicut etiam ſtatuimus ut deinceps in mo-
„ naſterio Sti. Huberti non plures quam quinquaginta nec pau-
„ ciores quam quadraginta ſuſtententur, niſi reddituum ſtatus im-
„ mutetur, comprehenſis etiam illis qui in prioratibus degent;
„ fratribus commiſſis ab hoc numero exceptis , proquibus parti-
„ culare dormitorium a D. abbate deſignabitur.

„ 12. Tam enixè à regula & conſtitutionibus commendatam in-
„ firmorum curam, nos quoque commendamus, *mandantes ne*
„ *ulli labori aut impenſæ parcatur ut infirmis neceſſaria & utilia*
„ *quæque miniſtrentur;* quapropter D. abbas pro tempore provi-
„ deat, ut pharmacia ſit bene inſtructa, atque ut infirmario res pro
„ infirmis petenti a cellerario non denegentur.

„ 13. Cum in hoſpitibus, ut ſcriptum eſt in regula, chriſtus ſuſ-
„ cipiatur, hoſpitalitatem juxta eandem regulam ſervari impoſte-
„ rum, volumus & quidem majori quam hactenus charitate &
„ diligentia, *curetque D. abbas neminem ad monaſterium acce-*
„ *dentem ab hoſpitalitatis beneficio rejici vel excludi.* Religioſi cum
„ hoſpitibus non comedent nec bibent, niſi impetrata prævie licentiâ à
„ ſuperiore ſub pœna arbitraria. Eadem D. abbati pro tempore cura ſit
„ de Xenodochio, nec permittat alios, qui vere pauperes & infirmi non
„ ſunt in eodem morari. *Ad hæc omnes eleemoſinæ quæ a quæſtoribus*
„ *colligentur, volumus in particulari regiſtro adnotari & in particulari*
„ *quoque ciſta aſſervari ac in dicti Xenodochii & hoſpitalitatis uſum*
„ *dumtaxat expendi.* Quod ſi D. abbas pro tempore aliquid de ipſis ſibi
„ appropriare, vel aliis donare præſumpſerit, quod quidem apoſ-
„ tolicis conſtitutionibus, quibus monaſterio quæſtores mittere in-
„ dultum eſt, expreſſe adverſatur, pænam ſuſpenſionis à divinis
„ ipſo facto incurat, à qua non niſi a nobis & apoſtolico nuntio
„ pro tempore vel Smo. epiſcopo Leodienſi abſolvi poſſit. Præ-

H

„ terea si seculares homines ut salutem suam consequantur, mi
„ sericordiæ opera exercere debent erga pauperes, *quanto magi*
„ *id monachos facere necesse est*, cum omnium ecclesiarum & mo
„ nasteriorum bona patrimonium pauperum sint, quapropte
„ eleemosinas juxta monasterii vires pauperibus erogari mandamu
„ 14°. Graviter quidem commoti fuimus, cum rerum mona
„ terii venditiones, permutationes & ad longum tempus; *atqu*
„ *etiam bonorum alienationes capitulariter, absque apostolicæ sedi*
„ *beneplacito*, etiam cum res alienatæ pretium bis centum duca
„ torum supra quod ipsæmet constitutiones ordinis, beneplacitur
„ apostolicum requirunt excederent, factas esse deprehendimus;
„ quamvis similia facta fuisse bona fide & intentione promovenc
„ utilitatem monasterii, omnino speremus, ne tamen exinde de
„ tur ansa ut ejusmodi abusus invalescat, serio & sub pœnis in sacr
„ constitutionibus apostolicis, signanter vero Pauli papæ secundi
„ quæ incipit ambitiosæ cupiditati, & quam hic inferimus n
„ ullus desuper ignorantiam allegare valeat, similia deinceps fie
„ prohibemus. "

Constitutio Pauli Papæ secundi.

Ambitiosæ cupiditati illorum præcipue qui divinis & humanis a
sectati, damnatione postposita, immobilia & pretiosa mobilia, De
dicata, ex quibus ecclesiæ monasteria, & pia loca reguntur, illu
tranturque, & eorum ministri sibi alimoniam vendicant profanis u
bus applicare, ac cum maximo illorum ac divini cultus detrimento
exquisitis mediis usurpare præsumunt occurrere cupientes, omniu
rerum & bonorum ecclesiasticorum alienationem omnequε pactum
per quod ipsorum dominium transfertur, concessionem hypothecam
locationem & conductionem ultra triennium, nec non infeudatione
vel contractum emphiteuticum præterquam in casibus a jure permis
ac de rebus & bonis in emphiteusin ab antiquo concedi solitis,
cum ecclesiarum evidenti utilitate, ac de fructibus & bonis quæ se
vando servari non possunt, pro instantis temporis exigentia, h
perpetuo valitura constitutione præsenti fieri prohibemus. Prædecesse
rum nostrorum constitutionibus & decretis aliisque super hoc editi
quæ tenore præsentium innovamus, in suo nihilominus robore perma
suris. Si quis autem contra hujus nostræ prohibitionis seriem de bon
& rebus eisdem quidquam alienare præsumpserit, alienatio, hyp
theca, concessio, locatio, conductio & infeudatio ejusmodi nulli
omnino sint roboris vel momenti, & tam qui alienat quam is q

alienatas, res & bona prædicta receperit , sententiam excommunicationis incurrat; alienanti vero bona ecclesiarum , monasteriorum locorumque quorumlibet, inconsulto Romano pontifice, aut contra præsentis constitutionis tenorem ; si pontificali, vel abbatiali præfulgeat dignitate, ingressus ecclesiæ sit penitus interdictus, & si per sex menses immediate sequentes sub interdicto hujus modi, animo, quod absit, perseveraverit indurato , lapsis mensibus eisdem à regimine & administratione suæ ecclesiæ vel monasterii cui præsidet, in spiritualibus & temporalibus sit eo ipso suspensus; inferiores vero prælati, commendatarii & aliarum ecclesiarum rectores, beneficia vel administrationem, quomodolibet obtinentes prioratibus, præposituris, præpositatibus dignitalibus, personnatibus, administrationibus, officiis, canonicatibus, præbendis, aliisque ecclesiasticis, cum cura & sine cura, secularibus & regularibus beneficiis, quorum res & bona alienarunt, dumtaxat ipso facto privati existant, illaque absque declaratione aliqua vacare censeantur, possintque per locorum ordinarios vel alios ad quos eorum collatio pertinet, personis idoneis, illis exceptis qui propterea privatæ fuerint libere de jure conferri, nisi alias dispositioni apostolicæ sedis specialiter sint aut generaliter reservata; nihilominus alienatæ res & bona hujusmodi ad ecclesias, monasteria & loca pia, adquæ ante alienationem hujusmodi pertinebant libere revertantur : nulli ergo hominum liceat hanc paginam nostræ prohibitionis & innovationis infringere vel ei ausu temerario contra ire : si quis hoc attentare præsumpserit indignationem omnipotentis Dei & beatorum Petri & Pauli apostolorum ejus se noverit incursurum. Datum Romæ apud S. Marcum anno Dominicæ incarnationis MCCCC. LXVIII. Kalendas Martii, pontificatus nostri anno quarto.

,, 15°. Locationes bonorum, admodiationes aliique contractus
,, hujusmodi fiant a D. abbate, de consilio seniorum, in gravio-
,, ribus tamen, qui excedunt valorem centum aureorum, præter
,, consilium seniorum, audiatur quoque consilium capituli ; dum-
,, modo locationes ultra triennium non sint, tunc enim consensus
,, capituli per secreta suffragia requiratur. Si vero agatur de loca-
,, tione, aut admodiatione, aut aliis contractibus faciendis cum con-
,, sanguineis vel affinibus D. abbatis, pro tempore usque ad quar-
,, tum gradum inclusive, quales contractus nos ad evitandas om-
,, nesmurmurationes mallemus omitti, prout speramus à D. abbate
,, moderno, pro sua in rebus agendis prudentia omittendos fore ,
,, cujuscumque licet modicæ summæ sint, exquiratur semper consensus
,, capituli per secreta suffragia; præterea D. abbas cum de ædifi-
,, ciis grandis sumptus aut notabilis novitatis res erit, nihil faciat

„ nisi cum feniorum, atque etiam peritorum confilio. Silvæ ceduæ non
„ ita cedantur ut aliæ non fuperfint, fed difcreto judicio in his pro-
„ cedat D. abbas, *adhibito etiam capituli confenfu cum de notabili*
„ *filva cædenda agetur. Ad hæc artem agrariam ex qua multæ dif-*
„ *tractiones monachis oriri folent impofterum exerceri prohibemus.*
„ *Opificia vero in quantum pro monachorum & domefticorum ufu*
„ *funt approbamus, fed ad effectum vendendi omnino interdicimus.*
„ 16 °. Quod D. abbas nummum vigefimum ratione vini abba-
„ tialis, aut alia quæcumque in locationibus aliifque contractibus
„ ipfi dari folitum *inter communes monafterii redditus jufferit referri*
„ plurimum laudamus & approbamus & ita aliis pro tempore exif-
„ tentibus in hoc monafterio abbatibus impofterum, fervari man-
„ damus.
„ 17 °. Studeat cellerarius ea quæ de ipfo tam diligenter à Smo
„ patre Benedicto cap. 31. Reg. præfcribuntur, factis implere, fig-
„ nanter vero elatus non fit, nec fratres contriftet aut fpernat, red-
„ dat etiam juxta conftitutiones computus fingulis trimeftribus nec
„ ullo prætextu id omittat. Subcellerarius quoque ex eodem Reg
„ capite habet quod difcat, avaritiam fummopere devitet, & cha-
„ ritatem cœteris utilitatibus præferat. Religiofi habeant alimenta
„ & quibus tegantur fobrie quidem ac humiliter, fatis tamen pro ne
„ ceffitate naturæ ac decenter. Famulis etiam neceffaria fuppedi-
„ tentur liberali manu, cum fcriptum fit : non alligabis os bovi tri-
„ turanti.
„ 18 °. Studeat D. abbas nihil diligentiæ remittere in feligendis
„ clericis quos ad ecclefiaftica beneficia ipfi jus eft præfentare, po-
„ tiffimum vero ubi de animarum cura agitur, dignos non præpo-
„ nat dignioribus. Ne vero ulla fufpicio oriri poffit de facerdotibus
„ illis qui fine ftipendio in monafterio detinentur, quafi iidem fp-
„ obtinendi beneficii fervitium monafterio præftent, ideo hujuf-
„ modi facerdotibus congruum tribuatur ftipendium, faltem ad duo
„ decim ducatones pro quolibet. Præterea quæ aliquibus parochii
„ monafterium fubminiftrare tenetur decenter & prompte fubmi-
„ niftretur.
„ 19 °. In prioratibus in quibus monachi degent, duo fint pro
„ quolibet prioratu ufque ad aliam ordinationem, religiofi vero i
„ prioratibus exiftentes, folitudinem & filentium, quantum fier
„ poterit fideliter obfervabunt, ita ut non liceat illis excurrere fin
„ gravi caufa, neque extra prioratum manducare nec bibere apu
„ quemquam invitantem in vicinia, nifi requirens fit talis cond
„ tionis ut id non poffit honnefte recufari, nulla mulier cujus cun

„ que sit ætatis vel condtionis ad ingreſſum prioratus admittetur,
„ ſub pœna graviſſima, ad arbitrium D. abbatis imponenda. Abſti-
„ nentia ab eſu carnium exactiſſime erit obſervanda, niſi D. abbas
„ propter rationes & circumſtantias notabiles permittat, quo caſu
„ carnbus veſcentes à vino abſtinebunt; erit frugalis victus regulæ
„ & conſtitutionibus conformis, ſicut in monaſterio & quidquid
„ expenſis annuis ſuperfuerit ad monaſterium fideliter pro ut in
„ bulla unionis, remittetur; ideoque adminiſtratoresſingulis annis
„ menſe ſeptembri vel octobri, exactam adminiſtrationis ſuæ ra-
„ tionem reddent D. abbati vel alicui alio ab illo deputato, quod ſi
„ exceſſus notabilis in redditibus expendendis inventus fuerit, ad-
„ miniſtrator tanquam voti paupertatis trangreſſor ſevere punietur,
„ & ab adminiſtratione amovebitur, ideoque cavebit adminiſtrator
„ vinum magni pretii emere, cœteraque religioſam paupertatem &
„ ſimplicitatem non redolentia, ſtudioſe cavebit tam quoad victum
„ quam veſtitum, ac morem & uſum monaſterii, quantum fieri
„ poterit retinebit. Cœterum optaremus ut dicti prioratus aut om-
„ nes aut aliqui ſimul unirentur ita ut formalis conventus mona-
„ chorum cum perfecta regularitate erigeretur, vel ſi hoc execu-
„ tioni demandari non poſſit quod per ſacerdotes ſeculares deſer-
„ virentur.

„ 20°. Cum decreta quæ à perilluſtriſſimo D. vicario generali
„ Leodienſi in viſitatione hujus monaſterii die 22. junii anno 1700.
„ & alia à Smo. ac Rdo Dno Joſepho Clemente archiepiſcopo &
„ principe electore Colonienſi & epiſcopo ac principe Leodienſi. 4
„ 8bris anni 1701, ſancita ſunt, diligenter examinaverimus pluri-
„ ma quidem ad bonum hujus monaſterii conducentia invenimus, non
„ nulla tamen quæ aliqua explicatione vel moderatione indigent,
„ hinc facultatibusà Sacra Congregatione Eminent.ac RR.ſanctæ Ro-
„ manæ Eccleſiæ Cardinalium, negotiis & conſultationibusepiſcopo-
„ rum & regularium præpoſitæ nobis attributis utentes, prædicta
„ decreta confirmamus & approbamus, articulos tamen in prima
„ charta viſitationis, *ſecundum*, *quintum*, excepta redditione rationis
„ ſtatus interioris, quos ad amuſſim ſervari mandamus pro ut dicto
„ articulo diſponitur, *decimum tertium* & in ſecunda charta viſita-
„ tionis, *ſecundum ſextum* decimum, *undecimum*, *decimum ter-
„ tium* ad formam regulæ & conſtitutionum ordinis reducimus, &
„ moderamus; ſtatum vero œconomicum monaſterii circa debita
„ activa & paſſiva, dequo in prædicto articulo ſexto ſecundæ chartæ
„ viſitationis diſponitur, declaramus impoſterum exhibendum eſſe
„ Smo epiſcopo aut ejus delegato in actu tantum viſitationis, vel

„ quando pro casuum exigentia, idem Smus. episcopus illum inspi-
„ ciendum esse judicaverit, sicut etiam articulum *decimum quar-*
„ *tum ejusdem secundæ chartæ*, declaramus intelligi & observan-
„ dum esse sine præjudicio absolutionis ab officiis ad formam cons-
„ titutionum, singulis annis faciendæ articulum denique decimum
„ quintum de pecunia. Comparandis libris singulisannis expendenda
„ ad quinquaginta scuta reducimus.

„ 21.°. Executionem horum omnium decretorum D. abbati
„ committimus, eum monentes & adhortantes quatenus pro sua
„ vigilantia ac sollicitudine omnia executioni demandet & ab aliis
„ ad quos spectat demandari curet. Si vero quod non speramus
„ idem D. abbas negligens fuerit, Smo. ac Rmo. episcopo ac prin-
„ cipi Leodiensi committimus ut pro tradita sibi a Deo sapientia
„ & monasticæ disciplinæ zelo eadem decreta congruis modis exe-
„ cutioni demandari faciat, & ab omnibus ad quas spectat ob-
„ servari.

„ 22.°. Denique per modum consilii adhortamur omnes hujus
„ monasterii religiosos, ut semel in annum exercitiis spiritualibus
„ vacent per octiduum, curentque spiritum professionis monas-
„ ticæ revocare, ne excidant à vocatione quâ vocati sunt, sed
„ per bona opera eam certam facere satagant. Signatum Joannes
„ Baptista archiep. Tharsensis, nuntius & visitator apostolicus, in-
„ fra erat scriptum, supra dicta decreta die 18. maii 1709. in ca-
„ pitulo abbatiæ Sti. Huberti convocatis de more D. abbate & re-
„ ligiosis, de mandato Illmi ac reverend. D. mei nuntii, &c. in eo-
„ dem capitulo pro tribunali sedentis, per me infra scriptum, alta
„ & intelligenti voce proclamata fuerunt quod attestor Julius Roida
„ abbreviator.

Par le quatrieme article de ces reglements, il est ordonné que
les offrandes faites à l'église seront inscrites, dans un livre particulier, pour être employées à sa décoration & à la magnificence du
culte, mais cette clause n'a point du tout été observée; ces offrandes s'étant rendues au tresorier de l'abbé ou au cellerier, pour être
employées à tout autre usage que celui qui est marqué par ce reglement, laissant l'église sans ornements & sans y faire les repara-
tions qui y étoient absolument nécessaires.

L'injonction faite aux officiers du monastere de se trouver aux
offices, contenue au sixieme article, & de n'y pas manquer, sous
prétexte de leurs offices, est absolument négligé. Et l'abbé auquel il est enjoint d'y assister, est le premier à enfreindre ce commandement.

Les leçons de theologie fi néceffaires & fi fortement recomman-
dées, ainfi que celles de l'Ecriture, par le feptieme article de ces
ftatuts, ont été fi negligées, qu'on n'en a fait aucune, fous l'abbé
actuel, pendant plus de quatre ans, quoiqu'il y eût au moins
douze jeunes religieux; & fous d'autres regimes, comme fous celui-
ci, rien n'a été plus commun que de voir des novices vegeter dans
l'ignorance & y perfeverer jufqu'à la vieilleffe, par l'indifférence
des abbés, qui par ignorance, par pareffe ou par negligence, n'ont
pû les enfeigner eux mêmes ou n'ont pas voulu leur procurer des
profeffeurs. Le defpotifme exerce bien plus facilement fon empire
fur une troupe d'imbeciles, que fur des gens, qui apprennent à
faire ufage de la raifon.

Le huitieme article devenoit inutile par la negligence du feptieme, parce qu'on cherche rarement à s'occuper de la lecture, dans
un endroit où il n'y a ni goût, ni émulation, ni maître, & où
l'ignorance femble faire un titre pour parvenir aux bonnes graces
du fupérieur.

La capacité requife, dans le neuvieme article, aux officiers du
monaftere, a fouvent été un titre, pour être exclu des charges.
Les plus ineptes ont été preferés aux gens à talents, les jeunes aux
anciens; d'ailleurs l'abbé fe refervant toute l'autorité & ayant la
liberté de changer ces officiers à fa volonté, on conçoit facilement
combien d'un coté leur autorité eft bornée & de l'autre que ce
n'eft qu'au moyen des baffeffes & des flatteries, qu'ils peuvent obtenir une certaine permanence dans leurs emplois.

Le choix d'un portier, contenu au même article, a prefque toujours été fait en dépit de la regle & de ce ftatut. L'abbé actuel a confié
cet emploi à fes affidés, hommes fcandaleux, qui épioient toutes
les demarches des religieux, pour leur donner, une mauvaife interpréta-
tion; & qui non contents de renvoyer ceux qui demandoient à leur
parler fe fervoient fouvent de paroles outrageantes, à la honte des
religieux & au deshonneur du monaftere.

Le dixieme article qui regarde la liberté des fuffrages, dans le
chapitre, avec la forme qui doit s'y obferver, n'a eu lieu que pour
la reception des novices. Dans toute autre affaire, avant qu'elle foit
propofée, au chapitre, la réfolution eft prife entre l'abbé & fes adulateurs. Or comme ceux qui font en charge, cherchent à s'y maintenir & que ceux qui n'y font pas y afpirent, on conçoit que le
nombre des flatteurs n'eft pas petit & que le parti de l'abbé eft toujours triomphant. Il eft très-fouvent arrivé qu'on n'avoit pas la liberté de dire fon avis, quand il étoit contraire aux deffeins de l'abbé

C'est ainsi que la liberté des suffrages a été traitée, malgré les statuts, si souvent reiterés, de ne la point géner.

On peut assurer que le soin des malades qui est si expressément recommandé, par le douzieme article, a été si notablement négligé qu'on les a souvent vû manquer des choses les plus necessaires à des personnes dans cet état. La seule humanité qui doit nous porter à la pitié, pour nos semblables, est degénerée souvent à saint Hubert, en une cruauté que la sainteté de la regle & la sagesse des reglements des supérieurs, n'a pu ramener au principe si necessaire de la charité.

Le treizieme article, qui conformement à la regle, recommande l'hospitalité, loin d'avoir remedié à un usage tout opposé, semble avoir encouragé, & sur tout l'abbé actuel, à negliger ce devoir. Tout ce qui ne porte pas l'appareil brillant du siecle ou qui ne peut être utile à ses projets est sujet à rejection. La disposition, énoncée dans cet article, sur les aumônes que rapportoient les aumoniers du monastere qu'on envoyoit dans les provinces, a été inutile pour quelque temps, parce que l'abbé actuel les supprima, on ne sait trop pour quelle raison. Neanmoins cet usage entretenoit la devotion du saint Patron, dans le cœur des fideles. Un nombre considerable de confreries, établies en son honneur dans les villes, & à la campagne revoyoient, après un certain temps, ces aumoniers avec plaisir. Il sembloit que par leur moyen on entretenoit une plus étroite correspondance avec le saint & la devotion étoit encouragée & le produit des offrandes qu'ils rapportoient devoit être inscrit dans un livre particulier & employé aux œuvres de charité; mais si on recevoit & si on reçoit encore aujourd'hui quelques pelerins, on les reçoit mal & surtout les pauvres auxquels on refuse, à la porte, même un morceau de pain, par les ordres de M. l'abbé.

Il supprima ces aumoniers peu après son élection, mais jugeant sans doute, par la suite que le produit des aumônes qu'ils rapportoient, lui procureroit une nouvelle ressource, il les a retablis, & c'est à lui privativement, en effet, qu'ils rendent compte de leur recette, comme il est le seul qui sache l'emploi qu'il en fait.

Les aliénations des biens, défendues à l'article quatorze de ce statuts, sans le consentement du saint siege ont été faites, par le abbés, comme d'un bien qui leur appartenoit en pleine propriété non seulement, sans consulter Rome, mais même leur chapitr L'abbé actuel a suivi plus que personne cet exemple si contrair aux constitutions. Tout est à eux, rien n'est à la maison. Ce for leu leurs bois, leur chaffe, leurs cenfes, leurs dîmes, leurs prairies, leurs vaffaux, ou pour mieux dire, leurs efclaves. L'abbé actuel qui a embraffé le fyftême de *l'égoifme*, n'a garde d'accorder, à fes religieux, la moindre part dans les poffeffions de leur monaftere ; tout eft à lui, & s'il leur accorde la vie & le vêtement, c'eft une grace dont il entend qu'ils lui témoignent leur reconnoiffance. Tous ceux qui l'ont fréquenté, ou qui le fréquentent, avoueront, s'ils veulent être finceres, qu'il n'y a rien d'outré dans ce que nous en difons.

Ce fut dans la vue de remedier à de femblables, abus que le nonce vifiteur infera tout au long, dans fes réglements, la conftitution du pape Paul III. commençant : *ambitiofæ cupiditati ;* mais il s'en faut bien que les abbés aient été, depuis ce temps-là, plus circonfpects.

Le 15me article qui concerne les locations & admodiations des biens du monaftere, ou le confentement & l'avis du chapitre étoient requis, par une fuite du defpotifme des abbés fut rendu inutile, ils ne s'y conformerent pas. La fage précaution qu'on y prend, concernant les parents & alliés de l'abbé, auxquels on défend d'admodier ou louer les biens du monaftere, pour éviter les collufions & les murmures, n'a pas été plus ftrictement obfervée. Plufieurs biens du monaftere ont été loués, par l'abbé actuel, à un prix modique, par les confidérations que cet article défend, fans le confentement du chapitre, malgré même fes oppofitions. Il fe peut, que c'eft par charité qu'il en a ufé ainfi ; mais la prédilection qu'on doit à fes parents ne doit pas s'étendre jufqu'aux biens de l'églife, dont tous les chrétiens indiftinctement, font les enfants Les coufins de l'abbé ne font pas les coufins du monaftere, mais ils profitent du delire qui fait qu'il s'approprie tous les biens, & s'ils ont un intérêt qu'il dure long-temps, les religieux ont toutes les raifons poffibles, d'en arrêter les progrès. La confervation des bois, qui eft encore fi fortement recommandée dans le même article, & qui eft en effet la reffource des maifons religieufes, a été non feulement negligée, mais méprifée par les abbés ; & fur-tout par l'abbé actuel qui en dépit de ces reglements ; & toujours fans confulter fon chapitre, en a vendu depuis douze ans, pour plus de cent mille florins. Mais c'étoit peu pour fatisfaire fon efprit deftructeur : deux forêts, confervées avec foin, par fon predeceffeur, parce qu'elles faifoient l'agrément du monaftere, par leur proximité & qu'elles étoient une reffource pour un cas de befoin, ont offufqué les yeux du reverend abbé qui eft fait pour les longs points de vüe & ont été abbatues, à grands fraix, par fes ordres. Des bêtes feroces que l'on nourriffoit, dans le parc, pour les plaifir des hôtes & des

I

voyageurs, & qui loin de caufer aucun préjudice étoient une reſſource pour la maiſon, ont été détruites, ſous pretexte que les lievres, les chevres, les daims, & les cerfs mangeoient autant d'herbes que des bœufs & des vaches, mais en effet pour ſatiſfaire ſon antiphatie contre tout ce qu'avoit fait ſon predeceſſeur. Toutes ces choſes ainſi que l'entrepriſe d'une tannerie, potaſſerie, d'une ſcierie, des forges, des fourneaux, &c. ont été faites, contre le gré & ſans le conſentement du chapitre.

Le vingtieme denier, communement appellé vins de marché, ou vins de l'abbé, dont il eſt parlé au 16me article de ces réglemens, à quoi on aſſujettit le preneur, dans les baux ou autre contrats, ſont non-ſeulement perçus par l'abbé, mais encore toutes les amendes, pour délits commis dans les bois, dans les terres, ou dans les prairies : & elles ſont exigées, ſans miſéricorde, même des plus pauvres, & de ceux qui manquent des choſes les plus néceſſaires à la vie. La faim, la nudité, la vieilleſſe, les infirmités ne ſont pas des titres, qui puiſſent obtenir, auprès de M. l'abbé, quelque modération; elle autoriſeroit, dit-il, les délinquants à dégrader ſes bois, ſes prairies, &c. car c'eſt ainſi qu'il s'exprime en parlant des biens de ſon abbaye, qui porteront long-temps des marques de ſon adminiſtration par le deſpotiſme qu'il s'eſt arrogé, & le ſilence qu'il a ſu impoſer à ſa communauté.

Les comptes que le cellerier devroit rendre, ſelon la regle & le 17me. article de ces reglemens, tous les trois mois, n'ont ſouvent pas été rendus, dans l'eſpace de quatre années; l'orſqu'uniquement, *pro forma*, cela eſt arrivé, ces comptes & ceux des prieurés ont été rendus devant des créatures de M. l'abbé, peu inſtruites des intérêts de la maiſon & diſpoſées à ſuivre en tout le *ſic jubeo, ſic volo* du réverend prélat.

La collation des benefices, qui eſt recommandée à l'abbé au dixhuitieme article; & qu'il eſt ſi eſſentiel de remplir, par de dignes ſujets, ſur-tout les benefices à charge d'ames, eſt devenue un objet de faveur. Au ſcandale de l'égliſe, à la honte du monaſtere & au préjudice notable des paroiſſiens, les meilleures cures n'ont pas été le partage des meilleurs ſujets, parce qu'il ſuffit d'être parent, allié, flatteur ou protegé de l'abbé, pour les obtenir. Ce ſeroit une preuve très-aiſée à faire, ſi la charité ne nous défendoit de deſigner pluſieurs ſujets, qui ſoumis à l'examen le moins rigoureux, ſeroient à peine trouvés dignes d'un vicariat. Nous n'avons garde d'attaquer ici les mœurs de qui que ce ſoit, on peut-être propre à faire ſon ſalut & n'être pas capable de procurer celui des autres; on peut être régulier

& n'être pas favant, mais il eft effentiel à un collateur; & fur-tout eccléfiaftique, de ne remplir les benefices, à charge d'ames, que par ceux qui joignent aux bonnes mœurs la capacité & le zele digne d'un état auffi faint.

Par ce même article, il eft recommandé, comme on a vu, à l'abbé de donner des gages ou retributions aux aumoniers, afin qu'ils n'ayent aucun prétexte de lui demander des benefices, à fa collation pour recompenfe de leurs fervices, & que le foin fi délicat & fi précieux des ames, ne foit pas le fruit de quelques travaux mercenaires, ce qui n'eft arrivé que trop fouvent. A l'avenement de l'abbé actuel, il avoit projetté d'établir une efpece de fynode & de ne donner les benefices de fa dependance, que par un concours où la prédilection & la faveur n'auroient eu aucune part. Il avoit même dit, que ceux qui lui feroient recommandés, auroient l'exclufion, ce qui auroit donné de l'émulation, dans un pays où elle eft abfolument néceffaire, mais un projet fi fage a été confondu & étouffé par les entreprifes de commerce, par l'envie & l'oftentation de fe voir follicité, de faire des heureux à fon choix; enfin les anciens abus à cet égard, comme à bien d'autres, ont continué.

L'efprit de moderation dicta tous ces reglements, mais ils n'oterent pas le mal, parce qu'ils ne furent pas jufques à fa fource. Ce fut moins l'independance où eft l'abbaye de faint Hubert d'autres monafteres du même ordre, que la perpétuité & la trop grande autorité des abbés, qui y produifit le relâchement & la difcorde. La meilleure preuve que l'on puiffe apporter de l'infuffifance des reglements, ce font les cris continuels des religieux, ces reclamations fi fouvent repetées contre les excès des abbés, malgré tant de loix qu'ils rendoient illufoires & impuiffantes, à mefure qu'elles étoient publiées, mais que peuvent elles quand le fond même d'un gouvernement vicieux a perverti les mœurs? *Quid leges fine moribus vanæ proficiunt.*

Lorfqu'on put reftraindre l'autorité, fans bornes, des abbés ou qu'on eut le bonheur d'en avoir qui n'en abuferent pas, on vit renaitre les beaux jours de la ferveur monaftique. Mais ce fut une aurore que l'on apperçut & qu'on vit auffi-tôt difparoître. Le 'ze e & la piété des premiers abbés leur empêcherent d'abufer de leur autorité & comment l'auroient ils fait, eux qui ne refpiroient que la charité? Leurs fucceffeurs ceffant d'être animés du même efprit, on fit des loix qui bornoient & qui moderoient leur autorité, mais bientôt on en fubftitua d'autres qui leur rendoient leur defpotifme & leur perpétuité; & dès cet inftant il étoit néceffaire que les defordres

I 2

reparuſſent, parce qu'il eſt néceſſaire que la même cauſe produiſe toujours les mêmes effets.

Les prétentions des ſouverains de Luxembourg ſur la terre de St. Hubert & celles des princes évêques de Liege ſur la même terre, contribuerent beaucoup à autoriſer le deſpotiſme des abbés & à rendre les reglements impuiſſants; parce que le conſeil de cette province s'oppoſa toujours à leur exécution, lorſque les abbés eurent recours à ſon autorité; & rien ne pouvoit plus flatter les vues de gens qui aſpiroient à l'indépendance. Si les priviléges accordés par la cour de Rome à certains monaſteres, ont été regardés comme abuſifs; & ſi, ſuivant les meilleurs canoniſtes, les évêques ont droit de ſurveillance ſur toutes les maiſons religieuſes de leurs dioceſes, & d'y maintenir la diſcipline, nonobſtant les conceſſions apoſtoliques, on conçoit combien les démarches du conſeil de Luxembourg occaſionnerent d'abus, & que les abbés de St. Hubert n'y donnoient lieu, que pour ſe ſouſtraire à une obéiſſance, qui mettoit des bornes à leur ambition.

Entre tous les moyens poſſibles de maintenir, ou de rétablir la diſcipline reguliere dans les maiſons religieuſes, aucun n'a été trouvé plus propre que de les faire rentrer ſous l'obéiſſance des ordinaires dont elles ont été ſouſtraites, pour de bonnes vues, ſans doute, mais dont on a abuſé avec le temps. L'éloignement des lieux, les dépenſes exceſſives des viſites qui ne ſe font que quand le mal eſt devenu trop grand; & que les plaintes qu'on étouffe par toute ſorte de moyens, peuvent parvenir juſqu'à Rome, ſont des raiſons qui auroient dû rendre plus circonſpect ſur ces ſortes de conceſſions, & plus zélé pour les abolir.

C'étoit dans l'impoſſibilité où ſe trouvoient les abbés de ſaint Hubert d'obtenir de Rome ces privileges, par les oppoſitions des princes évêques de Liege, qu'ils inventerent le plan d'une reforme qui les affiliant à une autre congregation, les auroit ſouſtraits à leur obéiſſance. Ces évêques pleins de zele pour la perfection s'en laiſſerent impoſer par le beau nom de réforme & ſervirent même l'abbé, comme on l'a vû, contre ſes religieux, qui voyant ſes vues de plus près, en apprehendoient les ſuites. Ils ne furent pas les ſeuls qui s'en laiſſerent impoſer, la piété & la religion de l'Infante Iſabelle furent auſſi ſurpriſes. ſous le pretexte de former une nouvelle congregation avec les monaſteres de ſaint Denis & de ſaint Adrien & pluſieurs autres des Pays-bas, tantôt en s'aggregeant à celle de ſaint Vannes de Lorraine, mais veritablement dans la vue de n'être plus dans la dependance des évêques. Ces moyens s'étant trouvés infuffifants, il fallut recourir à d'autres & ils n'en trouverent pas de plus favorables, à leurs vües, que d'infpirer de la jaloufie au confeil de Luxembourg, qui prennant pour zele patriotique dans les abbés de faint Hubert, ce qui n'étoit qu'une fuite de leurs refiftance à la puiffance legitime de leurs fuperieurs, leur preta fon miniftére, pour s'oppofer à leur évêque.

Si les chofes euffent refté fur le pied qu'elles avoient été arrêtées par les conventions, qui fuivirent les conférences, fur la queftion territorielle, entre la France; les fouverains de Luxembourg & les princes évêques de Liege, ils auroient puni eux mêmes leur amour propre aux depens de leur ambition; c'eft à dire qu'étant ftipulé par ces conventions, entre les fouverains pretendants à la terre de faint Hubert, qu'il ne feroit rien innové de part & d'autre & qu'en attendant la decifion de cette queftion, la poffeffion & le gouvernement refteroient entre les mains de l'abbé & des religieux du monaftere : en recourant au confeil de Luxembourg, ils fe donnoient prématurément un maître, & cette demarche ne fympatifoit pas avec cette affectation fi recherchée de fe fervir dans tous les actes des titres pompeux de *Par la grace de Dieu*, qui ne font confacrés que pour les fouverains réels, & non pour les imaginaires. Mais à tel prix que ce fût, ils ne vouloient point reconnoître de fuperieur eccléfiaftique, où ils vouloient qu'il fût fi loin qu'il ne pût, qu'avec peine, les gêner dans le defpotifme qu'ils pretendoient exercer fur leurs freres. L'autorité civile ne porte pas fouvent fon examen jufqu'à des détails qui font effentiels à l'autorité eccléfiaftique : le droit de commander eft abfolu dans l'une, & dans l'autre il eft temperé, par la douceur qu'infpirent la religion & la piété. Dans la premiere le defpotifme eft quelquefois neceffaire, dans la feconde, il eft toujours un monftre; & ce fut dans cette idée, plus favorable aux vües ambitieufes des abbés de faint Hubert, qu'ils induifirent le confeil de Luxembourg à s'oppofer à l'exercice de la jurifdiction eccléfiaftique de l'évêque de Liege, fur leur abbaye, après avoir épuifé toutes les reffources d'une fauffe piété & d'un zele fimulé pour parvenir à leurs fins. Quand on dit les abbés de faint Hubert, on n'entend parler que de ceux qui chercherent à fe fouftraire à l'obéiffance de leur fupérieur immédiat.

En 1715. les plaintes s'étant renouvellées, le prince évêque écrivit encore à l'abbé de faint Hubert pour tâcher de le ramener à un efprit de paix & d'union. „ Dans le temps que je croyois M, lui dit „ ce prince, qu'on pouvoit retablir la paix, l'union & la charité „ dans votre abbaye, en envoyant Dom Hubert dans l'un de vos

„ meilleurs prieurés (1), pour s'y repofer de fes fatigues, après lui
„ avoir fait rendre fes comptes par-devant vous & trois fen eurs, &
„ mettant un autre religieux à fa place, par les voyes préfcrites par
„ votre regle & vos conftitutions pour exercer la charge de celle-
„ rier, j'ai appris avec beaucoup de furprife que le même Dom Hu-
„ bert étoit parti d'ici, inopinément & fans en donner part à qui
„ que ce foit; quoiqu'on lui avoit fait favoir qu'il y devoit demeu-
„ rer jufqu'à ce qu'on lui eut parlé de ma part & qu'il fût informé
„ plus particulierement de mes intentions. C'eft une défobeiffance à
„ mes ordres & un mepris de mon autorité, que je ne puis diffimu-
„ ler, c'eft pourquoi M. je veux que vous ne differiez pas plus long-
„ temps à l'éloigner de votre abbaye, en la maniere que je viens de
„ vous l'expliquer, & de me faire favoir par le porteur de la préfen-
„ te, que ma volonté en cela a été ponctuellement exécutée, à peine
„ d'en repondre en votre propre & privé nom. Cependant comme
„ je fais que vous maltraitez ceux de vos religieux qui ont recours
„ à moi, je vous défends très-expreffément de leur faire aucune vio-
„ lence à ce fujet, vous ordonnant de lire ou faire lire en plein cha-
„ pître la préfente lettre & de vous y conformer, fous peine de fuf
„ penfion à encourir *ipfo facto*. Je me perfuade que vous ne
„ me contraindrez pas d'en venir avec vous à cette extrêmité,
„ mais que vous ferez bien plutôt tout ce que vous pourez pour mé-
„ riter la continuation de l'eftime avec laquelle je fuis M. véritable-
„ ment tout à vous Jofeph Clement. Liege le 18. fevrier 1715. ”

On voit par cette lettre ce que les religieux de faint Hubert avoient
à attendre de leur abbé, lorfqu'ils ofoient s'oppofer à fes deffeins
& fe plaindre de fa dureté. Que la feule voye qui leur reftoit
dans leur malheur leur étoit fermée par la crainte d'encourir l'indignation de leur chef & d'en éprouver les traitements les plus
durs, néanmoins comme la nature violentée fort quelquefois de
léthargie, la crainte de voir perpetuer leur efclavage l'emporta
dans quelques uns fur celle des peines que pouvoit leur infliger leur abbé & ils porterent des plaintes à l'évêque, comme le
feul en fa qualité de fupérieur immediat, qui pût diminuer
le poids de leurs chaines. Ce prélat touché de leurs peines avoit
déja tenté de ramener leur abbé à un caractere, de moderation

---

(1) On voit par-là que le prince évêque de Liege, difpofoit des prieurés. On voit
auffi que ce Dom Hubert étoit l'enfant gâté, & un des premiers mobiles des brouilleries,
des tracafferies, & du défordre. Il eft peu de perfonnes qui n'aiment à jouer le rôle de maître, & ordinairement les copies valent moins que les originaux.

plus conforme à fon état, par une lettre qu'il lui avoit écrite &
à fa commmunauté le 2. du même mois de fevrier de la même
année 1715. & conçue en ces termes :

„ C'eft à notre grand déplaifir que nous voyant par les di-
„ verfes plaintes qui nous ont été faites, tant pendant qu'il a plu
„ à Dieu, de nous tenir éloigné de nos états, que depuis qu'il
„ lui a plu que nous y foyons retournés, que la paix fi nécef-
„ faire dans les communautés religieufes femble être non-feulement
„ altérée, mais encore prefque bannie de la vôtre, par des ca-
„ bales, haines & divifions qui s'y font glifsées & augmentées
„ chaque jour, au grand fcandale du public, au préjudice de la
„ religion & de la charité qui y doit regner, & au mépris de
„ nos ordonnances fi fouvent réiterées ; quoique nous ayons fait
„ humainement tout ce qui nous a été poffible par lettres, cartes de
„ vifites & réglements pour étouffer ces divifions & rétablir parmi
„ vous l'efprit de paix, d'union & de bonne intelligence; c'eft pour-
„ quoi étant de notre devoir paftoral de vous procurer, en toutes
„ manieres des avantages fi effentiels, & de bannir de votre monaf-
„ tere tout fujet de troubles & de divifions par les voyes les plus
„ convenables, nous avons trouvé à propos de vous écrire la pré-
„ fente, afin que vous vous affembliez inceffamment, pour faire l'é-
„ lection, felon l'efprit de votre regle & conformement à vos fta-
„ tuts & coutumes d'un nouveau religieux Cellerier, à la place de
„ Dom Hubert *Jadin*, lequel fera remercié & envoyé dans quel-
„ que prieuré, pour s'y repofer & rétablir fa fanté, laquelle fe
„ trouve maintenant confidérablement altérée par les foins, les fa-
„ tigues & les peines qu'il a effuyées pendant le long-temps qu'il a
„ exercé ladite charge de Cellerier. Nous voulons auffi que l'hofpi-
„ talité, qui eft fi fortement recommandée par nos réglements,
„ & même par la regle de St. Benoit, foit dorénavant exercée chez
„ vous, d'une maniere plus généreufe, & plus charitable, & que les
„ aumônes s'y diftribuent avec plus d'exactitude que du paffé,
„ pour attirer fur vous, tant en général qu'en particulier, les béné-
„ dictions de Dieu ; & afin qu'aucun de vous n'en puiffe prétendre
„ caufe d'ignorance, notre préfente lettre fera lue tout haut, fans
„ aucun delai, en plein chapitre, & enrégiftrée, voulant que tout
„ ce qui y eft fpécifié, foit ponctuellement, & fans différer exécuté,
„ à peine de défobéiffance à votre évêque & prince. Vous nous
„ écrirez par le même exprès, un papier figné de vous, M. l'abbé,
„ & de tous vos religieux. Nous prions Dieu qu'il vous ait fous fa

„ fainte garde. Etoit figné, Jofeph Clément, Electeur. De notr
„ cité de Liege, le 2 Février 1715.

Cette lettre, loin de produire les effets que le prince devoit e
attendre, & qu'elle auroit indubitablement produit fur tout efpri
raifonnable, & fur tout homme, ami de la concorde & de la paix
ne fit qu'irriter le fougueux & ambitieux abbé, & fes partifans.
paya les foins & la follicitude paftorale de ce prince évêque, par de
impertinences, comme on le voit par la lettre que ce prélat écrivi
à l'abbé de St. Remi, pour le confulter fur cette affaire, & que nou
allons rapporter, après avoir fait obferver combien la charité, fi e
fentielle, étoit négligée dès-lors, par ces ambitieux defpotes, qu
n'avoient de foins que pour cimenter leur ambition, & qui n'a
voient de leur état, que le nom & l'habit.

„ Je vous communique M., *dit le prince évêque de Liege,*
„ *l'abbé de faint Remi,* les trois lettres impertinentes que l'abb
„ de faint Hubert & fon bon ami Dom Hubert ont eu la té
„ mérité de m'écrire & à mon miniftre le baron *Karg;* vou
„ les examinerez ferieufement, & avec foin, & me les renvoyant
„ vous me ferez plaifir M. de me dire, comment vous croyez qu
„ je puiffe agir dans cette occafion; non tant pour châtier la défo
„ béiffance & l'infolence de ces deux perfonnes là, que pour re
„ tablir dans cette abbaye l'union, la paix & la bonne difcipline
„ qui en font entierement bannies par leur mauvaife conduite.
„ J'ai penfé faire enlever Dom Hubert & le conduire ailleurs pou
„ arrêter tous les defordres dont il eft la caufe principale, mai
„ comme vous avez fervi fi long-temps de fecretaire au généra
„ de votre ordre, & acquis par là une très grande connoiffance
„ de ce que l'on doit faire en pareil cas, je me perfuade, fur votr
„ prudence, & intégrité que vous me declarerez vos fentiment
„ là-deffus en toute fincerité. En attendant je fuis toujours ave
„ beaucoup d'eftime & de confideration M. veritablement tou
à vous. Etoit figné Jofeph Clement électeur. *A Bonn* ce dernier
de mars 1715.

Si d'un côté on voit la douceur & l'efprit évangélique qu
favent fe maintenir malgré l'infolence & la temerité, on ne peu
que s'irriter à la vüe d'un procédé auffi irregulier que celui d
l'abbé de faint Hubert & de fes partifans, contre un feigneur ref
pectable par fa naiffance & fes dignités & plus encore par le
qualités éminentes de fon ame, qui ne cherchoit qu'à faire re
gner la paix dans un monaftere, qui depuis trop long-temps fcan
dalifoit le public par fes diffentions. On voit de cette lettre que
fou

fous un abbé defpotique, s'il n'abufe pas lui-même de fon autorité ceux auxquels ils la confie deviennent des petits defpotes qui
en abufent fous fon nom & qui par l'afcendant qu'ils ont fur fon
efprit peuvent impunement commettre toute forte d'excès parcequ'ils ont l'art de l'aveugler par leurs baffeffes : deforte que le
religieux ami de fon état & ennemi des employs qui menent à
la grandeur, eft toujours la victime de l'un ou des autres parce qu'il
ne penfe pas comme eux.

Cependant le prince-évêque de Liege pour remedier, autant
qu'il lui étoit poffible, à la guerre inteftine du monaftere de
faint Hubert, envoya les ordonnances & les commiffions fui-
vantes à l'abbé de faint Remi.

„ Omnibus ad quos pertinet falutem in Domino fempiternam,
„ cum poft peractam noviffimè vifitationem monafterii noftri
„ fub invocatione Sti Huberti epifcopi, ordinis Sti Benedicti,
„ in Leodienfi diocefi noftra conftituti, illuftriffimus & reveren-
„ diffimus Hieronimus archiepifcopus Tarfenfis nuntius apofto-
„ licus neceffarium duxerit, ut fequentes ordinationes à fe factæ
„ publi entur, & quamdiu à fanctitate fua & fancta fede apof-
„ tolica aliud difpofitum fuerit, difcrietè obferventur ; nofque
„ velut ordinarii loci requifierit ut eafdem executioni demandari
„ faciamus per litteras tenoris fequentis ad nos directas. Hiero-
„ nimus Dei & apoftolicæ fedis gratia archipifcopus Tarfensis fanc-
„ tiffimi Domini noftri Clementis, divinâ providentiâ papæ unde-
„ cimi prœlatus domefticus & affiftens, ejufdem ac dictæ fanc-
„ tiffimæ fedis apoftolicæ ad Tractum Rheni, aliafque Inferioris
„ germaniæ partes cum poteftate legati de latere nuntius. In feque-
„ lam vifitationis nuper a Rdmo. Domino Joanne ab Aquilo nof-
„ tro adjutore generali & admodum reverendo Domino Decano
„ Sti. Pauli Leodii ex fpeciali noftra commiffione in monafterio
„ fancti Huberti in Ardenna inftitutæ & paractæ, audita eorum-
„ dem DD. vifitatorum relatione pro bono difciplinæ & obfer-
„ vantiæ regularis jam dicti monafterii per modum provifionis
„ & citra prejudicium cujufcumque, ftatuimus & ordinamus D.
„ Clementem abbatem ab adminiftratione ufque ad aliam ordina-
„ tionem Stæ. congregationis, fuper negoti's epifcoporum & regu-
„ larium fufpendendum effe, pro ut hifcè fufpendimus, eique feu
„ monafterio adminiftratorem tam in fpiritualibus quam tempora-
„ libus, pro interim deputamus D. odonem Sanglier ejufdem mo-
„ uafterii religiofum & ad ejufmodi admiftrationem , quantum in

K

„ Domino confidimus præ primis idoneum; suspendentes simul
„ & usque tunc ab omnibus & singulis officiis Dominum Stepha-
„ num Clement, D. Hubertum Jadin & D. Bartholomeum Fain-
„ monvilie, pariterque substituentes ad vices quidem prioris agen-
„ das, prænominatum nostrum administratorem D. odonem ad
„ officium celleriatus D. Bernardum Belvau & ad subcelleraria-
„ tum D. Benedictum Mourmane, omnes tam suspensos quam
„ substitutos ejusdem monasterii religiosos & professos; districtè
„ præcipientes non minus D. abbati quam ejusdem loci religiosis
„ omnibus ubicumque existentibus, aliisque ad quos spectare po-
„ terit, quatenus sic à nobis deputatum administratorem & subs-
„ titutos officiales monasterii pro talibus habeant & recognoscant,
„ iisdemque in suis functionibus & officiis benevole & religiose as-
„ sistant, ac respective debitam præstent paritionem & obedien-
„ tiam; insuper volumus & mandamus ut porta locutorii cellera-
„ riæ contigui indilate muro occludatur pariterque hospitale de
„ stratis mundis aliisque decentius provideatur. Decreta vero ab
„ Eminentissimo & Revmo. cardinale de Buffi. prædecessore nos-
„ tro in ultima visitatione edita, sed hactenus neglecta signan-
„ ter quoad e'emosinas à quæstoribus collectas in particulari re-
„ gistro adnotandas & in particulari etiam cista ad usum dum-
„ taxat xenochii & hospitalitatis asservandas & exponendas, exe-
„ cutioni incessanter demandentur, pro quorum omnium execu-
„ tione vestigiis præmemorati prædecessoris nostri inhærendo,
„ Serenissimum ac Revmum. Dominum episcopum & principem
„ Leodiensem velut loci ordinarium (1) requirimus ut pro tradita
„ sibi a Deo sapientia & monasticæ dissiplinæ zelo eadem con-
„ gruis executioni modis demandari faciat, & ab omnibus ad quos
„ spectat observari. Datum Coloniæ 16. augusti 1715. H. archie-
„ piscopus Tarfensis nuntius apostolicus. De mandato illustrissim
„ & reverendissimi Domini mei Godefridus Sechenik nuntiaturæ
„ Coloniensis notarius.
„ Nos qui nihil ardentius hucusque desideravimus quam ut mali
„ in dicto monasterio nostro magis ac magis ingravescentibus op
„ portunum remedium afferretur & perniciosis elusionibus finis po
„ neretur, libenterque ad executionem rei tam piæ ac salutaris ope

_____

(1) On ne conçoit pas comment après des reconnoissances si authentiques des droi
des princes évêques de Liege, sur St. Hubert, l'abbé actuel a osé prétendre se soustraire
leur jurisdiction.

„ram noſtram conferimus ac pro inde abbatem monaſterii Sti. Re-
„migii Ciſtercienſis ord nis nec non conſiliario noſtro eccleſiaſtico
„canonico Neuman ſigillifero minori per præſentes committimus
„ut autoritate tam apoſtolicâ quam noſtrâ ordinariâ, omnia & ſin-
„gulaquæ ab illuſtriſſimo ſanctæ ſedis miniſtro ſaluberrime ac pru-
„dentiſſime ordinata, & ſupra de verbo ad verbum expreſſa ſunt
„publicari & ad amuſſim obſervari faciant, non obſtantibus quibuf-
„cumque ſubterfugiis, ad quæ ſi præter noſtram expectationem for-
„taſſis immorigeri quidam recurrere vellent, contra quos tamquam
„refractarios ſanctæ ſedis ac nobis debitam ſubmiſſionem & obe-
„dientiam denegantes à ſupra dictis noſtris commiſſariis vigore præ-
„ſentium pro qualitate delicti ad cenſuras aliaſque p rnas canonicas
„procedi volumus; invocato etiam quatenus opus foret brachio ſe-
„cu.ari, donec omnibus & ſingulis quæ in illuſtri domini nuntii or-
„dinationibus comprehenſa ſunt humillime paruerint. In cujus rei
„fidem præſentes à nobis ſubſcriptas ſigillo noſtro commun ri juſſi-
„mus. Bonæ die decima ſeptembris, anno millesimo ſeptengente-
„ſimo decimo quinto. ſignatum erat, Joſephus Clemens archiepiſ-
„copus Colonienſis. ”

Malgré le deſir, ardent qu'avoit le prince évèque de Liege de voir
finir les troubles dans le monaſtere de ſaint Hubert, malgré ſes menaces & ſes ſoins, reunis à ceux du nonce de Cologne, il ne put domp-
ter l'eſprit ambitieux & turbulent de l'abbé & de ſes partiſans. Toujours oppoſés à un desir ſi apoſtolique & ſi ſalutaire, il ſembloit que
l'exemple de l'abbé Fanſon qui auroit dû leur faire horreur, ne ſer-
vît qu'à les engager à perſiſter dans leur revolte. Quoiqu'il eut été
ordonné en 1717. à l'abbé ; d'autorité apoſtolique de changer les
officiers de ſon monaſtere, pour leur en ſubſtituer d'autres dont la
capacité étoit reconnue des ſupérieurs, il mepriſa tous les ordres &
les termes dont ſe ſert le nonce dans un decret du 23. 7bre. 1723. pour
l'obliger à exécuter les réſolutions de la ſacrée congrégation, ſont
trop remarquables pour ne les pas rapporter ici. *Quoniam vero*, dit
ce prélat, *idem P. abbas ſalutaribus ejuſmodi monitis ac conſiliis
noſtris pervicaci fronte reluctans, in temerariæ, potius ac impudentis
appellationis vocem erumpere atque interim propoſitioni ſeu præſenta-
tioni de prædictis religioſis inhabilibus factæ inhærere præſumpſit.
Hinc nos attendentes juxta mentem ſacræ congregationis quæ ob re-
cognitam dicti P. abbatis imbecillitatem ad providendum bono monaſterii, ipſum ab inte'ligentia & prævia part cipatione nuntii Colonienſis dependere voluit teneri & obligatum eſſe eundem abbatem, inſi-*

nuationibus nostris in hoc puncto reverenter obsequi, frivolasque &
impertinentesejus appellationes refutantes, atque protocollo sacri hu-
jus tribunalis rejici mandantes ac demum eundem debita nobis ac mi-
nisterio nostro reverentia serio commonentes, autoritate apostolicâ quâ
fungimur, in hac parte, præcipimus & mandamus ut binos ex suprà dictis
quatuor religiosis veluti maxime dignis, idoneis & capacibus ad offi-
cium respective cellerarii & subcellerarii juxta litteras nostras prætac-
tas de 23. augusti in dilatè assumat, atque intra proximos sex dies ab
insinuatione quos pro ultimo ac peremptorio termino hisce præfigimus
de assumptione hujusmodi, per authentica nobis documenta fidem fa-
ciat, &c.

L'abbé insensible à toutes les menaces du nonce de Cologne, aux
injonctions, aux décrets, aux monitions, protesta contre tout
ce qui lui fut signifié de la part de ce prélat, & ne respecta pas
plus ses ordonnances & ses avis, que ceux de son évêque, &
supérieur immédiat. Il avoit resolu de se soustraire à sa jurisdiction
pour ne plus rencontrer d'obstacle dans l'exercice de son despotisme; & ses flatteurs lui persuadoient que sa résistance seroit couron-
née d'un heureux succès. Il persista dans son appel, dont il fit passer
acte le 19 septembre de la même année 1723. Il avoit été rendu
des décrets contre lui le 8 de juin, le 12 octobre, & le 27, sans
qu'il eût fait le moindre acte de soumission & de déférence : plus
ardent à la défense qu'on ne l'étoit encore à le poursuivre, par une
bizarrerie aussi rare que singuliere, il ne vouloit être traitable qu'à
Rome, & ne vouloit en même-temps reconnoître, ni ses jugemens,
ni ceux de ses ministres.

Néanmoins, l'indécente intrépidité de l'abbé, donnant matiere
tous les jours à de nouvelles plaintes, Mgneur Cajetan, nonce de
Cologne, écrivit aux abbés de St. Jacques & de St. Laurent de Liege,
que n'ayant rien plus à cœur que de voir finir & terminer à l'amiable, les troubles qui regnoient à saint Hubert, de s'y transporter,
pour engager l'abbé, à nommer aux emplois de sa maison des religieux plus capables que ceux qui les occupoient, & de porter ces
derniers à oublier le passé, en rappellant à leur esprit des sentimens
de paix, & l'unité, si essentielle dans une maison religieuse. Cette
lettre est du 8 juillet 1727.

Dans la commission que donna aux deux abbés de saint Jacques
& de St Laurent, le nonce de Cologne, il fait mention d'une note
qu'il a envoyée à l'abbé de St Hubert, & où sont désignées, par la
sacrée congrégation, les personnes qui devoient remplir les offices
de prieur, sous-prieur, & cellérier, ainsi que les avoit demandées

l'abbé lui-même, & leur enjoint de faire toutes les informations requifes & fecretes fur la perfonne & capacité de ces religieux. C'étoient Dom André Stiennon pour prieur, Dom Floribert Gobert pour fous-prieur, & Dom Mathias Grand-Jean pour cellerier. les deux abbés commiffaires, après examen fait, trouverent que Dom Thomas Harlenval, & Dom Celeftin de Jong, étoient capables de remplir l'office de prieur, Dom Jacques François, celui de fous-prieur; que Dom Floribert Gobert, étoit plus propre à l'office de procureur, à caufe de fon expérience dans les affaires temporelles du monaftere; Dom Mathias Grand-Jean fut trouvé capable du cellerariat. Enfin, l'abbé Dom Clement le Febure mourut fans donner la paix à fon monaftere, & l'on ne peut douter que fes créatures ne cherchaffent tous les moyens de lui fuccéder. Il eft fi mortifiant pour un ambitieux, qui a joui de la faveur du maître de fe trouver au niveau de ceux qu'il a méprifés, & de n'avoir plus ni crédit ni commandement; d'effuyer des reproches au lieu de ouanges qu'on ne conçoit pas comment un religieux peut s'y expofer, en fervant les paffions d'un abbé, & en ma traitant fes freres : car l'obéiffance la plus parfaite ne va pas jufques là, & l'obéiffance outrée devient fouvent un crime.

Ce fut Dom Celeftin de Jong qui fuccéda à Dom Clement le Febure. D'un naturel doux & affable, il eut le talent de maintenir quelque temps l'union dans fon monaftere, & à l'ombre de ces qualités, il fit fes volontés comme les autres fans irriter perfonne; mais comme il n'eft point d'homme fans défaut, trop de bonté & de fafte l'engagerent dans des dépenfes, qui jointes à celles qui furent occafionnées par les malheurs de la guerre, dérangerent beaucoup le temporel de fa maifon.

A la guerre de la pragmatique fanction, la cour de France l'engagea à des démarches contraires aux intérêts & aux prétentions de celle de Vienne, fur la terre de St. Hubert. Il s'y livra avec confiance, & déplut par-là au miniftere des Pays-bas. Prévenu des deffeins qu'on avoit de fe faifir de fa perfonne, il fe retira à Sedan, où la cour envoya ordre de lui faire des honneurs qu'on n'accorde qu'aux perfonnes de la plus haute naiffance, & de la premiere diftinction. La garnifon battoit aux champs pour lui, comme pour un maréchal de France.

Tandis que l'abbé recevoit ces honneurs en France, fon monaftere étoit livré à une cruelle anarchie. Tous les religieux s'y mêloient de politiquer, & l'on n'étoit pas à la mode, fi on ne fe déclaroit partifan de la France, ou de la maifon d'Autriche.

Cette espece de schisme politique se joignit aux malheurs déja trop grands de l'abbaye de saint Hubert; & comme un vaisseau sans pilote & battu de la tempête vogue au gré des flots; & que dans la crainte du naufrage chacun prend le parti qu'il croit le plus utile a son salut, une partie des religieux resta attachée a leur abbé, d'autres, sous prétexte de menager les affaires de leur monastere, se refugierent à Luxembourg, & à Bruxelles, & Dom Nicolas Spirlet, aujourd'hui abbé, se mit à la tête de ce parti.

A la paix d'Aix la chapelle, la France avoit menagé les intérêts de l'Abbé de saint Hubert, de façon qu'il lui fut libre de retourner à son monastere. Son premier soin fut de rappeler Dom Nicolas Spirlet à l'abbaye, mais comme il sentit que plusieurs années d'une vie toute differente lui auroient rendu celle de la maison fort disgracieuse & très-à charge, il supposa à son abbé des ressentimens & s'en servit de prétexte pour rester dans le monde, cherchant à se rendre necessaire à l'un & à l'autre & par-là a se faufiler & à se faire regarder comme moins deplacé.

L'abbé sentit tous les maux que les troubles, les divisions, sa depense particuliere & sur-tout la derniere guerre, avoient causés au temporel de son monastere. Il auroit volontiers travaillé à les reparer, mais la mort qui l'emporta le 24. fevrier 1760. lui en ôta tous les moyens.

§. III. *Election de Dom Nicolas Spirlet. Idée de son caractere, & de son régime.*

Dom Nicolas Spirlet n'eut pas plutôt appris les infirmités de l'abbé de saint Hubert qu'il se rapprocha du monastere. A l'ombre de la protection, & d'une prétendue commission de S. E. M. le comte de Cobenzl, il se refugia à l'abbaye d'Orval, qui n'est éloignée de saint Hubert que de quelques lieues, & par là il étoit à portée de savoir si son abbé approchoit de sa fin.

Il apprit enfin sa mort, & revint à l'abbaye, où ses confreres aussi curieux de le voir que s'il fût arrivé d'Afrique, s'empresserent à lui faire bon accueil; ce n'étoit de sa part que démonstrations de zèle & d'amitié. Il tendoit les bras à tous ses confreres de la façon la plus affectueuse, dans la vüe de se concilier leurs suffrages, & parvenir au but auquel il aspiroit depuis long-temps. Comme il avoit frequenté les gens de cour, il en avoit contracté les manieres, il repondoit aux uns un *oui* sec, aux autres un *non*, à ceux-ci *cela se peut*, à ceux-là *l'on verra.* Aux questions plus serieuses il prononçoit avec emphafe & d'un ton reveur & meditatif, *le ministre pouroit bien*, *sa Majesté voudra peut-être*, *le gouvernement a resolu*, *son excellence m'a dit* & cent autres termes auffi infignificatifs qui furent admirés par les jeunes & par les vieillards imbeciles Enfin il fut regardé comme le *Hic vir*, qui par les puiffantes protections qu'il s'étoit acquifes, par fes talents fupérieurs, par la connoiffance du grand monde devoit être l'ange tutelaire de la maifon. Il connoiffoit tout, il parloit de tout, il avoit tout vu, mais le ton myfterieux, fur-tout qu'il affectoit, donnoit à penfer qu'innitié dans tous les myfteres du cabinet, la cour auroit fait une perte confiderable s'il avoit pris le parti de demeurer au monaftere ou s'il étoit élu abbé.

Pour fe l'attacher d'une façon particuliere on lui fit convenir qu'il demeureroit à l'avenir au monaftere, foit qu'il fût élu abbé ou qu'il ne le fût pas, & de fuivre en tout les exercices de la communauté.

On parla beaucoup des candidats, mais on difoit que pour reparer les maux du monaftere, il falloit un homme qui entendît les affaires temporelles. On fait qu'il regne dans toute les maifons religieufes aux approches d'une élection une certaine liberté qui femble devoir dédomager de la contrainte dans laquelle on a vécu fous les yeux d'un fuperieur. Dom Nicolas fembloit même s'y preter de bonne grace, afin d'induire fes confreres à croire qu'il ne pousseroit pas la rigidité à l'excès.

Dans un acte capitulaire il foufcrivit avec une certaine affectation à la claufe qui concernoit les vacances annuelles des religieux, & en trouva la proposition très-jufte & très-équitable pour ce moment feulement.

Il s'attacha particulierement à Dom Mathias, un des anciens & prieur de Prys qui étoit revenu au monaftere pour l'élection. Ce religieux avoit beaucoup d'afcendant fur l'efprit de fes confreres, il leur remontra que les bulles, étant frayeufes il falloit choisir un fujet qui ne fût pas trop avancé en âge & en état de conduire les affaires à l'avantage de la maifon. Le nom de Dom Nicolas ayant été prononcé par un jeune, Dom Mathias en prit occasion de dire qu'on ne feroit pas fi mal de l'elire, enfin l'abbé fçait ce qui s'eft paffé à fon élection & nous ofons affurer que nous le favons auffi bien que lui.

Il fut donc élu abbé, & l'on a vu ailleurs les promeffes qu'il fit à fa communauté, dans la pofture la plus humiliée, en préfence de MM. les commiffaires de Liege. Ce n'étoit que zèle, qu'amitié, que careffes, que tendreffe, que reconnoiffance pour fes confreres, le cœur lui fortoit, pour ainsi dire, par la bouche; de forte que ceux qui n'avoient pas été trop contents de fon élection., furent obligés de convenir qu'on ne pouvoit choifir un meilleur fupérieur. A l'entendre, dans peu la maifon devoit être libérée. Il commença par vendre les chevaux de caroffe & de monture du défunt abbé, au nombre de trente ou quarante, & l'òn regarda cette demarche, comme une économie d'autant plus grande, que les jeunes gens aiment ordinairement à briller. Par cette raifon, on ne murmura pas du prix modique qu'il retira de la vente de ces animaux, qui méritoient tous d'occuper les écuries d'un prince, mais bientôt après l'envie lui prit d'en acheter d'autres, & tout vieux & tout ufés qu'ils étoient, le prix des premiers ne fuffit pas pour en faire l'acquifition; de forte, que fi ceux qu'il avoit vendus, par la feule raifon, qu'ils avoient fervi, à fon prédéceffeur, euffent été moins bons, on eut pû dire, qu'il avoit changé un cheval borgne contre un aveugle. D'ailleurs, vendre des chevaux de trente ou quarante louis, pour cinq ou fix, dans la vue d'épargner le foin & l'avoine qu'ils mangeront jufqu'à une meilleure occafion de s'en défaire, c'eft montrer qu'on eft maître, mais c'eft détruire fa maifon, pour n'être pas chargé de l'entretien; c'eft reduire fes calculs économiques à zero.

Il prit quelque temps après un cuifinier forti de chez le roi de Pruffe; & bien des gens, ne fçachant pas que ce monarque philofophe ne donne pas plus dans les excès de la bouche que dans tout autre, crurent que l'abbé épargnoit d'un côté pour depenfer de l'autre, s'imaginant que le cuifinier d'un roi devoit porter la dépenfe à l'excès, dans une maifon religieufe.

L'abbé mangeoit fouvent au refectoire & lorfqu'il gardoit fon appartement deux religieux à tour de rôle alloient lui faire compagnie, foit qu'il y eût des étrangers où qu'il n'y en eût pas.

Nous avons dit qu'il fe mit devant MM. les Commiffaires de Liege dans une pofture humiliée & non humiliante, parce qu'il n'avoit point encore adopté l'efprit de hauteur & d'ambition, ou que dans le trouble que repand naturellement dans le cœur une élévation fi fubite, il ne penfa alors qu'à ce qu'il devoit faire & non à ce qu'il n'auroit dû jamais penfer.

Il fit quelques petits voyages à cheval, dans les prieurés, & avec peu de fuite, fans s'embaraffer du temps; de forte que l'on crut que de fon regne, on ne verroit aucun compte à l'abbaye pour les caroffes, ou chaifes de pofte de M. l'abbé. Il fembloit même dédaigner tout ce qui fent la grandeur & le fafte, & qu'il eût appris
dans

dans le monde, à en méprifer le motif. Les anciens étoient fes peres, les jeunes fes freres, qu'il difoit devoir toujours aimer autant
que lui-même; & pour prouver qu'on devoit l'en croire fur fa parole, il prit pour cri de fes armes ces mots remarquables : *dictis* &
factis.

Son affiduité au chœur, fa frugalité, fa modeftie donnoient les
plus belles efpérances de fon gouvernement. Sur le premier mot du
cri de fes armes, on s'attendoit à voir l'exécution du fecond, &
que dans peu, par les connoiffances qu'il avoit dans le monde, &
les reffources qu'il difoit qu'elles lui procureroient, on s'attendoit
de voir fon monaftere dans l'état le plus floriffant. Aucun de fes prédéceffeurs n'avoit eu le talent d'en conduire les affaires, l'un avoit
péché en ceci, l'autre en cela, de forte, qu'à l'entendre, c'étoit à lui
qu'il étoit réfervé de mettre les chofes fur le véritable pied où elles
devoient être.

On en étoit encore à l'attente de fi beaux projets, lorfque l'envie
de faire de plus longs voyages, lui prit affez fubitement. Ne pas aller fe montrer à Bruxelles, où on avoit fi long-temps paru comme
fimple religieux, ç'eut été réfifter à une cruelle tentation, il n'en
eut pas la force.

Comme il n'avoit vu le monde qu'en particulier, il voulut le voir
en prélat. Bruxelles, Manheim, Vienne, Paris, le virent dans
tout fon luftre, c'eft-à-dire, décoré de l'ordre de St. Hubert, &
portant la belle bague dont l'électeur de Cologne avoit fait préfent
à fon prédéceffeur. Il n'ignoroit pas les tons qu'on doit prendre aux
cours quand on eft décoré, il avoit employé dix-fept ans pour les
apprendre. Cependant, il ne fe captiva pas autant qu'on l'auroit
cru, & qu'il fe l'imaginoit lui-même, la bienveillance des grands,
& le refpect des petits : on lui avoit paffé, comme particulier, certaines manieres trop rampantes, on ne put fouffrir qu'il prît, comme abbé, un vol fi haut ; & le menu peuple qui l'avoit fréquenté,
fêté & careffé, comptant fe fervir encore en parlant de lui du titre
de mon ami, voyant qu'il s'en éloignoit, ne le regarda plus que
comme un orgueilleux, que la fortune avoit gâté. Il eft une façon
de ménager ces fortes de gens, pour ne point s'expofer à leurs reproches, & à la vilipendation ; mais M. l'abbé crut qu'il devoit tout-
à-coup rompre avec les amis de Dom Nicolas.

Ces gens lui avoient rendu des fervices, les uns à la prife de Bruxelles
par les François, lui avoient prêté une perruque, une capotte pour
le fauver, & fuivre l'armée jufqu'à ce qu'il pût apprendre, où fe
feroit retiré le gouvernement des Pays-bas, auprès duquel il fe

L

croyoit fort néceſſaire ; les autres l'avoient ſoulagé , aſſiſté dan
cette retraite , les valets-de-chambre parloient en ſa faveur à leur
maîtres , les officiaux des conſeils le mettoient de leurs parties ; enfin
on cherchoit à lui faire tuer le temps , & à le déſennuyer ; mai
lorſqu'on remarqua ſon indifférence , on s'en vengea par des propos
& les maîtres , à force d'entendre dire à leurs domeſtiques qu'il étoi
orgueilleux , s'apperçurent qu'ils n'avoient pas tort.

Nous ne rapportons pas ces traits de l'hiſtoire de M. l'abbé d
ſaint Hubert pour humilier ſon amour propre , mais pour faire voi
qu'il prit mal ſes meſures , pour ſe concilier l'amitié de ſes ancien
amis : ce malheureux défaut l'entraîna à des indiſcrétions capable
de lui faire interdire à jamais l'entrée des cours de Vienne &
Bruxelles , ſi elles étoient parvenues juſqu'aux oreilles des ſouverain
& qui montrent combien il eſt peu reſervé dans ſes paroles. Il a pl
ſieurs fois raconté , a ſon retour de Vienne , que ſe trouvant dans l
appartements des archiduchesſes , au moment qu'elles en ſortoien
le prince de Bathiani lui avoit offert de le préſenter , pour êt
admis à leur baiſer la main : mais qu'il avoit repondu qu'un abbé d
ſaint Hubert n'étoit pas fait pour *lecher* la main des archiduchesſe
& qu'il ne s'y préſenta pas. S'il eſt ſcandaleux d'en agir ainſi à l'
gard de princesſes infiniment reſpectables & par leurs vertus part
culieres & par l'auguſte ſang qui coule dans leurs veines, il a été bie
mortifiant pour des religieux , ſaiſis d'admiration & de reſpect pou
l'auguſte famille impériale, d'entendre repeter à leur chef des prop
qu'il n'auroit jamais dû tenir, ou ayant eu ce malheur, loin de l
publier lui-même comme des actes de grandeur, les enſevelir avec ſo
dans un éternel oubli. Ils ont ſouvent gémi ſur des ſemblables écarts
leur ſuperieur qui pour ſe donner le ridicule ton de s'aſſimiler à ce qu
y a de plus reſpectable dans le monde , ſe faiſoit mepriſer & regard
par les perſonnes ſenſées , comme un homme en délire, qui ne conn
de grandeur que la ſienne , & ſe croit le premier *virtuoſo* de la terr
parce qu'il peut tout au gré de ſes deſirs.

Néanmoins il affectoit à Vienne l'air le plus compoſé & le pl
recueilli, pour en impoſer par cet extérieur ſimulé, à une princ
amie de l'ordre & des decences d'état, & de profeſſion ; mais da
les cercles particuliers , il reprenoit le ton de hauteur que tous ce
qui le connoiſſent lui reprochent , comme un défaut qui ternit
plus belles qualités. Tantôt, voulant paſſer pour riche, il prenoit t
les airs d'une opulence indiſcrete , & tantôt il ſe diſoit à la tête
plus pauvre monaſtere de la terre. Dès ſon avenement à la cro
quoiqu'il eût ſevré les pauvres des charités qu'ils étoient accou

més de recevoir au monastere, il se peint, dans sa requête à sa sainteté, pour l'obtention de ses bulles, comme le plus charitable des abbés, qui est dans le cas, non-seulement de distribuer des sommes
considérables aux pauvres, mais encore de faire rebâtir leurs mai-
sons, incendiées pendant la guerre. *Perché l'incendio*, dit-il dans cette
piece (1) *accaduto in ditto castello per cui tutto quel luogo fu incene-
rito dalle fiamme, poro damni notabili al suditto monasterio si ne suoi
poderi, che nel profonder somme rilevanti in soltiero di quei poveri
abitanti ridotti all ultima miseria, tanto il loco necessario a'imento,
che la rifabrica delle case distrutte.* Et c'est dans cette même piece
où il se sert de l'attestation du vicaire-général du cardinal de Baviere
évêque & prince de Liege pour obtenir une diminution du prix de
ses bulles; & contre lequel il ose, quelque temps après, plaider à Rome, pour se soustraire à sa jurisdiction. Mais pour se convaincre de
sa véracité & de sa candeur, il ne faut que jetter les yeux sur la phrase
finale de cette même requête, où il dit, que si sa sainteté ne lui accorde pas la diminution qu'il demande, il sera obligé de renoncer à
l'abbaye : *si vedra alfine costretto di rinunciari alla sudetta Badia.*
Que d'humilité! Que de désintéressement!

Il fit des voyages qui furent dispendieux pour l'abbaye ; mais on
n'en murmura cependant pas, parce qu'on s'imaginoit qu'il les entreprenoit pour trouver & profiter des ressources qu'il avoit dit
avoir de libérer son abbaye. Ces ressources étoient de lever une
somme sans intérêt, pour liquider celles qu'on avoit levées à intérêt,
par-là, faire un profit réel à la maison, mais elles manquerent, &
pour satisfaire, sans doute, en quelque sorte à sa promesse, il eut recours au commerce.

En fréquentant les antichambres des ministres, on voit des gens
de toute espece & sur-tout des hommes à projets. M. l'abbé en avoit
retenu l'idée de plusieurs manufactures; & aussi attaché à ses projets
que l'Alchimiste qui cherche la pierre philosophale, on eut beau lui
dire qu'il ne réussiroit pas, il en voulut juger par l'expérience, & le
mauvais succès de ses premieres tentatives ne lui empêcha pas d'en
éprouver d'autres. La potasse, la tannerie, les prairies artificielles,
les forges, les fournaux, les platineries, les scieries, furent exécutées,
avec autant de promptitude & de dépense, qu'elles eurent peu de succès. Les grands livres de commerce étoient préparés, mais on n'y
put mettre que *doit*, sans y pouvoir jamais fourer l'*avoir*.

---

(1) Tirée de la secretairerie de la sacrée congregation consistorialle par copie authentique.

Par le prix où eſt monté depuis quelque temps le bois en Ardennes l'article de la potaſſe a été un des plus préjudiciables à l'abbaye de ſaint Hubert, parce que pour en faire, il faut de la cendre, que pour faire de la cendre, il faut du bois, & que l'abbé en faiſoit en quantité au moyen des forêts de ſon monaſtere.

La tannerie a auſſi beaucoup couté d'argent, parce qu'outre l'établiſſement des cuves & des uſines, les cuirs ſecs ſont d'un grand prix, & qu'au lieu de gagner ſur ce commerce on y a beaucoup perdu par le défaut d'intelligence & d'attention de la part de l'entrepreneur.

Par la chute de la tannerie les prairies artificielles ne rempliront plus l'objet que M. l'abbé s'étoit propoſé, de retenir les cuirs des bêtes à cornes qu'il y auroit engraiſſées & par là profiter de la main d'œuvre & de l'engrais. D'ailleurs les vaches de Flandre qu'il avoit achetées, pour mettre dans ces prairies, accoutumées dans leur pays natal, d'être toujours dans l'herbe juſqu'au ventre, ſe ſont déplues ſur les terreins arides de l'Ardenne, y ſont mortes pour la plupart & ont trompé l'attente du ſpéculateur.

Les forges, &c. auroient pû produire un profit, mais il étoit eſſentiel de ſavoir ſi, & où on auroit de la mine & de quelle qualité elle ſeroit. Elle s'eſt trouvée très-mauvaiſe, conſéquemment ceux qui ont édifié à tant de frais ces uſines, ont imité ceux dont parle le Pſalmiſte quand il dit : *in vanum laboraverunt qui œdificant eam*, & toujours au détriment de la malheureuſe abbaye de ſaint Hubert.

Les ſcieries qui reduiſent les arbres de la plus belle eſperance en planches, ne produiſent pas à beaucoup près le profit qu'on en attendoit, puiſque reduits ainſi, on ne les vend pas autant que ſur pied, parce que les frais de tranſport ſont conſidérables, ce à quoi on n'a pas penſé ou mal penſé, avant de faire un établiſſement ſi diſpendieux pour une maiſon qui n'eſt plus en état de ſouffrir des pertes.

Il eſt cependant certain que tous ces objets coutent plus de trois cents mille livres à ce monaſtere ; & que ſi M. l'abbé eût dû obtenir le conſentement de ſa communauté pour des entrepriſes de cette nature, elles n'auroient jamais eu lieu, & elle ſe trouveroit aujourd'hui moins obérée de cette ſomme. Telles ſont les ſuites du deſpotiſme, fruits amers des conſtitutions de Dom Fanſon.

Dans le cas où l'abbé ſeroit obligé d'obtenir ce conſentement, il en ſeroit toujours aſſuré, par la clauſe qui ſoumet le ſimple capitulaire à propoſer ſon ſentiment avec modeſtie contre ſon ſupérieur. D'ailleurs un religieux s'expoſera t'il à éprouver à chaque inſtant des reproches, des mines & peut-être à être maltraité ? On en a dit affez ailleurs fur cette article pour faire comprendre que d'une façon comme de l'autre l'abbé eft le maître de donner dans tous les genres d'extravagance, fans qu'on puiffe avec fureté de fa tranquilité & de fa perfonne, s'y oppofer.

Semblable au joueur, qui pour réparer fes pertes, expofe le refte de fa fortune, M. l'abbé actuel poffédé de l'efprit de commerce, qu'on peut affurer à la vûe de fes fuccés qu'il n'entend pas, faute d'une branche à l'autre, mais il ne trouve que l'accompliffement de cette fentence, *abyffus abyffum invocat*, comme fi la providence vouloit lui montrer par-là combien ces fortes d'occupations font indignes de fon caractere.

C'eft un de ces genies auxquels il faut toute autre occupation que celle du cloître. Il s'en eft plufieurs fois expliqué lui-même fur ce ton. Pour imiter fes prédéceffeurs, celebres du mauvais côté, il chercha à fe fouftraire à la jurifdiction du prince-évêque de Liege fon fupérieur immediat, peu aprés fon election; mais ayant été condamné à Rome, comme fes prédéceffeurs, il lui fallut d'autres occupations, & il en trouva dans les entreprifes que nous avons rapportées & qui ont fi mal réuffi.

Les défagréments qu'entrainent toujours les folles entreprifes, joints à un caractere naturellement dûr lui occafionerent des difficultés avec fes religieux, & avec un entre-autres qui l'avoit beaucoup favorifé dans fon election. La violence des emportements, qui loin de coriger, revolte la nature qu'elle outrage, le porta à toutes fortes d'excés que la culpabilité même ne peut rendre excufables, & l'on peut affurer, fans rien outrer, qu'en agiffant à fon égard avec moins de rigueur, il auroit agi plus conformément à l'efprit de la regle de faint Benoit. On n'en parle ici que parce que M. l'abbé à cherché à confondre cette affaire avec celle de ceux dont il s'agit dans ce mémoire, & qui n'a rien du tout de commun avec elle. Il ne garda plus aucun menagement. Nous avons dit avec quelle fureur il pourfuivit les réclamants pour avoir eu recours à l'autorité du prince-évêque de Liege, leur fupérieur immédiat, contre fes vexations & fa conduite, & ce feul trait fuffit pour dévoiler fon caractere que nous tracerions ici des couleurs qui lui conviennent, fi la charité, malgré tous fes indécents propos, ne nous impofoit filence.

On a dit ailleurs que ces religieux que leur abbé cherchoit à reduire par la faim, ayant touché le cœur du feu prince de Liege, de glorieufe mémoire, S. A. avoit bien voulu les placer dans quatre prieurés fituées en France, que le Rnd abbé, outré de ne pouvoir réuffir dans fon deffein, avoit obtenu du conſeil de Luxembourg & fous le nom fpecieux & ſingulier de repréſailles, la ſaiſie a ſon profit des biens des eccléſiaſtiques Liègeois ſitués ſous le reſſort de ce conſeil.

Enfin on a vû le mémoire imprimé qu'ils ont eu l'honneur de préſenter à l'illuſtre chapitre cathédral *ſede vacante*; mais avant d'en venir juſques là & de donner à cette affaire la publicité qu'elle a aujourd'hui, le religieux chargé par ſes confreres de la pourſui-vre, ſçachant que M. l'abbé étoit à Liege, voulut tenter auprès de lui les voyes de la conciliation & lui écrivit la lettre ſuivante, en lui envoyant un de ces memoires.

MONSIEUR,

Ayant appris votre arrivée en cette ville, je me flattois que vou y veniez pour terminer les troubles, qui depuis trop long-temps nous diviſent; cette idée ſe confirma encore dans mon eſprit, vous voyant, ſur-tout, dans ces circonſtances, chez MONSEIGNEUR *le grand Vi-caire, qui par les qualités de ſon cœur, autant que par celles qui ſont eſſentielles à ſon caractere, eſt bien digne d'inſpirer la juſtice, la modération, & la paix, à tous ceux qui s'en écartent. Flatté de cette penſée, je me déterminai à vous faire demander, par votre domeſtique, l'honneur & la permiſſion de vous voir, dans l'eſpoir que par cette entrevue, nous pourrions, peut-être, terminer une af-faire qui doit d'autant plus vous affecter, qu'elle ne peut par ſa durée, que ſcandaliſer le public. Mais que vous tardâtes peu, Monſieur, à me détromper d'une idée qui m'étoit ſi agréable. Sortant de chez Monſieur l'abbé de Ciney, ma vue ſembla vous effrayer, & le ſilence que vous avez gardé ſur le meſſage que j'avois donné à votre do-meſtique, me perſuade que vous n'êtes pas encore déterminé à nous donner la paix ſi eſſentielle à votre tranquillité & à la nôtre. J'en juge par les propos outrageants que vous tenez contre nous tous, & en particulier contre moi, & qui bleſſent plus votre caractere, qu'ils ne me font de mal, dans l'eſprit des perſonnes équitables, de qui j'ai l'honneur d'être connu & eſtimé. Quand, ce que vous alléguez contre nous, Monſieur, ſeroit auſſi vrai, qu'il eſt démonſtrative-ment peu fondé, la religion & la regle de St. Benoit, que vous dites être votre bouſſole, permettent-elles de ſemblables procédés? J'au-rois déſiré cependant vous trouver dans des diſpoſitions plus paciſi-ques, & mon voyage, à Liege, m'eût été fort heureux, ſi j'euſſe pû vous engager à prêter les mains à une viſite canonique, que vous ne dites déſirer, que comme ceux dont ſe plaint le Seigneur dans l'évan-*

gile, quand il dit : labiis me honorat populus hic, cor autem longè est à me. *Vous la désirez du bout des lèvres, mais votre cœur en est bien éloigné.*

J'ai appris que vous êtes fort mécontent d'un petit mémoire, que les circonstances & certains propos que vous avez tenus à saint Hubert, nous avoient engagé de préfenter à l'illustre chapitre cathédral, & dont certaines raifons m'ont fait fuspendre la distribution. Nous n'avions pas voulu, par égard, y faire entrer des faits qu'on nous a conseillé depuis lors de ne pas omettre, & que vous verrez dans celui ci-joint, que j'ai l'honneur de vous addreffer. Vous n'y trouverez que ce que la raifon d'une défenfe légitime nous à permis d'y inférer, comme un tribut à la justice, & à la modération, qui bannissent des procédés honnêtes, & les injures, & les farcafmes.

Pour vous donner de nouvelles preuves de notre fincere amour pour la paix, je vous préviens qu'il ne tient encore qu'à vous d'arrêter la publicité du préfent mémoire, dont j'ai feulement remis un exemplaire A SON ALTESSE CELSISSIME, & à quelques-uns de nos feigneurs du chapitre cathédral.

> *Dans ces fentimens, j'ai l'honneur d'être avec un très-profond refpect, &c.*

> Etoit figné, DOM PLACIDE
> WELTER.

Mr. l'abbé n'ayant pas voulu fe prêter à aucun moyen de réunion, le mémoire fut rendu public & envoyé aux cours de Vienne & de Versailles. On ne peut pas dire qu'on s'attendoit à aucune reponfe de fa part, on favoit parfaitement, que convaincu dans fon ame, de toutes les vérités, qu'il contient, les raifons qu'il pourroit alleguer, pour fa justification, feroient des plus futiles; d'ailleurs pour ne pas s'expofer à une replique qui auroit été appuiée fur les faits les plus avérés, il a gardé le filence, & s'eft contenté de faire profcrire ce mémoire par le confeil de Luxembourg, fur un requifitoire de Mr. le procureur général le 14. Mars 1772.

Comme le motif de ce mémoire, ainfi que de celui-ci, eft d'obtenir une vifite canonique du monaftere de faint Hubert, M. l'abbé, qui a toutes les raifons imaginables de l'éviter, en a follicité, fans doute, la fuppreffion, par une fuite du fyftême qu'il a adopté depuis long-temps, à l'exemple de plufieurs de fes prédéceffeurs, de faire fervir à fes vûes, le confeil de Luxembourg, en l'engageant à s'oppofer à l'exercice de la jurifdiction fpirituelle du prince-évêque de Liege, fur fon abbaye, & pour éloigner par-là, tout ce qui pourroit le troubler dans la jouiffance de fon defpotifme.

Mr. le procureur-général de Luxembourg, prétend dans fon réquifitoire ou il demande la fuppreffion du mémoire, en queftion, *qu'on entreprendroit d'y établir qu'il feroit libre à l'évêque de Liege d'exercer fa jurifdiction fur l'abbaye de faint Hubert, fans le concours de l'autorité de fa majefté l'impératrice-reine, & que comme il convient de réprimer de pareilles entreprifes, d'autant plus que l'argument captieux qu'on tire de ce mémoire de ce que l'archevêque de Cambray exerce librement fa jurifdiction épifcopale dans la partie des états de fa Majefté qui dépend de fon diocefe, comme les évêques de Tournay & d'Ipres le font de même dans leurs diocefes qui s'étendent en France, ce qui eft fondé fur des conventions particulieres & fur la réciprocité, ce qui pourroit induire le public en erreur, fur les principes inconteftables du droit public de la province de Luxembourg, en cette matiere,* &c.

Mais ne pourroit-on pas dire à ce refpectable magiftrat? que la loy en général, eft la raifon humaine, en tant qu'elle gouverne tous les peuples de la terre, & que les loix politiques & civiles de chaque nation, ne doivent être que les cas particuliers où s'applique cette raifon humaine. Que l'impératrice-reine, legiflatrice, en qualité de fouveraine de Luxembourg, n'a certainement pas prétendu faire des loix qui miffent obftacle à l'exercice d'un devoir, auffi effentiel dans une religion qu'elle adore, & qui s'honnore de l'avoir pour protectrice; que le prince-évêque de Liege, parce qu'il eft fouverain ne peut-être privé d'un droit qu'elle accorde à d'autres évêques fous fa domination, parce que l'exercice en eft néceffaire; & non moins effentiel dans la province de Luxembourg, que dans le Brabant & la Flandre, ou l'on profeffe la même foi; que ce droit eccléfiaftique du prince de Liege n'a été ignoré, ni par les prédéceffeurs de S. M. l'Impératrice-Reine, ni par elle, puifqu'ils l'en ont laiffé jouir. Que tel que foit le droit public, dont parle M. le procureur-général de Luxembourg, dans fon réquifitoire, il ne peut être en contradiction, avec les loix de l'églife fur un objet auffi important, qui ne bleffe ni l'autorité fouveraine, ni celle des magiftrats, & qui ne peut porter dans l'ame des fideles que le refpect qui leur eft dû, comme une fuite néceffaire de la doctrine dont les évêques font les dépofitaires.

Entr

Entre les fonctions épiscopales, les visites canoniques sont regardées comme des plus essentielles. Elles sont aussi anciennes que l'église. C'étoit la coutume des apôtres de visiter, de temps en temps, ceux qu'ils avoient convertis à la foi, *Retournons visiter nos freres, par toutes les villes, où nous avons prêché la parole du Seigneur, pour voir en quel état ils sont*, disoit saint Paul, à son disciple Barnabé. Ce grand apôtre regardoit ce soin des premiers ministres du Seigneur comme très-essentiel au maintien de la religion & des mœurs. L'esprit de l'église fut toujours invariable sur cet objet, & pour ne pas grossir ici l'énumeration des conciles qui l'ordonnent, nous ne citerons que ceux de Turin, d'Hipponne & de Meaux (1) qui déclarent, que cette obligation, dans les supérieurs, est fondée, sur l'écriture sainte, & qu'ils ne peuvent s'en dispenser, sans offenser Dieu très-griévement.

La fin de ces visites, dit le concile de Trente (2), *est d'établir, par-tout, une doctrine saine & orthodoxe, d'éloigner les erreurs qui pourroient s'introduire, de protéger les bons, de soutenir la vertu, de corriger les fautes, & de ne pas laisser le vice impuni; d'allumer, dans le cœur des fideles, l'amour de la piété, de la religion & de la paix.* Or une telle fin, peut elle trouver des oppositions, sous quelque prétexte que ce soit, de la part de ceux qui sont préposés au maintien du bon ordre, qui ne doivent jamais se laisser surprendre, & ne devroient qu'applaudir au zèle vraiement apostolique, qui fait entreprendre les visites canoniques, lesquelles n'ont rien, par rapport au monde, que de pénible & de disgracieux, parce qu'on gagne rarement l'amitié des hommes, en les obligeant à rentrer dans le devoir.

Mais quelque disgracieux que soit ce droit, qui est toujours suivi de sollicitude & d'anxietés, les plus grands saints en ont été jaloux. On sait avec quel zèle, saint Charles Borromée s'est porté, à la défense des prérogatives de l'église de Milan, qui s'honorera à jamais de l'avoir eu pour évêque. On s'en souvenoit encore après sa mort, lorsque le pape Clement VIII. ayant donné son archevêché au cardinal Frederic Borromée son parent, les ministres d'Espagne porterent Philippe II. à s'opposer à ce choix, dans la crainte, qu'ayant été élevé sous les yeux du saint archevêque, il n'en eût pris les maximes, & ne continuât à s'opposer aux en-

---

(1) *Can. 2. Conc. Afric. Can. 19. cod. can. eccl. Afric. cap. 52.*
(2) *Sess. 24. c. 3.*

M

treprifes de la juftice royale de Milan ; mais ce prince leur im-
pofa filence, en leur difant , qu'il foit auffi faint que le cardinal
Borromée, & je trouverai bon qu'il foutienne tant qu'il voudra les droits de l'églife (1).

Dom Barthelemi des martyrs, évêque de Brague, défendit
auffi courageufement les droits de fon églife, & s'oppofa aux entreprifes des miniftres du roi de Portugal Dom Sebaftien, qui de-
truifoient, par leurs violences, la liberté eccléfiaftique; & quoique ce prince fût fort jeune, & fort jaloux de fon autorité, il
demeura fi fatisfait des raifons du faint prélat, qu'il appuya fa
caufe, dans fon confeil, & fit ceffer les perfécutions excitées par
fes miniftres (2).

Négliger les vifites canoniques, ce feroit montrer qu'on cherche à s'affranchir de fes devoirs, & qu'on préfere fa tranquillité
au falut des ames, car elles font fi néceffaires & fi utiles que
tout le bien qu'il y a dans un diocefe, dans un monaftere
dans un couvent, ne peut fubfifter long-temps, fi on ceffe d'en
faire la vifite; & c'eft pour cette raifon que les fouverains les
recommandent fi fortement aux fupérieurs eccléfiaftiques. Les
capitulaires de Charlemagne, l'ordonnance d'Orléans, l'édit de
Blois pour la France, en font foi, & les princes de la maifon d'Autriche, toujours fi attachés à la religion, ont fi fouvent
témoigné leur zéle, à cet égard, qu'il ne faut qu'ouvrir l'hiftoire pour s'en convaincre.

Mais l'afcendant malheureux que prend quelquefois notre cœur
fur notre efprit, nous fait juger des chofes, non felon ce qu'elles font,
mais felon ce que nous voudrions qu'elles fuffent, comme s'il
dependoit de notre volonté de leur donner la forme & la valeur
qu'il nous plait. Ce qui a fait dire à faint Auguftin : *quodcumque placet, fanctum eft*. Ce que nous voulons quoique faux, quoiqu'injufte, à force de le vouloir, eft pour nous une vérité & une juftice; & c'eft, fans doute, par une fuite de cette préoccupation,
que Mr. le procureur-général a jugé du mémoire qu'il a fait profcrire & qu'il avoit dit, quelques années auparavant, en parlant des
religieux de faint Hubert qui ont eu recours à l'autorité de leur
fupérieur immédiat, contre les vexations & les dépradations de
leur abbé, que *c'étoient des fujets rebelles qui ont imploré à leur
fecours, l'autorité d'une puiffance étrangere, & qu'il a eftimé qu'il
ne pouvoit fe taire davantage, ni différer de repréfenter cette con-*

---

(1) Biuff. 1 7. c. 17.
(2) In cujus vita lib. 3 cap. 4. 14.

suite , comme sujette à toute l'attention des officiers de sa Majesté,
& de la dénoncer à la cour, comme un crime de rebellion, non-seulement
à l'autorité supérieure, mais encore aux droits & maximes du pays,
en recourant à la jurisdiction & l'autorité d'un juge étranger, à
l'exercice desquelles ces religieux savent que le gouvernement s'est
opposé & qu'il a fulminé, contre ceux qui la respecteroient, ou de-
fereroient à ses décrets, les peines attachées à la désobéissance & à
la félonie envers Sa Majesté, &c.

Ce requisitoire eut tout l'effet que M. le procureur général en
attendoit, & ces religieux éprouverent toute la sévérité possible
de la part du conseil de Luxembourg, ou pour mieux dire de leur
abbé, qui cherchoit à armer tous les bras contre eux. Mais avoient-
ils tort, ou raison ? Le plus simple des raisonnements va mettre
le lecteur équitable, en état d'en juger.

Lorsque ces religieux se font adressés à leur supérieur ecclésiastique,
pour lui porter des plaintes contre le régime de leur abbé, ils ne con-
noissoient pas d'autre juge en pareil cas. Ils font sortis de leur monastere , pour demander une visite canonique qui pût remédier
aux maux de leur monastere. Enfants de l'obéissance , ils ne se
font soustraits à une autorité malfaisante , que pour se retirer
sous celle que les loix de l'église leur indiquoient, dans les plus tristes & les plus douloureuses circonstances pour eux. Peu instruits
des difficultés que la politique multiplie , selon les occasions , en
cherchant leur salut , comme des personnes qui fuient la tempête
& le naufrage qui les menacent , qui s'échappent aux excès du despotisme , ils étoient bien éloignés de penser , qu'une démarche si
naturelle à tout être , qui repugne à sa destruction , pût offenser
personne. Leurs plaintes étoient fondées, ou ne l'étoient pas, & si
par le jugement à rendre M. leur abbé eût triomphé, il auroit eu la
double satisfaction de les voir forcés à rentrer, sous son empire, &
d'épuiser sur eux, toute la sévérité de sa vengeance. Ils ne connois-
soient, pour supérieur majeur, en pareil cas, que le prince-évêque de
Liege ; & semblables à des enfans, maltraités par leurs maîtres, qui
se plaignent à leur pere qu'on les outrage, loin de croire manquer,
à qui que ce soit, ils ont pensé, au contraire, qu'en les plaignant,
par humanité, on approuveroit leurs démarches par justice.

Aux instances , & aux sollicitations de leur abbé, on les décrette,
on les bannit, comme felons envers Sa Majesté l'impératrice-reine
apostolique, & à la premiere évocation ; ils s'allarment. On leur
défend d'obéir, sous peine d'excommunication. Ignorant les raisons
qui pouvoient occasionner ce conflit de jurisdiction, ils voudroient

obéir à tous, & ils ne le peuvent faire qu'à un feul. L'un emploie les peines temporelles contre eux, l'autre les fpirituelles. L'un cher- che à les protéger contre la perfécution, l'autre leur ordonne de s'y replonger ; & devenant par furcroi d'infortune l'objet malheureux de la conteftation, ils deviennent à la fin les victimes de la raifon d'état.

Dans le cas de demander une vifite canonique, ils confultent l'hiftoire de leur monaftere. Ils trouvent, qu'en pareil cas, leurs prédeceffeurs fe font addreffés à leur évêque, fans que le con- feil de Luxembourg les ait traités comme felons, & dans la per- fuafion qu'une conduite trouvée irréprochable dans un temps, ne peut pas devenir un crime dans un autre, ils fe font trouvés, mal- gré la droiture de leur intention & les lumieres de leur confcience, dans le cas d'offenfer M. le procureur général de Luxembourg. Si la vifite canonique qu'ils ont demandée eût pû être de fa compétence, en fe mettant fous fa protection, ils la lui auroient peut-être demandée, mais ils auroient par-là encouru les cenfures ecclefiaftiques. Or, que dans une alternative auffi finguliere & auffi trifte, M. le procureur- général daigne leur dire ce qu'ils auroient dû faire, & ce qu'il au- roit fait lui-même? Le miniftere de l'homme public eft d'éclairer les juges, & de porter fon flambeau jufques dans les endroits les plus cachés, qui fe dérobent aux lumieres communes, pour les conduire au véritable point de la décifion, par la voie d'une fcience lumineufe, mais tel qu'ait été le foin qu'a pris M. le procureur-général de fcruter les démarches des religieux qui ont fait l'objet de fes réquifitoires, il ne peut y avoir trouvé l'intention de déplaire. Ils refpectent infi- niment la magiftrature, & ils aiment la vérité. Et c'eft à la faveur de l'amour qu'ils lui portent qu'ils efperent, que ce digne magiftrat & les autres membres du confeil de Luxembourg, revenus de leurs préjugés, leur pardonneront, ou plutôt les loueront du défir qu'ils ont, de voir la barque de St. Pierre, conduite à St. Hubert, par celui qui doit la gouverner, & qui peut, dans la tempête qui l'agite, la préferver du naufrage dont elle eft menacée.

M. l'abbé de St. Hubert, en follicitant la profcription du mémoire de fes religieux, auroit bien voulu que M. le procureur-général eût inféré quelque chofe pour fa juftification, & qu'il eût conclu à le faire lacérer & brûler ; mais la confcience de ce magiftrat, n'a pu, fans doute, fe prêter à fes inftances ; & laiffant à part ce qui concerne perfonnellement M. l'abbé de St. Hubert, il ne s'eft attaché qu'aux faits relatifs à l'exercice de la jurifdiction ecclefiaftique du prince- évêque de Liege fur cette abbaye.

Il prétend, que ce qui a lieu à l'égard de M. l'archevêque de Cambray, ne doit pas l'avoir à celui du prince-évêque de Liege; & la raison qu'il en apporte, est que le droit de ce premier prélat est fondé sur des conventions particulières; & sur la réciprocité; mais une possession de plus de neuf cents années, une possession antérieure à tous les titres que pourroit avoir la partie qui conteste, puisqu'elle a précédé leur existence, étant de l'an 825., & que quand on voudroit reculer l'érection du Luxembourg en souveraineté, on ne pourroit la placer tout au plus qu'en l'an 1000., que ce pays, en cette qualité, commença à avoir une sorte d'existence.; une telle possession reconnue même, par le conseil de Luxembourg, ne vaut-elle pas, toutes les conventions, qui ne furent admises en droit, que pour regler les intérêts des parties? Mais au cas présent, nulle convention n'étoit nécessaire, parce que le droit acquis du prince-évêque de Liege, n'étoit ni contesté, ni douteux.

D'ailleurs, ce mémoire proscrit à Luxembourg a été examiné, lû & répandu sous les yeux de l'auguste chef de l'empire, & de S. M. l'impératrice-Reine apostolique, parce que ces souverains, qui font la gloire du trône, savent que la défense est naturelle, lorsqu'il s'agit, sur-tout de la liberté limitée par la raison, contre les entreprises d'un despote impérieux, qui ne connoît d'autre loi que sa volonté.

Pour se laver d'un blâme qu'une persécution si outrée devoit attirer à Mr. l'abbé de saint Hubert de la part de tous ceux qui savent se moderer dans leurs passions, il répandoit dans le public, que toutes les poursuites faites contre ses religieux & autres personnes de ses terres, par M. le procureur général de Luxembourg, avoient été ordonnées par le gouvernement de Bruxelles, mais pour être detrompé sur cet objet, il suffit de sçavoir que ce magistrat s'étant addressé au gouvernement, pour être payé de ses vacations, on lui repondit que ces poursuites n'ayant été faites qu'à la sollicitation de M. l'abbé, c'étoit à lui à en payer les fraix. En conséquence M. le procureur général s'addressa au conseil qui lui accorda le décret suivant.

Vu les lettres des trésorier général, conseillers commis des finances de Sa Majesté, en date du 5. septembre dernier, au conseiller procureur général de sa dite Majesté en ce conseil.

Les président & gens du conseil provincial de S. M. l'impératrice Reine apostolique de Hongrie & de Bohême, notre souveraine d Luxembourg, déclarent que le receveur des épices de ce conseil, Edmond, pourra faire sommer le Rd. abbé de saint Hubert de payer l'import des articles portés au régiftre des affaires extraordinaires, fous les dates des 9 décembre 1763, 7 avril, 4 & 26 mai & 11 décembre 1764. 4 février, 4. 5. 20. & 29. mars, 7. & 11. mai 1765. fon recours fauf contre qui il trouvera convenir. Fait à Luxembourg ce 8. octobre 1765. Etoit figné. *A MORIS.*

Si l'on vouloit fuivre de plus près les démarches de M. l'abbé de faint Hubert, il n'y a point de genre de contradictions qu'on n'y trouvât & toujours en vûe de fatisfaire fon goût pour la perfécution.

M. l'abbé de faint Hubert pour fe menager des moyens, au moins apparents de juftification, cultivoit fecretement depuis long-temps un des religieux qui s'étoient fouftraits à fon obéiffance, pour les raifons qu'on a dites plufieurs fois dans le cours de ce mémoire. Faifant fuccéder auprès de lui, le miel apparent d'une douceur factice & fimulée aux rigueurs naturelles de fon caractere, il cherchoit à le derober au parti de fes confreres pour en augmenter le fien & fe fervir, fans doute, du motif inventé de fon retour pour fa juftification. Connoiffant la foibleffe de ce religieux naturellement craintif & timide, il entretenoit avec lui une correfpondance fecrette tant par lettres que par fes émiffaires, & ne manquoit pas de joindre les menaces à la douceur pour l'engager à effectuer fon retour au monaftere & pour lui infpirer des terreurs pour l'avenir, s'il differoit à prendre ce parti.

On en jugera facilement par la lettre que lui écrivit Dom Bruno Bauduin, autrefois l'ennemi juré de M. l'abbé, parce qu'il avoit été le favori de fon prédeceffeur & aujourd'hui le fien, parce qu'il a fçû plier fous le joug & fe prêter aux circonftances.

,, Mon cher confrere, je viens de quitter M. notre abbé qui me dit ,, qu'il vous a écrit & envoyé un modele de requête pour la ,, figner *& pour mettre le comble au defir que vous avez témoigné* ,, *avoir* de rentrer dans le fein de votre mere, qui eft notre abbaye ,, Je vous exhorte en ami & en vrai confrere de figner & de fuivre ,, le confeil de votre fupérieur *qui vous montre qu'il eft* votre bon ,, & digne pere. N'écoutez pas des mauvais confeils que l'on pour ,, roit vous fuggerer, car fi votre foumiffion n'eft pas reçue avant la ,, conclufion des affaires de nos prieurés, vous ne ferez jamais plus ,, à même d'*obtenir grace* ni la permiffion de rentrer à l'abbaye ,, Dom prieur qui vous embraffe penfe comme moi, & defire de ,, même de vous revoir tranquille avec nous, &c..

St. Hubert le 17 mars 1772. Signé DOM BRUNO BAUDUIN.

Nous n'avancons donc rien de trop en difant que M. l'abbé de faint Hubert à tout mis en ufage pour engager ce religieux à aban

donner la caufe de fes confreres, pour venir fervir de trophée au chi-
merique triomphe qu'il fe promettoit de fon retour.

Dieu eft toujours prêt de nous pardonner, il ne met point de bornes à fa miféricorde, & l'organe de M. l'abbé, l'interprête de fes fentiments, annonce à ce religieux timide & craintif, qu'après la conclufion des affaires des prieurés, il n'y aura plus pour lui de grace à
efperer, ni de permiffion de retourner jamais à l'abbaye, en falloit
il d'avantage pour ébranler, pour étourdir un cerveau que la moindre chimere épouvante ?

La requête étoit fans doute préfentée au confeil & le religieux ne
revenoit pas, ce qui determina M. l'abbé, impatient de fe procurer
ce petit triomphe de lui dépêcher une de fes créatures, nommé
Raty curé de Fauvillers, & parent de ce religieux, pour lui faire
de nouvelles inftances & hâter fon retour au monaftere. Sans
doute que le ton perfuafif de ce commiffionaire acheva l'ouvrage, au gré de M. l'abbé, puifqu'il l'y reconduifit lui-même.

La requête envoyée a ce religieux par M. l'abbé, pour la figner,
eft une piece trop rare, trop finguliere pour n'en pas rapporter ici
tout le contenu, c'eft le tombeau de la raifon, le cénotaphe du fens
commun, & un abyme d'abfurdités & d'inconféquences. La voici :

A fa Majefté Impériale & Royale Apoftolique, &c.

» Dom Cyprien Louis religieux profès de l'abbaye de faint Hu-
» bert, natif de Straimont, au duché de Luxembourg, prend la li-
» berté refpectueufe de remontrer à V. M. *qu'un efprit de vertige* lui
» ayant fait prêter l'oreille *aux difcours médifants* que l'on repan-
» doit fur l'adminiftration de l'abbé de faint Hubert fon fupérieur, il
» faifit trop précipitamment le fyftême de la difcorde, en fuivit mal-
» heureufement le torrent & fortit muitamment du monaftere pour
» aller préfenter requête *à l'eveque de Liege* contre fon abbé, fans
» reflechir aux ordres de V. M. ni aux loix & maximes du pays qui
» défendoient d'invoquer l'exercice d'une jurifdiction étrangere,
» dans les terres foumifes à la domination de V. M.

» *Voilà* ce qui produifit chez le Remontrant l'*efprit fanatique*
» d'une cabale, dans laquelle il fut entraîné, *fous le prétexte d'un*
» *meilleur ordre* à établir dans l'abbaye, tant au temporel qu'au
» fpirituel, au moyen d'une vifite épifcopale que les princpaux
» auteurs de cette cabale lui figurerent *comme légitime*, & très-aifée
» à obtenir.

» Les pourfuites du confeiller procureur-général de V. M., & le

,, décret de fon conſeil de Luxembourg, *lui firent concevoir combien*
,, *témérairement*, l'on imputoit à ſon abbé les obſtacles que ren-
,, controit cette viſite, *mais ce qui acheva de lui deſiller les yeux*,
,, & de porter ſes juſtes remords à leur comble, ce ſont deux mé-
,, moires, tout récemment imprimés & adreſſés au chapitre ca-
,, thédral de ſaint Lambert *ſede vacante*, dans leſquels on fait *fi-*
,, *gurer* entre les ſouſſignés le nom du repréſentant, ſans l'avoir
,, conſulté, ni entendu *là-deſſus* ; ſûrement parce que les auteurs
,, de ces mémoires, qui ne ſont que de vrais *libelles diffamatoires*,
,, preſſentoient *aiſément*, qu'il n'auroit jamais adhéré à des pieces
,, auſſi contraires à l'eſprit de religion, qui devoit être le premier
,, mobile de la demande de la viſite épiſcopale, qui devroit annon-
,, cer ſon zèle, pour le maintien du bon ordre, & de la diſci-
,, pline réguliere, en *ſéviſſant ſuivant toute la rigueur des loix*, con-
,, tre les auteurs de pareils libelles, auxquels le repréſentant *proteſte*
,, de n'avoir aucune part.

,, *Heureux* ſeroit aujourd'hui le repréſentant, s'il n'avoit eu éga-
,, lement aucune part à la cabale, qui s'eſt élevée en 1764. contre ſon
,, ſupérieur *immédiat*, le Rnd. abbé de St. Hubert, envers lequel
,, *il deſire ardemment* de remplir les devoirs d'un fils à l'égard d'un
,, pere qu'il a offenſé : tandis que d'un autre côté, *il ſouhaite* d'ac-
,, complir les devoirs d'un fidele ſujet envers ſon auguſte ſouveraine
,, dont il a encouru la juſte indignation, pour avoir contrevenu à
,, ſon ordre reſpectable, ainſi qu'aux loix & maximes de ſa do-
,, mination.

,, Cauſe qu'il prend ſon très-humble recours au pied du trône de
,, V. M. la ſupliant *avec toutes les inſtances poſſibles de vouloir bien*
,, *lui accorder grace & rémiſſion* du banniſſement porté à ſa charge,
,, par le décret de ſon conſeil de Luxembourg, du 30 avril 1767, &
,, *autres peines portées pour les fugitifs*, & preſcrites par les ſtatuts de
,, l'abbaye de St Hubert, ſur le chapitre 29. de la regle de St Benoît,
,, afin qu'il puiſſe s'aler jetter aux pieds de ſon *légitime ſupérieur*, &
,, ſe rendre à l'obéiſſance. " C'eſt la grace, *&c. étoit ſigné* Dom
,, Cyprien Louis, religieux profés de l'abbaye de St Hubert. *Et plus*
bas, premiere apoſtille. *Avis de l'abbé de ſaint Hubert, &c.* ſeconde
apoſtille après l'avis rendu par l'abbé.

,, Son alteſſe royale ayant eu rapport de cette requête & de
,, l'avis y rendu par l'abbé de ſaint Hubert, a par grace ſpéciale,
,, & pour les conſidérations particulieres qui réſultent de cette re-
,, quête accordé & accorde au ſupliant rappel du banniſſement porté
,, à la charge par la Sentence du conſeil de Luxembourg du
39.

„ 30. avril 1767. ci-mentiennée, & *pour le furplus de fes conclu-*
„ *fions, le renvoye à fon abbé,* dequoi il fera donné par ceux de ce con-
„ feil, en leur remettant copie de cette requête, & du préfent
„ décret. *Fait à Bruxelles le 8 avril* 1772.

Signé CHARLES DE LORRAINE.

Par S. A. R. *figné* DE REUL.

On pardonneroit à ce religieux toutes les difparates, toutes les
inconféquences de cette requête, s'il en étoit l'auteur, mais qu'un
homme qui prétend tout fçavoir, & poffeder fur-tout les graces de
l'élocution, que M. l'abbé de St Hubert dicte à un religieux, qu'il a
attiré fon parti, par toutes les rufes dont il eft capable, une femblable pièce, c'eft ce qu'on auroit peine de croire, fi on ne le voyoit,
ou pour mieux dire, ce qui doit flatter, que fe dévoilant enfin, malgré
lui, on parviendra à le connoître, & à l'approfondir. Examinons en
détail, l'efprit & la marche de cette pièce.

Le remontrant s'y repréfente d'abord, comme ayant été faifi de
l'efprit de vertige, qui lui a fait prêter l'oreille à des difcours médifants
que l'on répandoit fur l'adminiftration de l'abbé de faint Hubert, fon
fupérieur. Lorfque l'efprit eft faifi de vertiges, les idées ne font pas
claires & diftinctes, on prend fouvent la droite pour la gauche, le
blanc pour le noir; & pour s'en convaincre, il ne faut qu'examiner
les perfonnes à vapeurs, dont les raifonnements, dans ces moments
de délire, ne font qu'un radotage plus digne de pitié que d'indignation. M. l'abbé auroit donc dû prêter à fon foufcripteur, des fentiments plus favorables à fa caufe, & lui faire dire, au lieu de *difcours*
médifants, des calomnies. Car des médifances, font des rapports de
faits réels, & les calomnies de faits fuppofés; & rangeant dans la claffe
des premieres, les difcours entendus par le religieux faifi de l'efprit
de vertige, c'eft dire, que celui qui les avance préfere l'intérêt de fa
défenfe, au devoir de la charité, mais c'eft avouer leur vérité & leur
exiftence; c'eft détruire ce qu'on veut édifier; c'eft montrer qu'on
n'a aucune raifon valable à alleguer en fa faveur, puifqu'on en employe de fi mauvaifes.

Dans la feconde phrafe de cette pièce trois adverbes y fourniffent
une ligne des mieux nourries, *précipitamment, malheureufement,*
nuitamment. Ils font très-expreffifs quand ils font employés à propos,
mais comme ils le font dans cette requête ils ne font pas l'éloge du
jugement de l'auteur. Un torrent emporte avec précipitation tout ce
qu'il rencontre, & ce religieux s'y étant laiffé aller, le mot de *trop*
employé par l'auteur de cette requête, eft en effet de trop.

N

Le motif qui fit fortir ce religieux *nuitamment* du monaftere étoit de préfenter requête à *l'évêque de Liege*. Cette requête étoit motivée. Ces motifs étoient les médifances repandues fur l'adminiftration de M. l'abbé, donc ils étoient vrais. Et quand il auroit ajouté aux mots *évêque de Liege* un titre refpectueux, on ne lui en auroit pas fait un crime au confeil de l'imperatrice reine.

Il n'a pas reflechi aux ordres . . . . ni aux loix & maximes du pays qui deffendoient d'invoquer l'exercice d'une jurifdiction étrangere. Mais au fentiment de l'auteur de cette requête, un homme à vertige, eft il en état de reflechir? Et s'il n'avoit pas copié les mots de *jurifdiction étrangere* du decret de Luxembourg, on lui demanderoit fi un paroiffien des frontieres qui a un curé d'une autre domination que la fienne, peut, fous ce prétexte, fe difpenfer de faire fes pâques?

L'efprit de vertige conduit naturellement au fanatifme, auffi l'auteur de la requête en decore t'il fon heros, pour continuer à le faire déraifonner; car les fanatiques, portés dans leurs extafes à la fource prétendue de la lumiere, oublient les loix, s'érigent en légiflateurs, & publient tout haut les fecrets de la divinité, au mepris des traditions & des formes reçues.

Les principaux auteurs de la prétendue cabale fanatique où ce religieux fut par un *torrent* trop *précipitamment* entrainé, lui figurerent le *fpécieux prétexte d'un meilleur ordre à établir dans l'abbaye tant au fpirituel qu'au temporel,* au moyen d'une vifite épifcopale.... comme légitime. Heureux fanatifme ! que celui qui fe propofe un *meilleur ordre à établir.* Et malheureufe & ignorante fageffe que celle qui regarde le propos d'un meilleur ordre comme un prétexte *fpecieux* & une vifite épifcopale comme illégitime ! car le mot *comme* fait bien fentir que l'auteur de la requête la regarde ainfi, pour des raifons qui ne font pas fans fondement pour lui.

Jufqu'ici le heros de cette piece qu'on a peint comme un homme à vertige, comme un fanatique, qui fuit trop précipitamment le torrent de la difcorde, va paroître illuminé, & le flambeau qui brillera pour le rappeler à la raifon, qui achevera de lui deffiller les yeux, ce font les pourfuites du procureur général & les decrets du confeil de Luxembourg. A l'afpect de cette lumiere il *conçut combien témérairement l'on imputoit à fon abbé les obftacles que rencontroit cette vifite.* C'eft à dire qu'il vit que le confeil de Luxembourg s'y oppofoit, mais toute brillante qu'étoit cette lumiere, elle ne fut capable de lui défiller les yeux qu'après 8 ans de réfiftance, & cependant il n'ignoroit pas que M. l'abbé étoit le premier moteur de ces difficultés. Mais content de fa decouverte *fes juftes re-*

mords font portés à·leur·comble, à la vûe de *deux mémoires tout.*
récemment imprimés & addreffés au chapitre de faint Lambert,
fede vacante, *dans lefquels on fait figurer entre les fouffignés le*
nom du répréfentant fans l'avoir confulté ni entendu là-deffus,
Nous ne dirons rien ici *là-deffus,* parce que ce religieux repon-
dra lui-même à la piece que M. l'abbé, en comb.ant la féduc-
tion à fon égard, lui a fait foufcrire, penfons nous, fans l'avoir *con-*
fulté ni entendu, car il n'auroit pas pû s'exprimer, comme il a fait
dans la lettre qu'il a écrite à un de fes confreres le 6. mars 1772. c'eft
à dire environ trois femaines avant fon retour au monaftere. Nous la
rapporterons tout à l'heure.

. Dans le temps que ces mémoires imprimés ont été préféntés
au *chapitre cathédral de faint Lambert,* ce religieux, au rapport
de l'auteur de fa requête, étoit encore fanatique, mais fes confreres ne le connoiffoient pas pour tel, fans quoi, ils n'auroient pas
fait *figurer fon* nom entre les leurs. Il devoit néanmoins l'être encore,
puifqu'il prétend n'en avoir été délivré qu'à l'époque de la publication du décret de Luxembourg, qui lui a *deffi lé les yeux,* quoiqu'il
ait été rendu plufieurs années avant la publication de ces mémoires.
Oui, fans doute, il l'étoit encore, puifqu'il a oublié d'avoir été *confulté*
& entendu là-deffus, c'eft-à-dire, fur ces mémoires, & qu'il affure
que c'eft parce que les auteurs de ces mêmes *mémoires qui ne font*
que des vrais libelles diffamatoires, préffentoient aifément, *qu'il*
n'auroit jamais adhéré à des pieces auffi contraires à l'efprit de reli-
gion qui devoit être le premier mobile de la demande de la vifite épif-
copale; mais pourquoi non, dans fon propre fyftême, puifqu'il étoit
encore fanatique, & que le fanatifme & la raifon, font deux chofes
toutes différentes ?

. Ici, l'efprit de l'auteur de la requête fe manifefte, par les mots :
en féviffant, fuivant toute la rigueur des loix, contre les auteurs de
pareils libelles, auxquels le répréfentant protefte *de n'avoir aucune*
part. Il a oublié qu'il a dit lui-même, *que les bruits qui fe répandoient*
fur l'adminiftration de M. l'abbé étoient des médifances ; or, des médifances ne font pas des libelles diffamatoires, comme nous l'obfer-
verons encore dans la fuite.

. Après avoir effrontément protefté qu'il n'a eu aucune part à ces
mémoires, l'auteur de la requête fait dire à ce religieux, mais d'un
ton, d'une demi componction, qu'il feroit aujourd'hui *heureux,*
s'il n'avoit eu également aucune part à la cabale, qui s'eft élevée en
1764. contre fon fupérieur immédiat le réverend abbé de faint Hubert, *envers lequel il defire ardemment de remplir les devoirs d'un fils*

N ij

à l'égard d'un pere qu'il a offensé, tandis que d'un autre côté, il defire d'accomplir les devoirs d'un fidele fujet envers fon augufte fouveraine. D'abord il n'a fait que prêter l'oreille à des difcours medi-
fants qui fe changent en libelles d ffamatoires, puis il a eu part à la
cabale. Ici c'eft un homme entrainé comme malgré lui, là il eft une
des auteurs de la difcorde. Il defire *ardemment* de remplir les devoirs
d'un fils à l'égard de M. l'abbé, & il *fouhaite* feulement d'accomplir
ceux d'un fidele fujet à l'égard de fa fouveraine. Le prince évêque
de Liege eft feulement qualifié dans cette requête d'*évêque de Liege*
& M. l'abbé de faint Hubert y eft appellé *réverend*.

Mais pour confondre le héros & fon hiftorien laiffons parler le premier dans la lettre que nous avons promis de rapporter. La voici:

„ J'ai reçu votre lettre du 20. fevrier. Le bruit qu'a répandu M.
„ l'abbé fur mon prétendu retour à faint Hubert, ne fera prochain
„ qu'autant que nos affaires finiront bientôt, foit par vifite ou par
„ penfion ; & fi j'ai fait quelques demarches pour rentrer à faint
„ Hubert, ce n'a été qu'après la mort du meilleur des princes, & en
„ defefperant de voir une fin heureufe de nos affaires. Je m'imagi-
„ nois qu'on alloit nous accorder une penfion modique & nous faire
„ fortir des prieurés, pour aller la manger où nos Seigneurs du cha-
„ pître auroient jugé à propos. Je n'ignorois pas leur mécontente-
„ ment. Vous ne me donniez aucune nouvelle. Tous ces objets me
„ firent prendre la refolution d'écrire à St. Hubert & à notre abbé, de
„ façon cependant à ne compromettre perfonne, mais feulement
„ de me *facrifier* feul, *en cas que ma réfolution perfiftât.* Mon inten-
„ tion étoit fi pure, que je ne crus pas être lâcheté, ce que je ne
„ faifois alors que pour la tranquillité de mon ame. Ainfi pour peu
„ que vous reflechirez fur les circonftances fâcheufes dans lefquelles
„ nous étions pour lors, vous ne vous etonnerez plus tant de la de-
„ marche que j'ai faite, *& qui ne peut en rien du tout nuire à la caufe
„ commune.* D'ailleurs je fuis toujours fur mes pieds.

„ Dom Clément, qui a paffé ici huit jours, a lu votre lettre avec un
„ air de fatisfaction. Il m'avoit communiqué celles que vous lui avez
„ écrites, & m'avoit envoyé les *mémoires.* Je les ai diftribués aux
„ Meffieurs des environs, & fur-tout à nos Meffieurs de Metz qui les
„ trouvent fans replique. Il ne m'en refte que fort peu, que je garde-
„ rai en cas de befoin. Nous étions impatients d'apprendre l'effet qu'ils
„ auroient fait à Bruxelles, mais, graces à Dieu, nous avons tout lieu
„ d'efpérer celui que nous defirons depuis fi long-temps.

On laiffe à juger fi c'eft-là le langage d'un homme vraiment perfuadé
de fes torts, qui doute de la juftice de fa caufe, & qui juge que la con-

duite de fon abbé eft irréprochable; car l'un doit être innocent & l'autre coupable? S'il eft forti du monaftere pour recourir a l'autorité de fon fupérieur majeur, c'eft fans doute pour quelque caufe. Mais il fuffit de l'avoir entendu s'exprimer lui-même pour fe convaincre qu'il eft plus faifi que jamais de l'efprit de vertige. Car lorfqu'il écrivoit la lettre que nous venons de rapporter, il regardoit fon retour comme un facrifice, & fa perfonne comme une victime qui s'étoit échappée des mains du facrificateur, & que des circonftances malheureufes y font retomber, pour être immolée fans retour. Et dans la requête qu'on lui a dictée, il ofe avancer que des écrits qu'il a diftribués lui-même, & qui, *graces à Dieu, produiront l'effet qu'il defire depuis fi long-temps*, font des libelles diffamatoires. Deux façons de raifonner fi difparates, ne peuvent être que des fuites d'un cerveau dérangé, qui ne voit les chofes que comme on veut les lui faire voir, & qu'on ne peut regarder que comme les difcours de ces malheureux que l'on enferme dans la crainte que leur folie ne dégénère en fureur.

Que M. l'abbé de Saint Hubert vante tant qu'il voudra les défaveux que fon defpotifme ou fa flatterie auront pû arracher à ce religieux, ils ne détruiront jamais, aux yeux de la raifon, la juftice des réclamations faites contre fon régime & fes violences. La lettre de ce religieux que nous venons de tranfcrire eft du 6 mars, & fon retour à St. Hubert eft du 27 du même mois.

On a vu par fon contenu qu'il négocioit fourdement fon retour au monaftere, mais qu'il falloit que tout efpoir de défenfe & de fuccès fût perdu pour l'engager à faire à cet égard les dernieres démarches. Pour l'y déterminer abfolument, M. l'abbé, impatient de jouir de ce foible triomphe, lui dépêcha le Sr. Raty, curé de Fauvillers, une de fes créatures, avec des lettres, qui jointes aux inftances vocales du commiffionnaire qui eft fon parent, acheverent de le déterminer; & il le reconduifit en effet au monaftere.

M. l'Abbé de St. Hubert étoit fi flatté du petit bonheur qu'il efpéroit de la conquête de ce religieux, qu'il s'en vantoit long-temps avant qu'elle fût réalifée, comme on l'a vu par la lettre que nous venons de rapporter.

Dépourvu de moyens capables de détruire l'effet que la lecture du mémoire préfenté à l'illuftre chapître cathédral de Liege, avoit fait fur l'efprit des perfonnes équitables & fenfées, & fur-tout fur celui de l'augufte Impératrice Reine apoftolique, M. l'abbé de St. Hubert a enfin préfenté un prétendu mémoire juftificatif auquel nous allons répondre le plus fuccintement qu'il nous fera poffible.

Tout homme qui croit avoir la bonne caufe de fon côté, n'emploie ni rufes ni fubterfuges pour faire pencher la balance en fa faveur. Sa confcience ne lui fuggere que des moyens juftes & légitimes pour faire triompher la juftice qu'il croiroit dénaturer par des démarches dont les feules ames coupables & craintives font capables. I n'a garde d'employer contre un écrit public la voix fourde des repréfentations fecretes, parce que des faits de notoriété ne peuvent fe détruire, aux yeux de la raifon, par des fuppofitions vagues, par des allégations d'autant plus fufpectes, qu'on craint de les expofer à des contredits & des repliques, & de les voir dépouillées des apparences de réalité qu'on vouloit artificieufement leur donner.

M. l'abbé de St. Hubert, intimmement perfuadé de la vérité des faits allegués dans le mémoire préfenté par fes religeux à l'i luftre chapitre cathédral *fede vacante*, & qu'i s ont rendu public, parce qu'il étoit effentiel à leur juftification, a faifi le retour du religieux dont nous venons de parler, comme un moyen victorieux de fa juftification. Il en a exigé, comme on l'a vu, tout ce qu'il a cru pouvoir nuire à ceux qui le regardent avec refpect comme leur fupérieur, mais comme un fupérieur abufant de fon autorité, & qui par attachement à leur état & aux intérêts de leur maifon, ont cru pouvoir ufer du droit que la religion & les faints canons leur donnent, d'invoquer l'autorité de leur fupérieur majeur contre fes violences & fes dépradations.

Le feeond moyen qu'emploie M. l'abbé de Saint Hubert pour fe juftifier aux yeux de fa facrée Majefté, eft une balance de l'état où fe trouvoit fon monaftere à la mort de fon prédéceffeur, & de celui où il fe trouve actuellement, & par laquelle il prétend prouver que loin d'avoir détérioré les fonds de fa maifon, il à, comme le bon économe de l'évangile, fait fructifier le talent qui lui étoit confié.

Nous n'avons point vu cette piece; il avoit, fans doute, intérêt de la tenir fecrette. Nous n'avons appris ces circonftances que par des perfonnes inftruites de fes pratiques & de fa marche; & qui convaincues des faits allegués contre lui, ont bien voulu nous informer des vaines tentatives qu'il fait pour s'en difculper.

En rendant juftice au religieux, retourné à faint Hubert, aux follicitations, & aux inftances de M. l'abbé & par les terreurs qu'on lui infpiroit, nous n'avons pas deffein d'attaquer les qualités de fon cœur, mais par la demarche que lui fait faire M. 'abbé par les termes qu'il lui fuggere, par les fentiments qu'il lui prête, c'eft-à-dire, en lui faifant foufcrire, qu'il a été féduit & entrainé par

le torrent ; qu'il n'a pas eû part aux mémoires préfentés à l'illuftre
chapitre cathedral de Liege *fede vacante*, &c. c'eft le faire paffer
pour le dernier des fourbes ; c'eft lui faire avouer fa propre turpitude ; c'eft enfin, aux termes du droit même, invalider tous
les témoignages qu'il pourroit donner en fa faveur. Car après avoir
fait fi long temps caufe commune avec fes confreres ; après avoir
été enveloppé avec eux dans la profcription du confeil du confeil de Luxembourg, après n'avoir rien ignoré de leurs demarches, après s'être flatté du fuccès de leur mémoire, après l'avoir
lui-même diftribué, après l'avoir trouvé avec fes connoiffances
fans réplique, eft il préfumable qu'il ne l'auroit pas figné, qu'il
n'y auroit pas donné fon confentement ? Comment le 6. de mars
1772. les raifons contenues dans ce mémoire font elles fans replique de la part de M. l'abbé, c'eft-à-dire, contenant tous faits
vrais à fa charge ; & dans une requête préfentée, à la plus vé-
ridique princeffe du monde, à la fin du même mois de la même
année, ce mémoire, en trois femaines de temps fe métamor-
phofe dans le cerveau de ce religieux, par les inductions de M.
l'abbé de faint Hubert, en libelle diffamatoire ? Se vit il jamais
un plus étrange prodige, ou pour mieux dire un tel excès
d'extravagance ? Car en cherchant à juftifier ce religieux, par
ce moyen, c'eft vouloir prouver l'innocence par le crime ; c'eft
faire parade d'un attachement imaginaire & factice par la plus
téméraire des duplicités ; car étant attaché en apparence à fes
confreres, il eût cherché à paroître à leurs yeux ce qu'il n'étoit
pas ; & fa conduite à leur égard, n'eût été qu'un tiffu d'hipocrifie
& de menfonge, ce qu'ils n'ont jamais préfumé de lui.

Dans le plan que s'eft propofé M. l'abbé pour enlever ce religieux à fes confreres, il a mal choifi fes moyens, car il eut
été plus naturel de lui laiffer expliquer à lui-même les motifs
de fon retour. Il n'auroit pas dit qu'il avoit été féduit, ni
qu'il n'avoit point foufcrit aux mémoires ; mais que regardant
la profcription de Luxembourg, comme un arrêt irrévocable qui
l'auroit privé de revoir un pays qu'il aime, il auroit tout tenté
pour fe procurer ce plaifir, & que l'efprit faifi des frayeurs
qu'on lui infpiroit ; fa confcience en étoit troublée : Il auroit
protefté, comme en partant pour l'abbaye, qu'il n'avoit nul
deffein de trahir fes confreres, en les conjurant de vouloir
bien lui continuer leur eftime particuliere, ce qui n'annonce
de fa part ni la perfuafion que leur caufe fût mauvaife, ni qu'ils
fuffent auteurs de libelles diffamatoires, auxquels ils l'auroient

fait participer injuſtement, ni qu'il eût jamais réfuſé de ſe prêter à toutes les demarches néceſſaires à la cauſe commune. Enfin il auro:t dit la vérité au lieu de ſouſcrire à des menſonges. Or avoir recours à de ſi foibles moyens pour ſe diſculper des reproches fondés qu'on fait à M. l'abbé de ſaint Hubert de ſa conduite particuliere & de ſon régime, n'eſt-ce pas avoüer qu'on les mérite?

· Mais comme toute cauſe eſſentiellement mauvaiſe ne peut jamais devenir bonne, telle que ſoit l'induſtrie de celui qui la défend, M. l'abbé, ne réuſſit pas mieux, ſans doute, dans le ſecond moyen qu'il employe pour ſa juſtification.

Toutes les balances que M. l'abbé de St Hubert pourroit imaginer pour ſe diſculper des reproches d'une mauvaiſe adminiſtration, ne pourront jamais l'en juſtifier aux yeux de celui qui voudra ne pas ſe laiſſer éblouir par des virements de parties, ou plutôt par des réticences, qui majorant l'*avoir*, extenueroient le *debet*, en apparence, ſans en détruire, en effet, l'exiſtence. Cet objet eſt trop intéreſſant pour le laiſſer ſubſiſter ſous la forme ſéductrice, qu'il a plu à M. l'abbé de le préſenter, & qui ne peut être vraie, ſi elle tend à le juſtifier, parce qu'il eſt de notoriété que la maiſon de St Hubert, à la mort du précédent abbé, n'étoit pas à la vérité dans un état fort opulent, mais qu'elle eſt aujourd'hui dans le plus déplorable.

Tout richement, que ſoit dotée l'abbaye de St Hubert, il n'étoit gueres poſſible que le prédéceſſeur de M. l'abbé actuel laiſſât, en mourant, ſa maiſon dans un état floriſſant. La guerre qui ſucceda à la mort de l'empereur Charles VI. de glorieuſe mémoire, produiſit les plus grands malheurs à la maiſon de St. Hubert. L'abbé fut obligé de ſe retirer en France, & d'abandonner ſon monaſtere à la plus cruelle anarchie; pendant laquelle les religieux de ſon parti, & ceux qui lui étoient oppoſés, ſembloient avoir entrepris de détruire ce qu'ils auroient dû ménager avec ſoin; c'eſt-à-dire, que les uns pour dérober aux autres les moyens de ſe ſoutenir, épuiſoient à l'envi la ſource de leur ſubſiſtance.

Malheurs que l'on auroit infailliblement évité, ſi l'autorité, moins grande dans les abbés, avoit pû être balancée par le concours de la communauté, qui ſeule doit jouir de l'être civil, & conformément aux conſtitutions du Montcaſſin, qu'on prétend, mais abuſivement, être ſuivies à ſaint Hubert.

A la mort du précédent abbé, le monaſtere pouvoit avoir contracté pour deux cents mille livres de dettes qu'une ſage économie, auroit acquittées en peu d'années, & ceux qui cherchent à juſtifier M. l'abbé actuel des dépradations de ſon régime, trou-
yent

vent que les tentatives malheureufes qu'il a faites dans le commerce, annoncent de fa part, un grand zèle de liquider tout d'un coup les dettes de fa maifon. Mais joutre que toute efpece de negoce eft peu convenable aux perfonnes de fon état, tentant d'abord au grand & commençant par où tout homme intelligent dans le commerce auroit fini, c'eft-à-dire, par expofer, au rifque du fuccès, des fommes confidérables, il mettoit fa maifon dans le cas de perdre jufqu'à la moindre reffource de fe rétablir. Mais du nombre infini de tentatives & d'épreuves qu'il a faites, aucune n'a produit la dîme des fommes qu'il avoit employées pour les faire, & conféquemment, loin de liquider les dettes, il n'a pû que les augmenter confidérablement.

Si après une tentative infru-ftueufe M. l'abbé de St. Hubert eût renoncé à la paffion qu'il a pour le négoce, on auroit approuvé fon zèle & fa prudence, mais à peine forti d'un labirinthe qu'on l'a vu fe replonger dans un autre; & la preuve qu'il a dû beaucoup obérer fa maifon, c'eft que fi quelqu'une de fes entreprifes eût donné le moindre efpoir de gain, elle auroit fans doute fubfifté, & que de toutes celles qu'il a faites, il n'y a que les dernieres qui exiftent, & qui auront indubitablement le fort des premieres. Un marchand riche, qui auroit effuyé la moitié des revers que M. l'abbé de St Hubert a éprouvés, dans le commerce, feroit ruiné de fond en comble : qu'on juge après cela, s'il a pû acquitter les anciennes dettes de fon monaftere, & n'en pas contracter de nouvelles.

S'il eft permis de raifonner fur le plan d'économie convenable à une maifon religieufe, ne pourra-t-on pas dire, fans rien outrer ? Qu'attaché à la conduite fpirituelle de fes freres, qui ne pouvoient qu'être troublés par les tracas qu'entraîne toujours le détail de toute efpece de manufacture, il eût beaucoup mieux fait d'adminiftrer fagement les biens de fon monaftere, que d'en expofer les fruits & les revenus à des rifques mercantilles, qui ne conviennent qu'à ceux que la providence a placés dans le monde, pour s'occuper de ces objets, fans négliger l'affaire effentielle du falut. Si l'on pouvoit encore attribuer les démarches de M. l'abbé de St. Hubert, à un principe de charité, il feroit facile de le juftifier, mais un motif détruiroit l'autre ; & la prudence évangélique ne demande pas que l'ame charitable fe dépouille du néceffaire, pour faire fubfifter des mercénaires, qui pourroient être occupés par d'autres, & d'une façon plus convenable à leur état.

Mais outre que toute efpece de commerce eft défendu aux gens

O

d'églife, & fur-tout aux religieux par les faints canons, ce qui vient d'être renouvellé tout récemment en Allemagne, par des ordonnances pleines de fageffe, n'eft-il pas de la prudence de n'expofer des fommes confidérables en achapts de marchandifes, en conftructions d'ufines qu'avec la certitude morale de la rentrée, au moins, de ces fommes? Que l'on vante tant que l'on voudra le prétendu motif de charité, dans M. l'abbé de St. Hubert, on ne perfuadera à perfonne qu'il a été le mobile de fes entreprifes. 1 °. parce qu'il avoit annoncé lui-même qu'il ne les faifoit que dans la vue de gains confidérables, qu'il portoit fans fractions aux plus groffes fommes, & pour être en état d'acquitter les dettes de fon abbaye. 2 °. Parce qu'il feroit extravagant de ruiner une maifon religieufe, en faifant des charités qui deviendroient prodigalité; & que les biens de l'églife, qui font le patrimoine des pauvres doivent être ménagés avec d'autant plus de fageffe qu'il y aura des indigents dans tous les temps, & que l'intention des fondateurs, a été de leur perpétuer des fecours.

Mais pour montrer d'une façon invincible l'infolidité de la balance que le révérend abbé de St. Hubert a ofé préfenter à fa facrée Majefté impériale & royale apoftolique pour fa juftification, on pofe en fait qu'à fon avenement à la croffe, l'abbaye jouiffoit au moins de cent mille livres de revenu, & que depuis ce temps ces revenus font majorés au moins d'un quart, tant par la cherté des grains, que par le prix des bois qui eft confidérablement augmenté; que les dettes pouvoient fe monter à deux cents mille livres; que la dépenfe de la maifon n'a jamais excédé, année commune, la fomme de 50 mille livres : par conféquent, en prélevant fur ces revenus celle de fix mille livres pour les intérêts des dettes à raifon de trois pour cent. Item cinquante mille livres pour la dépenfe annuelle, & portée à cette fomme par furabondance, elles formeront *falvo jufto* le tableau fuivant.

Revenu annuel.	*Dépenfe générale.*	
100000 liv.	Intérêts à payer, - - -	6000 liv.
	Dépenfe de la maifon, - - -	50000 liv.
	Total - - - - - - -	56000 liv.

Qui tirés des cent mille, doit conféquemment refter la fomme de quarante-quatre mille livres chaque année , qui depuis douze ans doivent faire celle de cinq cents vingt-huit mille livres , bien plus que fuffifante, comme on voit, pour acquitter non-feulement toutes les dettes de la maifon , mais pour la mettre dans un état d'opulence, fans trop économifer,

 Nous ne diminuons pas ici les objets d'un côté , pour les majorer de l'autre , & en faire un tableau défavorable au régime de M. l'abbé ; c'eft la vérité feule qui nous force, & pour notre juftification, à démafquer les fubterfuges & les reticences qu'il employe pour fe laver d'un reproche fi fondé, que le moins clairvoyant en peut , du premier coup d'œil , appercevoir l'exiftence & la réalité. Car le révérend abbé, ingénieux à imaginer les fouftractions qui lui font favorables , a , fans doute, effacé de fa balance le produit des bois , qui font la partie la plus effentielle des revenus de l'abbaye, celui des prieurés , les amendes , les pots de vin , des baux à long ou à court terme & qui forment une diminution confidérable des rendages annuels, mais qui ne font pas moins le revenu effentiel de la maifon.

Les revenus de l'abbaye de faint Hubert ne pouvoient qu'augmenter avec le temps , fi les biens euffent été adminiftrés avec prudence; car il n'y a perfonne qui ne convienne que les bois font les héritages les plus précieux ; & c'eft dans la vue de ménager le bien des particuliers & de l'état que les Souverains ont fait des réglements fi fages fur cet objet ; mais dans la vue de jouir actuellement , & de fe procurer de l'argent pour des procès fans nombre, des voyages difpendieux, des entreprifes ruineufes, M. l'abbé de St. Hubert a dévafté ceux de fon abbaye d'une façon fi étrange, que cent années ne répareront pas le tort qu'il leur a caufé.

 On ofe affurer que fi M. l'abbé eût véritablement eu deffein d'acquitter les dettes de fon monaftere , il eût pû le faire, des fommes confidérables qu'il a tirées des ventes extraordinaires des bois qu'il a faites, & qui étant diffipées mal-à-propos caufent un double préjudice à fa maifon, qui feroit déchargée des intérêts qu'elle doit, & qui auroit l'expectative des bois qu'on lui a vû détruire avant l'âge pour fe procurer de l'argent comptant.

En celant le revenu & majorant la dépenfe , il eft aifé de faire des balances favorables qui juftifient une mauvaife adminiftration. C'eft la conduite ordinaire des mauvais économes. Mais lorfque la juftice & la vérité, faififfant le moment, nous difent du ton impofant qui leur convient : *Redde rationem villicationis tuæ*, le mafque tombe, & le menfonge paroît.

Quand l'efprit humain s'eft une fois livré au délire de l'ambition, la

O 2

conduite n'eſt plus qu'un tiſſu d'abſurdités & d'inconſéquences. Tantôt M. l'abbé de St. Hubert ſollicite à Vienne l'érection de ſon abbaye
en évêché, avec aſſurance qu'elle eſt en état de ſuffire aux dépenſes
de ſa maiſon, & à une menſe épiſcopale; & tantôt demandant la charge
de conſeiller intime, il allegue qu'elle n'eſt pas en état de payer les
droits de ſcel & de chancellerie. Ces faits ſe ſont paſſés ſous les yeux
du miniſtere éclairé de Sa Majeſté l'impératrice Reine apoſtolique,
& il oſe actuellement repréſenter à cette auguſte Princeſſe, qu'il a
majoré les biens de ſa maiſon, dans le temps que non-ſeulement les
anciennes dettes ſubſiſtent, mais qu'il a dû en contracter de nouvelles, pour faire face aux pertes réelles que lui ont occaſionné ſes
ridicules entrepriſes, & tant d'autres dépenſes qu'il ſeroit trop long
de détailler ici. Car on laiſſe à juger ſi un nombre infini de procès mal
intentés & contre l'eſprit de la regle, ſi des voyages continuels d'une
cour à l'autre, ſi des entrepriſes manquées, ſi des bois coupés avant
l'âge, ſi des conſtructions inutiles de bâtiments, lorſqu'on laiſſe périr
ceux qui ſont néceſſaires, ſont les fruits d'une bonne & ſage adminiſtration.

Nous avons prouvé que le retour du religieux, ſous l'obéiſſance de M. l'abbé & vanté par lui, dans ſon mémoire juſtifica-
tif, eſt d'autant moins favorable à ſa cauſe qu'il lui fait employer
les motifs les plus inſolides & les moins réels; & que la balance
imaginée par lui, n'étant pas appuyée ſur de meilleurs fondements,
elle ne pourra reſiſter aux verités qu'on lui oppoſe; vérités dont il
eſt lui-même perſuadé, mais qu'il a intérêt de cacher pour l'honneur de ſon régime.

§. IV. *Diſparité des conſtitutions de Saint Hubert, avec celles du
Mont-Caſſin & de Saint Vannes.*

Lorſque Dom Nicolas Fanſon établit à St. Hubert, ſous le ſpécieux
nom de réforme, ſes nouvelles conſtitutions, elles ne furent admiſes, après les troubles qu'on a vus, que comme modelées & ren-
fermant la ſubſtance de celles du Mont-Caſſin, comme on en juge
par le titre de ces mêmes conſtitutions : *Regula ſanctiſſimi Patris Benedicti, cum declarationibus & conſtitutionibus Caſſinen-
ſibus.*

Toutes les réformes furent modelées chez les Bénédictins
ad inſtar congregationis Caſſinenſis : ce ſont les termes de toutes les
bulles qui furent accordées en conſéquence. Or comment une réforme, ſur le modele de celle du Mont-Caſſin, peut-elle lui reſſembler,

ſi elle n'a un gouvernement ſemblable, un régime ſemblable, des obſervances régulieres ſemblables?

On ne peut point équivoquer ſur ces expreſſions ; les moins intelligents entendent ce que ſignifient ces termes, un corps ſemblable à un autre, formé à l'*inſtar* d'un autre, & qui a avec lui une parfaite & entiere conformité.

On n'a beſoin que des lumieres du bon ſens, pour ſavoir que la réforme de St. Hubert y ayant été établie ſur le modele, *ad inſtar* de celle du Mont-Caſſin ; cela veut dire qu'elle doit lui reſſembler, & qu'elle ne lui reſſemble pas, ſon gouvernement & ſon régime étant tout différents, comme nous le ferons voir tout-à-l'heure.

En vain on entreroit dans de faſtidieuſes diſſertations pour prouver que la copie ne doit pas reſſembler à ſon original, & qu'*ad inſtar* ne ſignifie point *identité*, mais de ſimples rapports de reſſemblance. En vain on employeroit tous les ſophiſmes & les ſubtilités de l'école, on ne perſuadera jamais qu'une réforme mutilée reſſemble à celle qui ne l'eſt pas, & qu'un corps ſans bras eſt ſemblable à celui qui en a deux. La réforme propoſée à St. Hubert par l'abbé Fanſon, étoit, telles que fuſſent ſes reſtrictions mentales, celle du Mont-Caſſin, dans laquelle ceux qui l'embraſſoient entendirent perſévérer ; & ſur le pied qu'elle avoit été annoncée & accordée par les papes & par l'évêque & prince de Liege, en ſa qualité de ſupérieur eccléſiaſtique. Ce terme comprend, ſuivant la définition la moins équivoque, les ſtatuts, le régime, les loix, le gouvernement, l'inſtitut du Mont-Caſſin : donc c'étoit aux loix de régime du Mont-Caſſin que les réformés entendoient ſe ſoumettre.

Quoique l'abbaye de St. Hubert ne ſoit pas en congrégation, parce qu'elle n'auroit pû s'y mettre ſans le conſentement de ſon ſupérieur & de ſon évêque, elle n'eſt pas moins cenſée avoir embraſſé la réforme du Mont-Caſſin en ſon entier & d'une façon indiviſe, & ſurtout pour les points eſſentiels. Sa communauté repréſente le chapitre général de celles qui ſont en congrégation ; & l'on voit par tous les réglements des nonces & des évêques que l'intention a toujours été de lui conſerver l'autorité qui lui appartient eſſentiellement dans le gouvernement tant ſpirituel que temporel du monaſtere, ſelon l'eſprit de la regle, de la réforme même, qui veulent que l'abbé, loin d'être un deſpote, ne ſoit que *primus inter pares*.

L'abbé Fanſon ayant rayé de ſes nouvelles conſtitutions le point capital, le point eſſentiel, qui avoit donné lieu à la réforme, les chargea d'obſervances minutieuſes, comme on peut s'en convaincre par la lecture de ces mêmes conſtitutions. Il employa différents prétextes pour fe conferver la perpétuité de fa dignité, alléguant que le temporel des monafteres fouffre toujours du changement de ceux qui l'adminiftrent; qu'outre les connoiffances d'une bonne économie, il faut encore connoître le local, les archives, les différents biens, les poffeffions, les moyens de les entretenir, & de les faire valoir; ce qui demande toujours une longue expérience; mais ces mêmes raifons, que l'on a fait valoir dans les congrégations du Mont-Caffin & de Saint Vannes, pour la continuation des officiers des maifons, font fuivies de la claufe expreffe : *qu'il ne fera point tenu à la vacance, qu'autant qu'il fera trouvé, par la communauté, bon économe & fidele à fes devoirs.* Si cette claufe eût été inférée dans les nouvelles conftitutions contre les abbés, comme une condition *fine quâ non*, la maifon de St. Hubert n'eut pas effuyé tous les revers & les troubles dont elle a été agitée depuis plus d'un fiecle, & feroit aujourd'hui plus opulente de plufieurs millions.

Mais on y négligea les points effentiels, parce qu'ils étoient contraires aux vues ambitieufes de l'abbé, qui ne les chargea que d'obfervances qui étant à fa difpofition abfolue, le mettoient dans fon monaftere en état d'en furcharger les uns & d'en difpenfer les autres, felon fes vues & fes caprices.

Les obfervances tant vantées par les auteurs du gouvernement defpotique, dans les maifons Bénédictines font abfolument étrangeres à la régle de St. Benoît, & aux titres primitifs de toutes les congrégations. En parcourant les deux immenfes volumes qui comprennent le bullaire du Mont-Caffin, on verra qu'il n'eft queftion dans tous ces monuments que de gouvernement, d'adminiftration, de chapîtres généraux & de régime, mais nullement des obfervances. Il n'y eft fait mention que des pratiques conformes à la regle & à l'ancienne difcipline de faint Benoît : *vitam falutaribus agant*, dit Gregoire XV, *fancti Benedicti inftitutis conformem*.

Les religieux de faint Hubert qui reclament contre les entreprifes de leur abbé, & qui demandent depuis fi long-temps l'aboliffement des abus dans leur maifon, n'ont jamais prétendu s'oppofer à tout ce qu'on jugeroit à propos d'ordonner, fur les obfervances; pourvû que les loix de la réforme fuffent retablies, ou qu'on en fît, qui felon l'efprit des réformateurs miffent obftacle, à l'objet principal, qui a donné naiffance à tous les defordres, tant dans les autres congrégations Benedictines que dans leur monaftere; la trop grande autorité des abbés.

Saint Bernard diftingue les obfervances fubftantielles qu'il nomme les inftituts fpirituels de faint Benoît, *inftituta Sti. Be-nedicti fpiritualia*, & celles qui ne font qu'acceffoires qu'il ap-pelle les obfervances corporelles, *obfervantias corporales* (1).

Il établit que ce qu'il y a de fpirituel dans la regle de faint Benoît étant moins de l'inftitution de cette regle que d'inftitution divine, n'eft point fujet aux variations, *penitus non funt mutanda fpiri-titualia* (2); & qu'il n'eft pas au pouvoir même de l'abbé ou des fu-périeurs d'y faire aucun changement : *Quidquid de fpiritualibus in regula traditum eft, in manu abbatis nequaquam relinquitur* (3). Il compte parmi ces inftituts fpirituels, la charité, la douceur, l'hu-milité; & les écrivains qui depuis lui ont traité de la vie religieufe, ont compté plus en détail, parmi les devoirs fpirituels, l'amour de la priere, de la retraite, du travail & du filence, l'efprit de mortifi-cation, de ftabilité, de fubordination, de défappropriation, la pra-tique de toutes les vertus chrétiennes & religieufes, le defir de la perfection, l'obfervation des confeils de l'évangile, & tels font en effet les devoirs de tout Benedictin : fupérieurs, inférieurs, jeunes & vieux, fains & malades, tous partagent ces obligations, & doivent indifpenfablement les remplir, chacun fuivant fes forces. Devoirs fa-crés, objets des faints engagements qui ne font plus fous la main des hommes, ces obligations ne peuvent ni varier ni ceffer, elles font dans l'ordre de la religion ; elles appartiennent aux loix & à l'efprit de l'églife, & ce font les loix & l'efprit de faint Benoît lui-même.

Saint Bernard enfeigne encore que les obfervances corporelles, doivent être regardées par ceux qui y font affujettis, comme autant de préceptes, *profitentibus in præcepta prævaricantibus in crimina fiant*, mais comme des preceptes fujets à difpenfe, *ita ut ex eis minime præjudicetur neceffariis rationalibufque difpenfa-tionibus* (3).

Ce paffage a été corrompu à deffein, car on fait qu'un bon re-ligieux obferve avec une égale fidelité, tout ce qui eft ordonné par la regle; mais on fait auffi qu'un bon fupérieur ne doit ni donner pour obligatoires les points de la regle qui n'obligent point, ni con-fondre l'acceffoire avec le fubftantiel.

Le faint docteur prouve enfin, que les obfervances corporelles ayant été établies par des hommes, peuvent être légitimement chan-

(1) *Difcurfu de regularibus, cap.* 1.
(2) Ibid. cap. 1.
(3) *Liber de praecept. & difpenf.* cap. 1.

gées par d'autres hommes; & il en donne pour raison que ce qui a
été établi pour l'interêt de la charité, peut être aboli par les mêmes vues: *nonne juſtiſſimum eſſe liquet ut, quæ pro charitate inventa*
fuerunt, pro charitate quoque, ubi expedire videbitur, vel omittantur,
vel intermittantur, vel in aliud fortè commodius demutentur? ſicut è
regione iniquum procul dubio foret, ſi ſtatuta pro ſola charitate, con-
tra charitatem tenerentur (1).

Telle eſt la doctrine de ſaint Bernard ſur les obſervances corporelles qui dependent de l'autorité humaine, qui peuvent être
differentes, ſans mettre pour cela de la différence dans la vertu,
& les regles qui ont une liaiſon eſſentielle avec la morale chrétienne & qui ne peuvent être affoiblies ni par la coutume, ni par
l'exemple, ni par l'autorité.

Mais quoique les obſervances ne ſoient pas auſſi eſſentielles à
la regle de ſaint Benoît que Dom Fanſon l'a voulu perſuader,
pour s'en ſervir à ſes deſſeins, & qu'on ſoit perſuadé qu'un capu-
cin chauſſé & ſans barbe n'en ſeroit pas moins enfant de ſaint
François, on eſt bien éloigné de vouloir diminuer le mérite & le
prix des pratiques regulieres en général, ou même de ces obſervances en particulier. A Dieu ne plaiſe qu'on autoriſe jamais aucun religieux à ſe ſouſtraire de propos délibéré à la diſcipline réguliere qui eſt établie dans le corps dont il fait partie, ou à changer des pratiques que ſaint Bernard aſſure n'être point abandon-
nées à la diſpoſition des hommes: *non cuilibet hominum illa mu-*
tare fas ſit niſi ſolis. . . . . præpoſitis; nec omnino cuivis
ſubjectorum ea aliquo modo variare vel mutare conceditur (2). C'eſt
le ſeul abus qu'on en fait, pour ſatisfaire des vues humaines, qui
leur fait perdre de leur mérite; car on eſt perſuadé que l'unifor-
mité inſéparable de toute communauté religieuſe, le bon ordre,
l'intérêt de la religion, l'édification du prochain, la police & la
diſcipline du cloître, le zele que doit avoir pour la plus grande
perfection tout homme qui s'eſt conſacré particulierement à Dieu
doivent lui rendre cheres les obſervances qui ſont établies dans la
maiſon où il eſt attaché. Ces obſervances ſont des inſtruments de
vertu, *non virtutes, ſed inſtrumenta virtutum*, dit Caſſien; ce ſont
des moyens de ſanctification & de ſalut. Leur pratique, eſt donc
un devoir pour tout religieux, qui conſéquemment ne doit pas,
ſans

(1) S. Bern. *Lib. de Princep. & Diſp.* cap. 2.
(2) Ibid. Cap. 2.

fans caufe, & des permiffions légitimes fe difpenfer des ufages re-
çus dans fon ordre, tant qu'ils y font en vigueur, mais fe conformer aux changements & aux modifications que les fupérieurs y
établiroient *légitimement*, parce qu'ils en ont le droit, dit faint Bernard, *quia tamen ab hominibus tradita funt, etiam per homines loco
& officio illis canonica electione fuccedentes, licité innoxièque pro
caufis, perfonis, locis & temporibus difpenfentur* (1).

Nous fommes entrés dans ce détail des obfervances, parce que
bien des gens les prennent pour l'effence de la regle, & que c'eft par
elles que Dom l'ANSON a cherché à tuer l'efprit du faint inftituteur
dans fes nouvelles conftitutions.

Il réfulte de ce qu'on vient de dire trois vérités également certaines : la premiere que tout religieux doit fe faire un devoir de pratiquer avec fidélité toutes les obfervances établies dans fa communauté, & regarder comme autant de prévarications criminelles les
négligences dont il feroit coupable dans l'obfervation de la difcipline
réguliere. Ces difpofitions falutaires & religieufes ne conviennent
pas moins aux fupérieurs qu'aux inférieurs.

La feconde eft que les fupérieurs même n'ont pas droit de changer les obfervances effentielles, d'y admettre des mitigations, ni d'en
difpenfer en aucun cas, parce qu'elles font inviolables, indifpenfa-
bles & facrées.

La troifieme eft que les mêmes fupérieurs peuvent *légitimement*
modifier, changer, interrompre & abroger les obfervances qui font
d'inftitution humaine, qui font variables & indifférentes par elles-
mêmes, & qui ne font pas effentielles à la piété, à la vertu & à la
morale chrétienne.

Mais une quatrieme verité non moins évidente & non moins
confequente que les trois autres eft, qu'on ne peut pas plus regarder comme effentiel es à la communauté de fa nt Hubert des pratiques étrangeres à fes titres conftitutifs, à fa regle primitive, aux ufages anciens de l'ordre de faint Benoît, & aux engagements facrés
qu'on y prend (1), que lui fuppofer pour loix effentielles de régime,
des conftitutions mutilées, qui détruifent la fubftance & l'efprit des
loix de la réforme ; c'eft-à-dire qui ne peuvent ôter le mal, parce
qu'elles en laiffent fubfifter la caufe, la trop grande autorité des
abbés.

(1) S. Bern. lib. de præ ap. & difp cap 25.
(2) La formule de profeffion dictée par faint Benoît lui même eft. *Ego N. promitto fta-
bilitatem, converfionem morum meorum & obedientiam fecundum regulam fancti Patris Benedicti, coram Deo & Sanctis ejus.*

Dans les conftitutions du Mont-Caffin & de faint Vannes les fupérieurs locaux, abbés ou prieurs ne le font que pour trois ans, & outre leur confeil né qui eft le corps des fénieurs qu'ils doivent confulter fur toutes les affaires fpirituelles & temporelles, ils font ob'igés, dans une infinité de cas, de prendre l'avis de la communauté, & de décider les matieres foumifes à leur délibération à la pluralité des fuffrages (1).

Dans celle de faint Hubert, l'abbé, de fon autorité privée, fait bâtir & abbatre les édifices déja conftruits. Seul il intente & pourfuit les procès; les plus anciens ne font à fes yeux que des efpeces d'automates qui ne peuvent rien entendre aux affaires; il faut avoir vu le monde & connoître le droit, pour avoir cette intelligence. L'abbé actuel a connu l'un & croit poffeder l'autre, & nous difons qu'il le croit & qu'il eft peut-être le feul qui penfe ainfi, après un fi grand nombre de travers. Il conftitue & deftitue, à fon gré, les fupérieurs & officiers de l'abbaye & les adminiftrateurs des prieurés; enfin il peut tout ce que le defpote le plus abfolu peut fur ceux qui font foumis à fon autorité, fi on en excepte ces traits de barbarie qui tranchent les jours des fujets à la premiere volonté; la fienne, à cet égard, ne peut s'accomplir que par l'amertume qu'il répand fur la vie de ceux qui ont le malheur de lui déplaire.

S'il eft dit dans les conftitutions de Dom Fanfon, qu'il confultera la communauté fur les affaires importantes, ce font des expreffions prouvées illufoires par l'ufage, des expreffions du defpotifme honteux de lui-même qui effaye de dérober la vue de fes excès. C'eft le loup qui s'affuble de la peau de l'agneau pour en furprendre d'autres; c'eft l'ambition, la vanité qui voudroient paffer pour les vertus qui leur font oppofées.

D'ailleurs ces conftitutions qui femblent vouloir lui faire partager avec la communauté l'autorité de décider des affaires importantes, la lui rendent bientôt toute entiere, en ajoutant que perfonne ne doit difputer avec fon fupérieur, ni foutenir fon avis avec entêtement; qu'on doit fe contenter d'expofer avec humilité & modeftie ce qu'on penfe, fans quoi le religieux qui l'aura fait, fera féverement puni. Or quel eft celui qui, après une femblable menace, ofera s'expofer à une punition toujours laiffée à la volonté arbitraire de l'abbé? On n'a vu que trop fouvent des religieux refpectables effuyer les traitements les plus durs & les plus ignominieux pour avoir ofé repréfenter la vérité à leur abbé, ou

(1) Conft. Monte-Caf. decl. cap. 3, 36, n. 1, cap. 58, n. 1, 9.

pour n'avoir pas approuvé des deſſeins ſouvent contraires aux intérêts de la maiſon. Il n'eſt pas néceſſaire de commenter cet article pour faire comprendre au lecteur que, quoique puiſé dans
la regle, il rend toutes les repréſentations que pourroient faire les
religieux vaines & illuſoires, ou pour mieux dire que la crainte
les engage à tenir la vérité captive; & que tels que ſoient les caprices d'un abbé perpétuel, aucun ſujet de ſa communauté ne s'expoſera à lui repréſenter ſes torts.

Telle eſt néanmoins la ſeule part qu'on permet aux religieux de
St. Hubert, de prendre aux intérêts de leur maiſon ; objet ſur lequel
la conſcience leur preſcrit des loix, & ſur lequel l'obéiſſance leur im-
poſe ſilence.

Il en eſt tout autrement dans les congrégations du Mont-Caſſin &
de St. Vannes, où la ſupériorité eſt amovible, & où l'autorité eſt
partagée entre le ſupérieur & la communauté.

Le ſupérieur du Mont-Caſſin n'eſt pas un chef auquel les religieux ſont obligés d'obéir comme à un maître, mais un chef qu'ils
doivent honorer comme un pere. *Tanquam patri congregationis,*
deferatur ab omnibus, exhibeatur omnis reverentia (1).

Ce chef ne donne aucun ordre; il exécute ceux du chapitre général, *ad eum pertinet exequi ordinata per capitulum.* Enfin tous ceux
qui ont quelque part à l'autorité n'agiſſent qu'en vertu des mêmes
ordres qui émanent de la même ſource : *Ex exequi poſſint ſuper qui-*
bus fuerint capituli authoritate muniti (2).

Les déſordres qu'avoit occaſionnés la trop grande autorité des
abbés demandoient cette précaution, & ce fut pour la même raiſon
que François I, dans les lettres-patentes qu'il accorda ſur la bulle
de Leon X, ordonne, que *pour obvier aux ambitions, qui par*
telles manieres peuvent ſe commettre, les abbés des cinq monaſteres
ſeront triennaux au plus.

Le commiſſaire délégué par le pape Alexandre VI, pour aider le
travail des réformés, leur en avoit déja impoſé l'obligation : „ De
„ peur, dit-il, que la réforme ne vienne à être troublée par
„ la perpétuité des abbés & autres ſupérieurs, & qu'ils ne ſe laiſſent
„ aller au deſir de commander, comme il eſt ſouvent arrivé ; nous
„ ordonnons qu'à l'avenir tous les abbés ſeront élus pour trois ans
„ ſeulement; en ſorte qu'ils ne puiſſent être continués au-delà de ce
„ terme „.

(1) *Conſt. Monte-Caſſ. Decl.* cap. 31.
(2) Ibid. N. 15.

Dans le principe des conſtitutions du Mont-Caſſin & de ſaint Vannes, le chapître général s'aſſembloit tous les ans, & étoit compoſé des ſupérieurs du régime, des ſupérieurs locaux, & des religieux conventuels députés par les communautés.

Les capitulans choiſiſſoient, par voye de ſcrutin, un préſident & des définiteurs, qui formoient un tribunal chargé de traiter & de diſcuter tout ce qui concerne la diſcipline, les obſervances regulieres, le temporel des monaſteres, & en général toutes les affaires de la congrégation.

Les ſupérieurs du régime ne pouvoient être élus définiteurs, parce qu'étant comptables de l'adminiſtration qui leur avoit été confiée par le chapître précédent, il répugnoit qu'ils fuſſent juges dans leur propre cauſe; & encore parce qu'il étoit à craindre que les dignités dont ils jouiſſoient & le crédit qu'elles leur avoient procuré au-dedans & au-dehors, ne gênaſſent la liberté du définitoire, & n'influaſſent dans ſes déliberations.

La perpetuité des définiteurs étoit regardée comme contraire au repos de la congrégation, *quieti congregationis maxime contraria*, ainſi que le porte expreſſément la bulle de Paul V donnée en 1607; & quiconque avoit été définiteur ne pouvoit l'être les deux chapitres ſuivants.

Le préſident de la congrégation ne pouvoit être continué plus de trois ans, aux termes de a bulle de Grégoire XV.

Les conſervateurs étoient chargés de ſuivre & de ſurveiller les délibérations du définitoire, de recevoir les procès-verbaux du chapitre précédent, ainſi que ceux des viſiteurs & des diettes; d'examiner les plaintes, les projets & les mémoires envoyés au chapitre, de faire ſur le tout les obſervations & les réquiſitions convenables, pour le maintien des regles & du bon ordre.

L'adminiſtration du temporel étoit confié à des officiers prudens & éclairés, qui étoient tenus d'en rendre compte tous les trois mois aux ſupérieurs & aux ſenieurs, mais qui ne pouvoient entreprendre ni terminer aucune affaire, ſans la déliberation des communautés capitulairement aſſemblées.

Cette légere eſquiſſe ſuffit pour donner une idée des principales loix des congrégations d'Italie & de Lorraine, qui devoient être admiſes à ſaint Hubert; & pour montrer, en rapprochant les idées de ce qu'on a lu juſqu'ici dans ce mémoire, combien les conſtitutions qu'on y ſuit leur ſont étrangeres, dans les unes, on voit l'autorité des ſupérieurs, ſources de tous les déſordres, fixée à un terme fort court, & bornée, quant à l'étendue, puiſqu'il ne leur étoit per-

mis d'entreprendre aucune affaire de quelque conféquence , fans
l'avis & le confentement de la communauté; dans les autres, on ne
voit qu'un pouvoir arbitraire, qu'un defpote qui ne fuit d'autre regle
que fa volonté. S'il eft fage, c'eft un hazard; s'il ne l'eft pas, c'eft le
plus grand des malheurs.

Le pape Martin V, qui confirma la réforme du Mont-Caffin par
une bulle du 15. mai. 1429, trouvant qu'il n'avoit pas fuffifamment
modéré le pouvoir des abbés par la premiere, autorife dans celle-ci
le chapître général à les punir, fuivant l'exigence des cas , & il leur
donne le droit de les interdire de leurs fonctions, & de les faire exercer par des prieurs.

Cette difpofition eft bien oppofée à l'étendue & à la perpétuité
de l'autorité dans la même perfonne, comme elle eft établie à faint
Hubert, où l'abbé loin de reconnoître l'autorité accordée par le pape
Martin V. à fa communauté, qui repréfente le chapître général des
maifons Benedictines, mifes en congregation; ne la confulte pas mé-
me, comme on l'a vu, fur les affaires les plus importantes & les plus
effentielles.

Cependant on ofe fe vanter d'y avoir embraffé la réforme du
Mont-Caffin & mettre au tître des conftitutions de Dom Fanson,
cum declarationibus & conftitutionibus Caffinenfibus, pro ut fervantur
in monafterio fancti Huberti in Ardenna, tandis que le vice qu'elle
a fupprimé par-tout ailleurs, y entretient les défordres & les plaintes
qui n'ont pas ceffé depuis fon établiffement. Semblables, en quelque
forte, aux novateurs qui fe donnent le nom de catholiques, quoiqu'ils ayent retranché de cette croyance les articles les plus effentiels, on fe fait un honneur, dont la caufe approfondie ne paroît
plus qu'un phantôme, ou plutôt un monftre.

Le défaut de fujets & la neceffité des temps ayant engagé le
pape Paul V. à accorder à la congrégation de faint Maur, qui avoit
embraffé la réforme du Mont-Caffin, la difpenfe de deux articles
des conftitutions de cette réforme & bien moins effentiels que la
perpétuité & l'étendue des pouvoirs de l'abbé de faint Hubert;
fçavoir de celui qui exigeoit un certain âge pour être élévé aux
fupériorités ou promu aux ordres facrés; & l'autre qui ordonnoit
que les nouveaux profés pafferoient cinq ans fous les maîtres des
novices; on en tireroit peut-être avantage en faveur de la perpétuité & de l'autorité illimitée de l'abbé de faint Hubert; mais
c'eft une preuve au contraire que cette réforme n'a pû être embraffée en partie par aucune communauté; comme nous l'avons
montré ci-devant fur le mot *ad inftar*; d'ailleurs la neceffité qui n'a

point de loi, pouvoit rendre néceffaire la difpofition du chapitre pour ces objets, & pour ne déroger en aucun point à cette réforme, on s'addreffe au pape qui en difpenfe & pour un temps fort court. Or l'abbé de faint Hubert à-t'il été difpenfé de fuivre le point le plus effentiel de la réforme, celui pour lequel elle avoit principalement été faite? S'il avoit demandé cette difpenfe, fa fupplique feroit la preuve de fon orgueil & de fa vanité; & s'il l'avoit fait demander par fa communauté, c'eût été, de fa part, le témoignage le plus authentique qu'elle pût donner, d'imbécillité & de démence. C'eft-à-dire que l'abbé fe feroit regardé comme le feul capable de régir fa communauté, fans aucun concours, ou que cette même communauté feroit convenue de fon infuffifance & de fon incapacité, & auroit frayé le chemin à fes fucceffeurs pour arriver à l'efclavage; ce qui eft bien moins préfumable dans l'un que dans l'autre. D'ailleurs, les oppofitions que rencontra l'abbé Fanfon de la part du plus grand nombre de fes religieux lorfqu'il propofa cette réforme, forment la preuve du contraire.

Le but principal de la réforme du Mont-Caffin à été d'empêcher que les fupérieurs ne fe perpétuaffent fous aucun prétexte. Or l'abbé de faint Hubert étant non-feulement perpétuel, mais defpotique, les conftitutions qu'on fuit, dans fon monaftere, fous le nom du Mont-Caffin, font donc abufives? On ne peut retrancher des conftitutions quelconques l'objet principal, l'objet effentiel, la caufe unique pour laquelle elles ont été faites, & prétendre qu'on les fuit. On ne peut appeller réforme ce qui, non-feulement ne réforme rien, mais qui donne au contraire une nouvelle force aux abus qu'on vouloit réformer. Si les fupérieurs majeurs ont toléré l'établiffement de ces conftitutions, c'eft qu'on a trompé leur religion; c'eft qu'on leur à caché avec foin dans le temps l'objet qui devoit être le premier réformé; c'eft qu'on a employé la rufe & les fubterfuges pour leur en impofer. Pour en voir la preuve, il ne s'agit que de lire les réglements qu'ils ont faits avec autant de foin qu'on les a négligés, pour borner l'autorité des abbés, en conformité de l'efprit & de la lettre des conftitutions du Mont-Caffin, qui furent le feul remede trouvé propre, pour empêcher le defpotifme des abbés, & par-là tous les defordres qui en étoient réfultés. Enfin les papes n'ont pû approuver les conftitutions de faint Hubert, fous le nom du Mont-Caffin, fur le pied que l'abbé Fanfon les y a établies, en confervant l'autorité, fans bornes, & la perpétuité des abbés, parce qu'ils fe feroient contredits, & parce qu'elles y font contraires, comme nous allons le faire voir, en rapprochant plufieurs articles des conftitutions de St. Vannes, qui font les mêmes que celles du Mont-Caffin, avec celles de l'abbé Fanson. On ne connoiffoit à Saint Hubert que la regle de Saint Benoît, & les ftatuts & réglemens faits par les évêques & princes de Liege, jufqu'au moment où l'abbé Nicolas Fanson penfa, comme on l'a vû, à y introduire la réforme du Mont-Caffin ou celle de faint Vannes, qui fut modelée fur elle. Nous avons dit que ces réformes ne furent établies que pour reftreindre la trop grande autorité des abbés, qui abufant de l'efprit de la regle, tournoient la lettre à l'avantage de leur ambition & de leur orgueil, &, pour, en évitant tous les excès d'un pouvoir arbitraire, rendre l'autorité conforme à la fin de fon établiffement; & l'obéiffance filiale agréable & utile: *certos igitur cuique poteftatis fines circumfcribendo*, dit l'auteur de la préface des conftitutions de faint Vannes (1), *fumma curâ provifum eft ut arbitrariæ poteftatis & procacis libertatis perindè vitarentur fcopuli, & fic inferiores filiale in præpofitos obfequium fervarent, præpofiti vero mitigato in fubditos imperio uterentur ; exindèque nafcerentur optata pax, cordium non diffolvenda conjunctio & felicitas verè parens animorum concordia.* Comme les difciples doivent obéir au maître, dit la regle (2), le maître ne doit leur ordonner que ce qui eft conforme à la juftice.

Un motif bien différent porta l'abbé Fanfon à introduire dans fon monaftere fa prétendue réforme. Dans celles du Mont-Caffin & de St. Vannes, le pouvoir des fupérieurs eft non-feulement borné, mais détruit par la triennalité; dans la fienne, c'eft la lettre & non l'efprit de la regle qu'il invoque, en levant tous les obftacles, que cet efprit, rapproché de celui du chriftianifme, oppofoit à fon ambition; mais en la rendant encore perpétuelle en fa perfonne & en celle de fes fucceffeurs. La preuve de cette vérité eft énoncée dans les ordonnances tant de fois répétées par les nonces, & dans celles des princes-évêques de Liege, qui, défabufés de l'erreur où les avoit induits le nom fpécieux de réforme, furent fans ceffe obligés de rappeller l'abbé à l'efprit de la regle, à la vue des excès qu'on leur expofa.

Abufer des chofes humaines, eft une très-grande faute; mais abufer des chofes faintes, eft un facrilege; & pourroit-on, fans outrager cruellement le faint inftituteur, prétendre qu'il n'a pas voulu conformer fa regle à l'efprit de Jefus-Chrift, lui qui a dit, avec tant

---

(1) Edition de Guillaume Defprez. Paris, 1769.
(2) *Sed ficut difcipulis convenit obedire magiftro : ita & ipfum providè & jufte condecet jufta difponere. Regula cap.* III, *de adb. ad Confil. fratr.*

d'onction, que la conduite de l'abbé doit être conforme à celle du divin Législateur ? *Ideoque abbas nihil extra præceptum Domini debet aut docere, aut constituere vel jubere : sed jussio ejus vel doctrina, fermentum divinæ justitiæ in discipulorum mentibus conspergatur. Memor sit semper abbas, quia doctrinæ suæ, vel discipulorum obedientiæ, utrarumque rerum in tremendo judicio Dei, facienda erit discursio* (1).

En lisant le chapitre second de la regle, qui traite des qualités essentielles de l'abbé, on y voit que plus grande est sa dignité, plus elle exige de soins & de sollicitudes de sa part; que rien n'est plus difficile & plus dangereux que la conduite des ames, & de savoir se prêter aux caractères différents des hommes; de flatter les uns, d'exciter ou de persuader les autres, & d'agir avec un chacun selon ses qualités & son intelligence, s'y prêtant de façon à pouvoir être utile à tous (2). On voit dans le troisieme chapitre de la même regle, que tous, sans exception, doivent suivre en toutes occasions la regle principale, & ne jamais s'en écarter; qu'*aucun*, dans un monastere, ne doit suivre sa propre volonté; qu'en toutes affaires qui concernent la communauté, l'abbé doit prendre le conseil de ses freres, parce que souvent Dieu révele au plus jeune le meilleur parti à prendre (3), *quia sæpe juniori Dominus revelat quod melius est;* que dans celles qui ne sont pas de grande importance, il doit toujours consulter les senieurs pour suivre ce qui est écrit : Faites tout avec conseil pour éviter le repentir : *Omnia fac cum consilio, & post factum non pœnitebis* (4).

Dans les constitutions de Dom Fanson sur le troisieme chapitre, qui enjoint à l'abbé de prendre le conseil de ses freres, les seuls cas où il est requis sont fixés à la réception des religieux, à la profession, aux baux à long terme, excédant celui de neuf années, à l'aliénation des immeubles & des fiefs défendue par les canons; „ & „ pour que l'abbé & sa communauté, *ajoutent ces mêmes constitutions,* ne présume pas d'aliéner jamais aucun de ces biens, „ toutes les fois qu'il sera jugé nécessaire de faire quelqu'aliéna- „ tion, l'abbé devra prendre d'abord le conseil des senieurs, pour „ résoudre s'il est utile ou non de la faire; ensuite assembler le cha- „ pitre, où la question examinée de plus près, & les voix secrete- ment

(1) *Regula S Benedicti, cap* 11. *Qualis debet esse abbas.*
(2) *Et secundum uniuscujusque qualitatem vel intelligentiam, ita se omnibus conformet & aptet. Reg. cap.* 11.
(3) Ibid. cap. 111.
(4) Eccl. cap. 32.

„ ment recueillies ou par voie de fcrutin, fi l'objet propofé eft jugé
„ utile au monaftere; alors on devra demander la permiffion du St.
„ Siege, en déclarant qu'il en a été traité devant la communauté.
Mais cette démarche n'eft requife, aux termes des mêmes conftitutions, que pour les biens excédants la fomme de deux cents ducats de principal; ordonnant que le prix de ces fortes d'aliénations
foit inceffamment appliqué en autres fonds au profit du monaftere.

A la premiere vue, cette difpofition paroît fage & prudente; mais
fi l'on réfléchit que les fenieurs (1) font toujours des religieux en
charge & nommés par l'abbé, qui les y maintient ou qui les déplace
à fa volonté, on ne fera pas furpris de les voir conftamment épou-
fer fes deffeins, & fuivre fes vues les moins fages & les moins
prudentes, comme on le verra par l'article fuivant des mêmes
conftitutions.

Sur les mots du même chapitre, qui enjoignent à l'abbé de
convoquer toute la communauté, (2) il doit, avant tout, exhorter
fes freres à donner leur avis avec humilité. Mais deja fûr de celui de fes créatures, doit il craindre qu'un fimple religieux s'op-
pofe à fes deffeins? N'eft-ce pas leur dire foufcrivez aveuglément
à tout ce que je vais vous propofer? Il n'eft pas douteux, que
foutenir fon opinion avec opiniatreté, ce feroit fortir de l'efprit
de la regle; mais on conviendra qu'il y a des cas où l'on peut
être d'une opinion contraire à celle de l'abbé, & la regle l'a prévû,
quia fæpe juniori Dominus revelat quod melius eft; néanmoins s'oppofer par les vues les plus légitimes à celles de fes fupérieurs,
c'eft paroître fortir de l'humilité recommandée par les conftitutions de Dom FANSON, & c'eft immanquablement encourir la difgrace de M. l'abbé.

Si, fuivant cette maxime qu'il y a plus d'efprit dans deux têtes
que dans une, la pluralité des voix étoit requife, comme dans les
conftitutions de faint Vannes, (3) il eft vraifemblable que la liberté des fuffrages feroit avantageufe au bien du monaftere, & plus
conforme à l'efprit de la regle, qui n'ordonne pas la convocation
du chapitre en vain, pour être fpectateur bénévole des volontés

(1) *Declaramus feniores effe priorem, fuppriorem, magiftrum novitiorum, decanos &
cellerarium, cum quibus etiam folis prælatus minora negotia monaftrii occurrentia, tam
in fpiritualibus, quam temporalibus libere poffit expedire.* Cap. 3, p. 16.
(2) *Hortamur quod antiquam abbas exponat caufa dequa agendum eft exbortetur fratres
futcum humilitate dent confilium.* Ibid. p. 15.
(3) Sectio 3, cap. 1, p. 255.

Q

de l'abbé, & pour y foufcrire aveuglément. Cependant, c'eft ce qu'on peut induire de l'efprit & de la lettre des conftitutions actuelles de faint Hubert, qui ne parlent point de fuffrages, parce qu'il n'entra jamais dans l'efprit du réformateur de les admettre, mais de fe conferver l'autorité tout entiere.

Pouvant d'ailleurs traiter privativement de toutes les affaires qui n'excedent pas la fomme de deux cents florins, par la répétition de ces mêmes affaires, le bien du monaftere peut notablement en fouffrir, & l'expérience n'a que trop fouvent montré les abus qui en font réfultés.

Dans les conftitutions de faint Vannes, qui font les mêmes que celles du Mont-Caffin & dont l'abbé Nicolas FANSON a abufé pour faire admettre les fiennes, la réception des religieux, les préfentations & collations des bénéfices & offices, tant eccléfiaftiques que civils, toutes les procurations, commiffions pour la conduite des affaires, les baux à long terme, c'eft-à-dire qui excedent celui de trois années & la fomme de cent livres tournois, tous les autres excedants celle de trois cents livres ne devant être faits que pour un an; tous ces objets font de la compétence de la communauté. Toutes autres affaires de moindre terme & de plus foible fomme peuvent être faites par le cellerier du confentement du fupérieur, ainfi que les ventes & adjudications annuelles des fruits. (1).

Tout ce qui concerne les aliénations de quelque genre qu'elles foient, toutes conftitutions hypotécaires, la coupe des grands bois & des arbres plantés pour l'ornement & la décoration, tous biens-fonds, foit fiefs ou amphitéotiques, doivent fe décider à la pluralité des voix. Et la raifon qu'en apportent ces conftitutions, c'eft que la communauté feule a l'être civil, & que c'eft à elle qu'appartient privativement le temporel (2).

_____

(1) *Prefentationes & collationes beneficiorum & officiorum tam ecclefiafticorum quam laicorum fi quæ ad dictum conventum, five capitulum pertineant : item procuratoria, commiffiones pro gerendis negotiis quæ nomine conventus erant expediendæ: locationes etiam ad longum tempus, puta quæ extenduntur ultra tres annos, fi fummam centum librarum turonenfium excedunt ; ac etiam aliæ quæ fummam trecentarum librarum turonenfium excedunt etiamfi fiant ad unum annum. Reliquæ infrà dictas fummas, ac prædictum tempus fieri poterunt à cellerario, &c. Immobilia monafterii bona v l pretiofa mobilia vendere, permutare, hypothecare, impignorare feu quovis alio titulo alienare . . . . . magnarum arborum filvas & arbores ad ornatum confitas vel quæ loco metarum funt excidere; bona amphitheutica, feu feudalia . . . . . . hæc omnia ad congregatum monafterii capitulum pertinent & ab eo ad pluralitatem fuffragiorum debent definiri.* Cenft. SS. Vitoni & Hyd. Sect. 3, cap. 1, p. 254, 255.

(2) Ibid. cap. 1, fect. 3, p. 253.

On voit combien ces difpofitions font plus conformes que celles de Dom Fanfon aux termes de la regle : *Convocet abbas omnem congregationem*, & que fi les unes confervent l'être civil à la communauté, les autres le donnent entierement à l'abbé qui en jouit d'autant plus amplement que fa perpétuité le lui garantit.

Dans les chofes de moindre importance & utiles au monaftere, la regle veut que l'abbé ne prenne confeil que des fenieurs, qui dans les congrégations du Mont-Caffin & de faint Vannes, font à la nomination de la communauté qu'ils repréfentent pour l'exécution des affaires de moindre importance, & par les termes employés : *fi quæ vero minora agenda funt in monafterii utilitatibus feniorum tantum utatur confilio*; il eft évident que le faint inftituteur n'a pas prétendu abandonner uniquement à l'abbé la conduite du monaftere, & la raifon qu'il en apporte eft fondée fur la fragilité humaine, *omnia fac cum confilio*, dit-il, *& poft factum non pænitebit*: le mot *omnia* ne fouffre aucune exception, & c'étoit le feul moyen de faire pratiquer à l'abbé la vertu de défapropriation, à laquelle il eft foumis comme le dernier de fes religieux. Mais à faint Hubert, les fenieurs étant à la nomination de l'abbé, & dans fa dépendance abfolue, ils doivent fe prêter à fes defirs, entrer dans fes vues, & les exemples de ceux qui ont encourru fa difgrace pour ne l'avoir pas fait, & que la tradition leur remet fans ceffe devant les yeux, les tiennent dans la fervitude, & les obligent fouvent à tenir la vérité captive.

Depuis le chapitre VI. de la regle, jufqu'au vingt-unieme, il n'eft traité que de la maniere de chanter & de réciter l'office divin; & les conftitutions actuelles de faint Hubert n'ajoutent que peu de chofe à l'excellence de la regle à ce fujet.

Le vingt & unieme chapitre veut qu'il foit élu des doyens, fi la congrégation eft nombreufe, pour partager avec l'abbé les foins du gouvernement fpirituel, & qu'ils foient choifis, non felon l'ordre de leur ancienneté, mais felon le mérite de leur vie & leur capacité. Toujours en garde contre l'orgueil, le faint inftituteur veut que fi quelqu'un d'entr'eux s'y laiffe, par hazard, emporter, on l'en réprime jufqu'à trois fois; & que s'il perfifte à ne s'en pas corriger, on doit le dépofer, & en mettre un autre à fa place (1).

Les conftitutions actuelles de faint Hubert ne partagent point le

---

(1) *Quod fi quis ex eis aliqua forte inflatus fuperbia : repertus fuerit reprehenfibilis, correptus femel, & iterum & tertio, fi emendare noluerit dejiciatur ; & alter in loco ejus , qui dignus eft fubrogetur.* Reg. cap. xxj.

Q ij

foin de maintenir la difcipline réguliere dans le monaftere, entre l'abbé & les doyens; elles le laiffent abfolument à ces derniers & au prieur, qui font tous à fon choix. La punition des fautes graves eft feulement réfervée au prélat; & le prieur ne peut accorder aucune permiffion que lorfqu'il lui plaît de lui départir une parcelle de fa puiffance. Leur foin principal eft de faire ponctuellement exécuter les ordres de l'abbé. Il ne s'agit point ici de l'obfervance de la regle, il eft dit, en propres termes, qu'ils doivent veiller, *quod ceremoniæ & ordinata per prælatum obferventur*; & dans le cas qu'ils ne rempliffent pas ces fonctions au gré du chef, il eft dit d'une façon affez ambigue, qu'on doit les remplacer par d'autres : *Alii in eorum loco fufficiantur*; c'eft-à-dire par l'abbé, qui difpofe feul de tous les emplois de la maifon, & fans confulter ni fenieurs, ni chapitre. (1) Plus conformes à la regle, les conftitutions de faint Vannes partagent le foin des affaires fpirituelles & temporelles entre le fupérieur & les Doyens, (2) qui font également à la nomination de la communauté.

Les chapitres fuivants de la regle jufqu'au trente & unieme, ne contiennent que des pratiques monaftiques fur lefquelles les conftitutions de Dom FANCON ne font point en deffaut fur les châtiments à infliger à ceux qui y manquent. Jeûner au pain & à l'eau, manger à terre au milieu du refectoire, la prifon & autres punitions arbitraires font les fleurs que l'abbé fe charge de diftribuer à fes freres aux moindres apparences de delit. La regle veut que le maître des novices ne foit ni trop dur ni trop auftere dans fes exhortations & fes corrections : *caveatque ne in fuis correctionibus & admonitionibus fit nimis tepidus vel aufterus ,* & les conftitutions de Dom Fanfon ne refpirent que ce qui peut infpirer la crainte & la frayeur. Bien différent de ces fupérieurs, qui, fuivant les conftitutions de faint Vannes, (3) doivent avoir un foin particulier de précéder dans

---

(1) *Diligentem infuper curam habeant, quod ceremoniæ monafterii & ordinata per prælatum obferventur : invigilent ut divinum officium devotè dicatur , ftudeant communibus fratrum exercitiis & capitulo culparum intereffe. . . . . Et fi qui ad fuum munus per agendum impotentes , ob aliquam infirmitatem , fint , nullum habeant regimen , fed alii in eorum loco fufficiantur. In capit. xxj , reg. p. 42 , 43.*

(2) *Subpriores & decani , funt ex iis quibufcum prælati negotia monafteriorum poterunt expedire juxta regulam . . . . & in quibus eorum officium defiderari judicabitur arbitrio generalis capituli , aut dietæ; & eligantur qui moribus & litteratura fint fufficienter præditi. Conft. SS. Vit. & Hydul. Sectio 2, cap. 2, p. 224. 225.*

(3) *Sicut cuncti in monafterio ei debent obedire juxta regulam & conftitutiones ; ita tenetur juxta regulam & conftitutiones omnia difponere. Conft. SS. Vit. & Hyd. Sect. 2, cap. 1, p. 221.*

tous les devoirs, plutôt que de préfider; de fe faire gloire d'être plus aimés que redoutés; & que comme, felon la regle, tous lui doivent obéir, il doit en conformité, & fuivant les conftitutions regier fa conduite.

Le cellerier fera choifi dans la communauté, fuivant le chapitre 31 de la regle; & les conftitutions de Dom FANSON en accorde le choix à l'abbé, de l'avis, dit-il, des fénieurs, mais qu'on ne confulte jamais, & qui d'ailleurs ne pourroient qu'approuver le choix de l'abbé, pour les raifons qu'on a déja dites (1). Celles du Mont-Caffin & de St. Vannes difent qu'il fera choifi par le fupérieur, mais de l'avis des fénieurs qui repréfentent la communauté, toutes les fois qu'elle n'eft point affemblée capitulairement. Dans tous les cas dépendants de la geftion, il doit prendre les ordres du fupérieur & le confeil des fe-nieurs (2). On a vu ailleurs quelles font les affaires où l'abbé n'eft pas tenu à confulter la communauté; mais dans les unes comme dans les autres, fa volonté prévaut toujours, par les raifons que nous avons al-léguées ci-devant, & qui rendent cette démarche de l'abbé, quand il s'y prêteroit, vaine & dérifoire.

Dans le même chapitre trente un, fi le cellerier contracte des det-tes au compte de la communauté, il doit être puni par la dépofition & privation de fon office (3); mais il n'eft pas dit un mot des excès que peuvent commettre, & qu'ont fouvent commis les abbés à cet égard; & la reticence que l'auteur de ces conftitutions a gardée fur la fupériorité des princes-évêques de Liege, montre bien que tels que fuffent les excès des abbés, il prétendoit n'accorder à fa commu-nauté que des yeux pour pleurer fon malheur. Dans ces conftitu-tions, le cellerier n'eft comptable de fa geftion qu'à l'abbé : car les fénieurs n'y font employés que comme un jeu de mots, pour en im-pofer au public : la dépendance abfolue dans laquelle ils font de l'abbé ne leur donne que la liberté d'approuver fes deffeins : au lieu que dans les conftitutions du Mont-Caffin & de faint Van-nes, il eft comptable au fupérieur & aux fénieurs qui dépendent

---

(1) *A prælato, de confilio feniorum eligatur. Conft. S. Huberti*, cap. 21, *fuper reg.* p. 60.

(2) *Sub moderamine fuperioris res temporales monafterii ita adminiftrabit, ut nihil alicu-jus momenti fine ejus licentia necnon feniorum confilio moliatur. Conft. S. Vit. Sect.* 2, cap. iv. p. 238.

(3) *Caveat autem ne infcio prælato arbores incidi faciat. Nec monafterium debitis ag-gravet fua incuria, graviter fi fecus fuerit, etiam per depofitionem puniendus. Conft. S. Huberti*, cap. 31, p. 61.

de la communauté, & tous les ans au chapitre général (1).

Rien n'eft plus exacte que l'ordre qui doit être obfervé par le cellerier, fuivant ces dernieres conftitutions; c'eft le plan le mieux entendu, le thême le mieux compofé & le plus aifé à fuivre; mais toutes ces difpofitions deviendroient fouvent inutiles, fi la comptabilité du cellerier n'étoit du reffort de la communauté, & fi la permanence ou l'amovibilité des fenieurs étoient à la difpofition abfolue du prélat.

Le chapitre trente-deuxieme concerne la garde des effets du monaftere, & l'auteur n'a pas oublié la punition pour la moindre négligence à cet égard.

Le trente troifieme, traite de la défapropriation, " & l'intention
,, de la regle, difent les conftitutions de faint Hubert, eft d'ôter
,, aux religieux toute efpece de propriété. Lorfque les fupérieurs,
,, ajoutent elles, s'apperçoivent que leurs religieux témoignent
,, trop d'affection pour quelque chofe, enforte qu'ils ne l'aban-
,, donneroient pas fans peine, on doit abfolument les en priver,
,, parce que toute permiffion à cet égard reffembleroit très-fort
,, à la propriété.

Le religieux fait fans doute que le vœu folemnel de pauvreté qu'il a fait ne lui permet aucune propriété; mais il n'ignore pas non plus que fon abbé a fait le même vœu que lui; & lorfqu'il entend dire à chaque inftant mes biens, mes bois, mes domeftiques, mes chevaux, mes caroffes, &c. il a peine à fe perfuader que celui qui fe fert de ces expreffions, n'ait pas renoncé à la fainteté de ce vœu, & que la vraie défapropriation foit fon partage. Il cherche les difpenfes qu'il auroit pû en obtenir; & n'en trouvant point, il conclud, malgré lui, qu'un tel fupérieur n'a pas l'efprit de fon état.

Pour éviter le vice de la propriété, comme parle la regle (2), les conftitutions de faint Vannes ordonnent aux fupérieurs de n'accorder l'ufage d'aucune chofe à vie, mais feulement autant qu'il leur plaira d'en laiffer la jouiffance (3). Mais comme les fu-

(1) *Singulo quoque trimeftri, idem (diurnum) præftabit coram fuperiore & fenioribus congregatis, qui illud pariter examinabunt & fubfignabunt. . . . Præterea fingulis annis, ineunte menfe aprili memoriale conficiet creditæ & debitæ pecuniæ, ad capitulum generale mittendum. Conft S. Vit.* Sect. 2, cap. iv, p. 240, 241.

(2) *Regula S. Benedicti*, cap. 33.

(3) *Quod ut vitetur, caveant patres, ne aliquid alicui concedant ad ufum pro vita, quia talis conceffio fit valdé proprietati fimilis; fed concedant ufque ad beneplacitum fuperioris Conft. S. Vitoni,* Sect. 2, cap. 26, p. 192.

périorités, fous ces constitutions, ne font que triennales, ces fortes de conceffions ne peuvent durer au de-là du terme de la
fupériorité.

Nous lafferions nos lecteurs, fi nous voulions entrer dans un
plus long détail de constitutions de Dom FANSON, où on ne
trouve que des obfervances, moins fages & moins utiles que
puériles, & qu'il n'y a inférées que pour s'en fervir à l'établiffement de fon defpotifme. Auffi y trouve-t'on à chaque énoncia-
tion des moindres négligences, des moindres fautes, ces mots
qui lui étoient fi chers & dont fes fucceffeurs ont fait un fi
cruel ufage, & *infuper pro qualite culpæ ad fuperioris arbitrium*
puniatur. Comedat . . . . . *in pane & aqua in terra, in refec-*
torio. Cum zona ad collum . . . . *Stet degradatus* . . . . *carceri man-*
cipetur, &c. Ce n'étoit point affez de demander des permiffions
& de faire les falutations qu'exige le refpect, il faut encore demander, à genoux, la bénédiction en entrant & en fortant; &
fi malheureufement on y manque, par le trouble que jette dans
l'efprit la vue d'un homme qui ne parle que de châtiments,
on en doit être féverement puni. *Tranfgreffores ficut in gravibus*
culpis puniantur. Mais les fucceffeurs de Dom FANSON ont encore
rencheri fur fa féverité & fur le mépris qu'il faifoit de l'humanité, contre l'efprit du faint inftituteur. Toutes les niaiferies qui
font pleurer l'enfance, les chapelets d'hypocrite, les bonnets à cornes,
le baillon, lecher la terre, &c. & qui outragent la raifon, furent
employées par eux, pour montrer à leurs freres l'empire abfolu
qu'ils ont fur eux, & pour leur faire boire à longs traits la couppe
d'amertume que la féverité d'un defpote peut offrir à fes malheureux fujets. C'eft dans ces moments d'une humiliation fi dou-
loureufe pour des hommes qui penfent, qu'ils difent à Dieu avec
confiance : " Si vous avez voulu, Seigneur, que votre royaume
„ fût le partage des enfants, pour nous montrer qu'on n'y par-
„ vient que par l'innocence, vous les avez traités avec douceur,
„ *finite parvulos venire ad me*, & votre joug qui eft doux &
„ leger, pour le commun des chrétiens, eft pour nous, fous les
„ constitutions qui appellent nos engagements, *fuavi jugo obedien-*
„ *tiæ*, d'un poids que les paffions des hommes s'atachent à ren-
„ dre infupportable.

Mais fans examiner de trop près les changements, les mutilations que Dom FANSON a faits aux constitutions du Mont-Caffin,
en les faifant admettre à faint Hubert, il fuffit de partir du
principe reconnu, que ces constitutions vouloient que l'autorité

des abbés fût bornée, comme la source principale de tous les déréglements, qu'on se proposoit d'anéantir, & que celles de Dom FANSON, loin d'anéantir ce vice radical, lui ont donné plus d'extension : que dès-là elles sont abusives & n'ont pû se faire que par une entreprise téméraire & caractérisée contre la jurisdiction de l'église, & en surprenant la religion des supérieurs.

Toutes les fois que les supérieurs ecclésiastiques approuvent des constitutions réligieuses, ils jugent qu'elles sont saintes & louables ; & par cette approbation, ils attestent à l'église qu'elles sont conformes à l'esprit de l'évangile & aux saints canons.

Il en est de même de la puissance souveraine, lorsqu'elle donne l'existence civile & légale à un corps religieux; il faut qu'il n'y ait rien dans son régime de contraire, non-seulement à la tranquillité de l'état, mais encore au bonheur des sujets.

Ces raisonnements, qui s'appliquent avec justesse à l'approbation d'une puissance comme de l'autre, montrent que ces approbations ont pour objet des constitutions reconnues pour saintes, & qu'étant toutes autres qu'elles devoient être, c'est une conséquence nécessaire que ces approbations ne subsistent plus. Autrement il faudroit convenir qu'en approuvant un corps religieux, on approuveroit en même-temps, toutes les mutilations, tous les changements possibles qu'il plairoit à tout supérieur quelconque de rédiger, ce qui répugne à la raison.

Il est donc certain que l'abbé FANSON n'a pû faire admettre à saint Hubert ses constitutions, sous le faux nom du Mont-Cassin, que par l'abus le plus énorme. Qu'il a par-là ébranlé l'existence de sa communauté, ou plutôt qu'il a formellement dérogé à la loi qui lui avoit été imposée de la réformer sur le modele du Mont-Cassin ou de saint Vannes, & qui auroit été contradictoire pour une réforme qui se feroit conduite par des principes tout opposés.

On ne persuadera à qui que ce soit, que les puissances auroient compromis leur autorité jusqu'a ce point, qu'en approuvant un corps, elles lui eussent permis d'une façon indéfinie de choisir, au gré d'un supérieur particulier, la forme d'un nouveau gouvernement & les principes d'une nouvelle législation.

En vain on chercheroit à justifier les constitutions de Dom FANSON par quelques textes qui paroissent conformes à l'équité de la réforme. On convient qu'il y en a même qui ont l'apparence de la piété & de la vertu ; mais le bien qui se trouvent dans un recueil de constitutions, ne peut justifier le mal qu'il renferme ;

&

& quelle eft la légiflation, fi vicieufe qu'elle foit, qui ne contienne quelques difpofitions dignes d'éloge? Elles y font fouvent mifes pour faire paffer les autres à leur faveur. D'ailleurs les religieux qui reclament contre les abus du régime de leur abbé, ne demandent pas qu'on détruife le bien, mais qu'on le dégage du mêlange impur qui l'étouffe & le rend inutile. Ce qui fe trouve de bon dans ces conftitutions a été emprunté de celles du Mont-Caffin; pourquoi avoir la témérité de changer l'économie de ces loix fages, & d'y fubftituer un plan de légiflation abufif & dangereux?

Selon les conftitutions du Mont-Caffin, les élections des officiers fe faifoient à la pluralité des fuffrages, & dans celles de Dom FANSON, c'eft l'abbé qui difpofe de tout à fon gré.

Dans les premieres outre le confeil né des fénieurs que les abbés devoient confulter fur toutes les affaires temporelles ou fpirituelles, ils étoient obligés, dans une infinité de cas, de prendre l'avis de leur communauté: & dans les fecondes, l'abbé ne confulte perfonne; au moins s'eft-il arrogé ce droit, quoique les ordonnances des princes-évêques de Liege & des nonces de Sa Sainteté les ayent fouvent rappellés à ce devoir, comme on a pu fouvent le remarquer dans le cours de ce mémoire.

Quand on pourroit foutenir que la communauté de St. Hubert n'a pas été affujettie aux conftitutions du Mont-Caffin, ce feroit toujours par le même principe qu'il faudroit juger du mérite de ces loix. Si elles tendent à refferrer dans de juftes bornes l'autorité des fupérieurs, fi elles leur ôtent le pouvoir de difpofer de tout, dans ce cas elles font conformes aux vues des réformateurs; mais fi elles leur donnent au contraire des pouvoirs trop étendus, & dont ils puiffent abufer; fi elles leur ouvrent tous les moyens de molefter leurs freres, & de difpofer felon leurs caprices du temporel de leur monaftere, dès-lors elles font vifiblement abufives, elles font directement contraires à l'objet de la réforme.

Mais à faint Hubert l'abbé eft véritablement defpotique, & la feule reffource qui refte à des religieux vexés par fes caprices & fon autorité, c'eft le recours au fupérieur majeur qu'on a mis tout en œuvre, comme on a vu, pour leur ôter. Reconnoit-on là cette communauté jouiffant de l'être civil, parce qu'elle eft formée de la réunion de toutes les volontés? y retrouve-t-on cette autorité à laquelle tout fupérieur eft comptable de fon adminiftration? y apperçoit-on la moindre trace de cette liberté donnée à tous les religieux de fe plaindre en cas d'abus ou de lézion? C'eft une troupe d'efclaves qui

R

se rassemble pour entendre les oracles du despote, pour plier le genoux devant lui, & suivre aveuglément tout ce qu'il lui plaît de prescrire. On tremble à sa voix, on craint ses créatures, on n'ose confier
sa douleur & ses peines à personne dans l'appréhension que le confident ne devienne celui de l'abbé, & d'être sacrifié à sa colere &
à la vengeance. On voit combien une semblable autorité combat
l'esprit de la réforme, combien sont horribles les abus qu'elle entraîne à sa suite; & qu'en continuant sur le pied actuel, elle ne peut
que perpétuer les désordres auxquels les réformateurs avoient voulu
remédier.

Ceux qui raisonnent par des vues d'ambition diront peut-être
que les religieux qui demandent avec tant d'instance que l'autorité
de leur abbé soit restreinte, travaillent contre eux-mêmes, parce
qu'ils peuvent un jour le devenir, & qu'alors ils seroient fâchés de ne
pas jouir d'une autorité dont on peut bien ou mal user, mais qu'il est
toujours agréable de posséder. A Dieu ne plaise qu'un tel sentiment
s'empare jamais de leur cœur & y suspende un instant l'ardent désir
qu'ils ont de procurer un si grand bien à leurs freres! Fasse le ciel
que leurs supérieurs & les puissances qui y peuvent concourir se lais-
sent toucher de leurs raisons & sentent que pour engager les hommes à bien faire, il faut presque toujours leur ôter la liberté de faire
le mal.

Le remede à celui dont ils se plaignent est facile & ils s'en repo-
sent sur la sagesse de S. A. C. le prince-évêque de Liege leur supérieur
qui a bien voulu les entendre. Tout ce qu'ils se permettent, c'est
d'exposer les regles de l'église, & d'en solliciter sans cesse le retour.

§. V. Inconvénients qui résultent de la trop grande autorité des abbés de saint Hubert.

Personne ne doute de l'influence naturelle & presque nécessaire
que les loix ont sur les mœurs. Une législation sage cherche à prévenir la pente naturelle de l'esprit humain; & à le ramener par un
juste temperament des peines & des récompenses, par des maximes
de morale & de religion, assorties à ces caracteres, par la juste appli-
cation des regles de l'honneur, par la jouissance d'un bonheur cons-
tant & d'une douce tranquillité. „ Mais le despotisme, dit un céle-
„ bre jurisconsulte, ne connoît point ces ressorts; il ne mene pas
„ par ces voyes. Des ames effarouchées & rendues plus atroces, ne
„ peuvent être conduites que par une atrocité plus grande. „
Il est vrai qu'un corps soumis à une sage & douce législation peut

dégénérer; c'eſt une ſuite de la foibleſſe & de la corruption du cœur humain. Mais lorſque les loix, que l'on doit invoquer pour y remedier, ont un rapport & une liaiſon néceſſaires avec les déſordres, enſorte que ceux-ci ſont l'effet directe de celles-là, elles ſont vicieuſes & abuſives; le vice ne produit pas des vertus, il ne peut donc en réſulter que des déſordres.

L'autorité perpétuelle & abſolue des abbés, qui fut la cauſe principale du relâchement qui s'étoit introduit dans l'ordre de ſaint Benoît, l'eſt encore à ſaint Hubert, parce que loin de la détruire, on s'eſt attaché, dans la prétendue réforme, à l'étendre davantage, c'eſt-à-dire à mettre les abbés dans le cas de ne pas même ſauver les apparences.

Si un ſupérieur commande, on doit, ſans contredit, obéir; mais le commandement doit être ſage; & pour lors l'obéiſſance n'eſt pas un eſclavage deshonorant à l'humanité. La regle doit être la meſure de l'un & de l'autre; & ſi l'on a ſi ſouvent renouvellé aux abbés de ſaint Hubert l'injonction de ne rien faire de conſéquence, ſans l'avis de leur communauté, c'eſt que les ſupérieurs ont vu qu'ils abuſoient de la regle, qui a jugé qu'il y a plus de ſens dans deux têtes que dans une, & qu'elle n'a pas exigé des inférieurs une obéiſſance aſſez aveugle, pour ne pas voir les déprédations de leur monaſtere, lorſqu'elles ſont ſi manifeſtes. Cependant, par l'extenſion que les abbés de St. Hubert ont donnée à leur autorité, & par les bornes qu'ils ont miſes aux repréſentations de leurs religieux, ils peuvent tout faire, & les autres ne peuvent rien dire; premier inconvénient de la trop grande autorité dans les premiers, eſclavage deshonorant, & ignorance forcée & honteuſe dans les ſeconds.

L'abbé de St. Hubert, réuniſſant en ſa perſonne la perpétuité à l'autorité ſans partage, il eſt le centre où toutes les lignes doivent aboutir, où toutes les particules du tourbillon doivent tendre. Chef abſolu, il influe ſur tous les membres, qui n'ont, pour ainſi dire, d'exiſtence que celle qu'il veut bien leur donner; tout doit plier ſous ſa volonté; ni chapitre, ni raiſon, ni regle, ni intérêt ſpirituel & temporel, ne peut engager un membre de ce corps, aujourd'hui idéal, à s'oppoſer en aucune façon à ſes deſſeins; c'eſt-à-dire que tout le ſyſtême des abbés de St. Hubert, & l'édifice pompeux des conſtitutions de Dom FANSON, ne ſont que le renverſement de la réforme même, qui ne devoit avoir d'objet que la limitation du pouvoir des ſupérieurs.

Le corps des ſenieurs n'étant compoſé que des créatures de

l'abbé , c'eſt-à-dire de ceux qu'il place & qu'il déplace à ſon gré, il eſt plus que probable qu'ils ne s'oppoſeront pas à ſes volontés ; nous en avons dit ailleurs les raiſons qui prouvent combien ce nouvel inconvénient eſt préjudiciable au bien & à la tranquillité des inférieurs; car tous les ſupérieurs ne ſuivent pas les leçons de ſaint François de Sales, qui veut *qu'ils cedent aux ſentiments raiſonnables , ſans aucun eſprit de conteſtation, & s'accommodent aux inclinations des inférieurs, ſans exercer ſur eux leur autorité d'une maniere impétueuſe , tant qu'ils ſe tiennent dans l'ordre* (1).

On conçoit facilement que toute émulation doit ceſſer dans un corps où les particuliers ſont des êtres purement paſſifs, à qui on ne permet de voir ni d'entendre; de rien ſentir , de ſe plaindre d'aucune choſe; où toutes les diſtinctions ſont réſervées à l'abbé & à ſes créatures. Rien n'eſt plus incompatible avec la tranquillité & la paix de l'ame que ce mécontentement & cette continuité de deſagréments. En humiliant les hommes, en leur témoignant des mépris, on reſſerre leur génie, on les empêche de s'élever : & ſi quelques talents commencent à ſe développer, ils ſe tournent vers les emplois qui ſont le gouffre où ils s'engloutiſſent tous. Cet inconvénient, ſuite néceſſaire de la puiſſance illimitée des abbés, n'eſt pas un des moins déplorables pour une maiſon religieuſe; & tous ceux qui ſont doués de quelques ſentiments à St. Hubert, en gémiſſent d'autant plus douloureuſement , qu'ils ſont obligés d'étouffer leurs ſoupirs.

Un autre inconvénient pour une maiſon religieuſe, c'eſt que ſous un abbé deſpotique, qui diſpoſe, à ſon gré, de tous les emplois; ceux qui en ſont revêtus, & ceux qui y aſpirent ſe montent ordinaiment à ſon ton. S'il eſt d'un caractere doux & tranquille, facile à croire, ſes créatures prennent l'aſcendant ſur ſon eſprit; & au lieu d'un deſpote, il y en a dix, il y en a vingt. S'il ne commet pas d'injuſtices, ſous les apparences d'une douceur affectée, on fait ſervir ſon nom à couvrir celles des autres. Les ames naturellement douces s'en laiſſent plus facilement impoſer que les autres. S'il eſt dur & bizarre , on imite ſon mauvais cœur; le vieillard ne l'eſt point aſſez pour obtenir des diſpenſes, le malade a encore aſſez de force pour remplir ſes devoirs, l'infirmerie n'eſt faite que pour les moribonds; trop d'attentions pour les malades font

(1) Introduction à la vie dévote , page 215, édition de Liege, 1772.

trop durer leurs maladies; la diete est le meilleur des remedes, &
le médecin, qui n'ordonne rien, est le plus expert. Enfin, si l'abbé
est cruel, toutes ses créatures le sont, parceque *similis simili gau-
det*. Que le lecteur juge de la concorde qui doit regner dans un
monastere, où un tiers des freres s'érige en tyran des deux autres; & si c'est d'une semblable société que le Psalmiste a parlé,
quand il a dit : *Ecce quam bonum & quam jucundum habitare
fratres in unum.*

Sous un régime où on ne parvient que par politique & par
intrigues, il n'est pas surprenant que les jeunes ne s'appliquent
à aucun genre d'étude. Livrés à eux mêmes, sous un maître qui
n'a circonscrit que le même cercle, ils concluent de ce qu'ils
voyent que le sçavoir ne sert de rien; que souvent même il
est nuisible, dans un corps où on ne doit étudier que l'esprit
du despote, où tout se donne à l'intrigue & à la basse adula-
tion; & dès-lors se livrant à une vicieuse oisiveté, ils s'empres-
sent à sortir de la dépendance, & de s'élever, à force de manœuvres, à quelqu'emploi qui leur donne plus de liberté. &
les dispense de la plus grande partie des devoirs de leur état.
Une fois parvenu au grade d'officier, on ne s'occupe que de
cabales & de menées de cloître; on cherche à se faire des protections auprès du despote, à entrer dans sa confidence; on ap-
plaudit à tout ce qu'il fait, on admire tout ce qu'il dit; enfin
on se livre absolument à l'ambition, & l'on n'oublie pas ce qu'on
doit à ses freres, parce qu'on ne l'a jamais sçu. Cet inconvénient n'a sa source que dans la trop grande autorité des abbés
qui disposent de tout ce qui peut flatter l'ambition des inférieurs;
& l'expérience n'en a que trop souvent fait sentir les effets à
saint Hubert.

il est bien rare que celui qui peut tout, fasse toujours ce
qu'il doit, qu'il se refuse à ses plaisirs, quand il sçait qu'il est le
maître de se les procurer. Et le jeune religieux, qui n'ignore pas
que l'abbé doit suivre la même regle que lui, qu'il la doit pratiquer comme lui, & même lui montrer l'exemple de la pauvreté évangélique, n'aura-t-il aucune tentation contraire à cette
vertu, à la vue de la vie délicate & dissipée que mene son abbé?
Si c'est un grand inconvénient, comme on n'en sauroit douter, on
peut assurer qu'il est presqu'inévitable.

Sous le régime actuel de saint Hubert les anciens n'ont pas
plus de privileges que les jeunes. Si on les appelle au chapitre,
c'est pour approuver les desseins du despote, & jamais pour le

contredire, & c'eſt dans ces cas, beaucoup plus qu'en tout autres, qu'on peut dire que la raiſon du plus fort, toute déraiſon-
nable qu'elle ſoit, eſt toujours la meilleure : mais il en réſulte
très-ſouvent des inconvénients bien préjudiciables au bien-être du
monaſtere.

Le ſupérieur de ſaint Hubert, pouvant diſpenſer ſelon ſes caprices des devoirs de la vie religieuſe, met ſes inférieurs dans le cas
de lui demander quels ſont ceux qui ſont d'une indiſpenſable néceſſité, & de les diſpenſer auſſi des autres; & ſi cette demande paroît témézaire, on doit néanmoins avouer qu'elle renferme plus
de ſincérité & de droiture que n'en témoignent ceux qui étant
les deſtructeurs des veritables regles, ne craignent pas de faire parade d'un zele dont ils ne donnent aucun exemple.

Une légiſlation , qui ne met aucun obſtacle à l'abus de l'autorité, & qui donne à un ſeul ce qui ne doit être confié qu'au
corps , devoit produire indubitablement le déſordre qui regne
depuis ſi long-temps dans la maiſon de ſaint Hubert; c'eſt-à-dire
l'irrégularité & la ruine du temporel. On a vu ci-devant en quel
état ſe trouve ce dernier objet ; mais pour ſe convaincre que
tous les inconvénients préjudiciables doivent réſulter de la légiſlation vicieuſe des conſtitutions de Dom FANSON, il ne s'agit
que de réfléchir qu'une foule de réglements faits par les princes-évêques de Liege & par les nonces de ſa Sainteté, n'ont été
que des efforts impuiſſants contre les abus qu'occaſionne un
choc perpétuel, entre une autorité abuſive & la liberté naturelle , dont les réligieux ne ſe dépouillent pas par leur profeſſion , non plus que de l'attention qu'ils doivent à la conſerva-
tion du temporel d'une communauté dont ils ſont membres néceſſaires & non paſſifs, ainſi qu'ils le ſont devenus par les conſtitutions actuelles. Car la crainte & mille autres obſtacles les
condamnent au ſilence. Nul compte parconſéquent à rendre de
la part de l'abbé, quoique la regle l'ordonne , & que les nouvelles conſtitutions en parlent; car qui oſeroit en demander à
celui dont on craint, non pas l'averſion & la haine, mais la
plus légere indifférence? Que tous ceux qu'il charge de l'adminiſtration du temporel mettent ſur leurs comptes, *donné à M.*
l'abbé, & tel qu'en ſoit le premier chiffre numérateur & des zé-
ros , la ſomme eſt allouée en dépenſe, parce qu'il n'y a perſonne aſſez téméraire, pour oſer en contredire la diſpoſition, &
en demander l'uſage. Si le ſimple religieux le faiſoit, il ſeroit
perſécuté, maltraité comme un contrôleur arrogant, qui veut

s'immiscer dans des détails au-deſſus de ſa ſphere. Si c'eſt le ſous-prieur, le cellerier, le procureur, ou tout autre réligieux en charge qui trouve mauvais que l'abbé diſpoſe, comme il veut, des revenus du monaſtere, qu'il donne dans des dépenſes extraordinaires & reprouvées, qu'il enrichiſſe ſes parents, qu'il faſſe des voyages diſpendieux, qu'il entreprenne des procès ruineux, qu'il vende des bois qui ne ſont pas en coupe, & qu'il loue à vil prix les biens du monaſtere à ſes créatures, à ſes adulateurs, ç'en eſt fait de ſon emploi; il doit perdre tous les avantages que ſon ſilence lui auroit procurés.

Un autre inconvénient bien conſidérable contre les intérêts de la maiſon, c'eſt qu'il s'enſuit pour les comptables une facilité de rendre leurs comptes, & ſi l'on pouvoit pénétrer dans tous les replis de la colluſion qui regne entre l'abbé & les officiers du monaſtere, quel myſtere d'iniquité ne decouvriroit-on pas? ces derniers dépendent, comme on l'a déja dit pluſieurs fois, de l'abbé, qui en dépend à ſon tour, en quelque maniere, & qui pourroient, par la connoiſſance qu'ils ont du temporel, dévoiler ſes dépenſes ſourdes. Ils lui paſſent tout ce qu'il veut, de peur d'être dépoſés, & il les laiſſe ſouvent faire, afin qu'ils lui fourniſſent abondamment de quoi ſatisfaire à tous ſes deſirs, & qu'ils gardent le ſilence ſur le vice de ſon adminiſtration. Il eſt donc ſenſible que par un tel régime, la maiſon de ſaint Hubert devoit néceſſairement ſe précipiter vers ſa ruine.

Auſſi n'eſt-il que trop certain, comme on l'a déja fait obſerver ailleurs, que le temporel de ce monaſtere eſt dans l'état le plus déplorable, & qu'il devient de jour en jour plus fâcheux. Dévaſtation des bois, qui ſont la principale richeſſe de ce monaſtere, réparations négligées, & qui deviennent à la fin de néceſſité abſolue & ruineuſe, dettes au-dehors, dont les intérêts, ſouvent accumulés, emportent le plus liquide des revenus, ou rendent les nouveaux emprunts néceſſaires, & ſemblent juſtifier la conduite de ceux qui les font, & trouver étrange celle de ceux qui s'y oppoſent. Car on ne parle point ici des entrepriſes de commerce; on en a dit aſſez ailleurs.

Quels ſont les ſuites de ces déprédations énormes, de ces ſcandales multipliés? c'eſt qu'enfin l'abus devient ſi conſidérable, qu'il n'eſt plus tolérable; & que quelque réſolution qu'on ait priſe de garder le ſilence, on eſt obligé de céder à l'indignation publique, & de ſe récrier auſſi ſur de tels excès.

Perſonne ne demandera, ſans doute, comment il ſe peut faire, qu'une maison aussi opulente que celle de saint Hubert, se trouve aujourd'hui accablée de dettes; on en a vu, ci-devant , les raisons & le détail de l'administration de M. l'abbé actuel doit avoir achevé le tableau & ne rien laisser à desirer pour la preuve d'une vérité si déplorable.

Mais quelques grands que soient les désagréments que les religieux réclamants contre un tel régime doivent éprouver, ils en auroient supporté la rigueur, dans le silence, s'il n'avoit eu d'autre inconvénient que de les réduire eux & leurs confreres à une vie plus dure & plus mortifiée que celle que la regle leur prescrit ; ils n'auroient pas élevé la voix pour se plaindre ; mais cette ruine entraine d'autres inconvénients sur lesquels leurs qualités de chrétiens, de religieux & de citoyens ne leur permettent pas de garder le silence.

Comme chrétiens, ils ne peuvent voir qu'on dissipe le bien des pauvres, & que l'on réponde si mal à l'intention des fondateurs , qui n'ont pas laissé ces biens pour être employés à un commerce réprouvé par l'eglise, & à d'autres dépenses aussi frivoles que ridicules.

Comme religieux, ils ne doivent pas souffrir l'usage scandaleux que l'on fait des biens d'une communauté religieuse & qu'ils sont obligés, comme membres nécessaires de transmettre à leurs successeurs, s'ils ne veulent pas tromper la piété du fondateur, & trahir les devoirs de leur état.

Enfin, comme citoyens, ils doivent veiller à la conservation de ces biens, dont ils ne sont que les dépositaires, & auxquels l'abbé n'a aucun droit particulier. Personne d'ailleurs ne peut être insensible à la ruine & au pillage de ces fonds qui forment une partie de la richesse de l'église & de l'état. C'est un scandale de voir le patrimoine des pauvres dissipé par ceux qui n'en sont que les économes, c'est un outrage à l'humanité , à la justice, à la religion de voir des indigents, sevrés d'une charité qui leur est refusée pour réparer les pertes où l'on s'est exposé, pour avoir fait quantité d'entreprises ruineuses, & avoir donné dans des commerces que le christianisme réprouve, dans un supérieur religieux. Mais tandis que l'abbé ne refuse rien à ses desirs, à ses caprices, ses religieux sont maltraités, parce qu'ayant donné dans des excès de dépenses, il faut pour les réparer, donner dans des excès d'économie.

Mais ces excès sont des suites nécessaires, des inconvénients presqu'inévitables de la trop grande autorité qu'ils ont usurpée contre

tre l'efprit de la regle de faint Benoit, contre la doctrine de l'é-
vangile; autorité que les fupérieurs majeurs ont cherché à borner autant qu'ils ont pû, mais contre laquelle ils n'ont pû faire
que des réglements impuiffants, & dont la répétition fi fréquente
fait la preuve de ce que nous venons de dire, & de la néceffité
où l'on eft d'employer de nouveaux moyens de la reftraindre, fi
on veut qu'un monaftere, autrefois fi célebre, conferve encore
quelque forte d'exiftence.

RECAPITULATION ET CONCLUSION.

On a fait voir que les devoirs de la charité doivent être la regle
& la mefure de toute inftitution monaftique, & qu'ils furent en
effet le fondement de la regle de faint Benoît.

Que les inftitutions les plus faintes en s'éloignant de leur fource
dégénererent infenfiblement, & que les paffions favorites des hommes, l'orgueil & l'ambition, y prirent la place des vertus.

Que portées à leur comble, Dieu fufcita des hommes affez cou-
rageux pour entreprendre de rendre à la regle de faint Benoît l'éclat
que les vices de fes enfants lui avoient fait perdre, & pour diffiper
les ténebres dont l'efprit d'empire, fi oppofé à celui du chriftianifme, l'avoit obfcurcie.

Qu'à l'exemple du Mont-Caffin la réforme fut introduite à Saint
Hubert, mais que la perpétuité de l'autorité abfolue dans les abbés,
regardée par les réformateurs & les fouverains Pontifes, comme la
fource de tous les abus, y ayant fubfifté par les intrigues du prétendu réformateur, il étoit néceffaire que la même caufe produifît
les mêmes effets.

Que les princes-évêques de Liege, reftaurateurs & dotateurs de
cette abbaye, en font encore les fupérieurs majeurs; qu'ils y ont
fait dans tous les temps des réglements & des ftatuts, pour le maintien de la difcipline réguliere.

Que ce droit de fupériorité formant un obftacle aux deffeins des
abbés ambitieux, ils mirent tout en ufage pour s'y fouftraire.

Que l'exercice d'un defpotifme fans bornes, étant le motif de la
prétendue réforme de St. Hubert, elle y produifit les plus grands
défordres & les plus grands troubles, au mépris des ordonnances
des évêques & des nonces de fa Sainteté, qui alternativement furpris & éclairés par les foupleffes & les entreprifes téméraires des
abbés, fe virent obligés d'employer contre eux leur autorité, pour
les rappeller à leur devoir.

S

Que plusieurs de ces abbés, invariablement attachés au système de leur despotisme, & ne pouvant, par aucune voie canonique, se soustraire à la jurisdiction de l'évêque qui les gênoit, ils lui suscite-rent, par leurs intrigues, des difficultés avec la justice civile, qui interrompirent, à leur égard, l'exercice de la jurisdiction ecclésias-tique.

Qu'une politique mal entendue, causa sous le régime du précé-dent abbé, les plus grands malheurs à son monastere.

Forcés par les motifs d'une défense légitime contre la persécution la plus dure, les religieux qui réclament contre la conduite & le régi-me de M. l'abbé actuel, sont entrés, à son égard, dans un détail disgracieux, parce que plus épris qu'aucun de ses prédecesseurs du malheureux système d'un despotisme absolu, il en a exercé & en exerce encore toute la sévérité & la rigueur. Il leur eut été bien plus agréable de publier ses vertus, que d'annoncer ses dé-fauts, mais leur silence auroit justifié ses démarches, & leur cause, qui est celle de l'illustre église de Liege, qui est celle de toute leur com-munauté, qui intéresse le corps épiscopal & l'humanité entiere, exigeoit, de leur part, le récit de quelques verités peut-être un peu dures, mais absolument nécessaires à leur justification. Ils n'i-gnorent pas le respect qu'ils lui doivent, mais la rigueur de ses traitements, mais ce qu'ils se doivent à eux mêmes, à leurs fre-res, à la religion, à l'honneur & à la permanence de leur monas-tere, demandoient qu'ils s'opposassent à des excès qui les outra-gent.

On a prouvé que c'est au moyen des constitutions abusives de l'abbé FANSON que ses successeurs jouissent d'une autorité sans bor-nes, contre l'esprit du christianisme, contre celui du saint fonda-teur & des constitutions du Mont-Cassin dont elles portent le ti-tre, quoiqu'elles leur soient absolument contraires.

Enfin on a fait voir une foible partie des inconvéniens qui en resultent, mais qui suffisent pour faire juger de la difformité du tableau, si on entreprenoit de le rendre conforme au modele.

Les demarches des rémontrants ne sont point de ces fermenta-tions passageres, que le mécontentement de quelques particuliers occasionne quelquefois dans un corps. C'est une réclamation aussi ancienne que les innovations qui y donnerent lieu, & sans cesse re-naissante; c'est une tradition constante d'attachement aux loix pri-mitives & à la regle de saint Benoît. On y reconnoît tous les ca-racteres de la vérité & de la vertu, qui peuvent être persécutées & rendues odieuses, mais qui trouvent toujours des partisans, malgré

les efforts des paffions humaines. Cette perfpective eft bien confo-
lante pour les rémontrants, & ce point eft, pour ainfi dire, décifif
en leur faveur. Si l'abbé FANSON & fes fucceffeurs, partifans de
fon defpotifme, n'euffent rien fait que d'équitable & de légitime,
ils n'auroient pas employé tant de brigues, de rufes & de mauvaife
foi ; ils n'auroient pas fait tant d'efforts pour empêcher leur fupérieur majeur d'ufer de fon autorité. Ils euffent été charmés eux-mêmes de lui montrer qu'ils n'agiffoient que par un efprit de piété, de
chriftianifme & de juftice ; & loin de redouter fes regards, ils auroient invoqué fon fecours avec confiance. Ils n'auroient pas per-
fifté dans leur révolte, & employé les moyens les plus illégitimes
pour s'y maintenir, & pour arracher les rémontrants des pieds de
leur évêque, où ce prince débonnaire a bien voulu leur permettre
de venir répandre leurs larmes, fur le fort d'une maifon qui leur eft
chere, & qu'ils ont la douleur de voir périr & fe détruire.

Mais ce qui les raffure contre ce malheur, c'eft qu'ils font fous
la protection d'un monarque auffi religieux que bien-faifant, fous
la tutelle d'un fupérieur majeur qui honore la fublime dignité qu'il
poffede & qui réunit, en fa perfonne, la bonté d'un Tite au zele
apoftolique du plus favant des apôtres : ce qui diffipe leurs craintes
à cet égard, c'eft cette piété fi eclairée, cette bonté fi digne de l'a-
me des grands princes, qui élevent fi fort au-deffus de fon fexe, l'augufte impératrice reine de Hongrie & de Bohême, & qui la rendant
vraiment digne de commander à toute la terre, en font auffi la protectrice de tous ceux qui font injuftement opprimés. C'eft la refpectueufe confiance qu'ils ont dans les bontés & la protection de
l'augufte empereur regnant, dont l'ame auffi éclairée que magna-
nime, que fenfible, montre, par les effets de fa bienfaifance, combien elle abhorre l'efclavage enfanté par l'ancienne barbarie, pour
le malheur des humains. C'eft enfin cette commiération fi naturelle aux ames compatiffantes qui ne peuvent que s'attendrir au
récit des malheurs que les rémontrants viennent d'expofer & s'irriter de voir, au milieu de l'églife de Jefus-Chrift, fous une regle
fainte, fous un habit d'humilité & d'abnégation, un fupérieur, exercer tous les excès d'une fauffe légiflation, & qui, accoutumé à ne
trouver aucune réfiftance, s'indigne de celle qu'on lui fait avec juftice, & ne fe conduit que par des principes d'animofité & de vengeance. Des chrétiens pénétrés d'une religion de paix, de juftice, &
qui a pour fondement principal l'amour du prochain, compatiront,
au moins, aux malheurs de ceux qui fe font foumis, avec confian-

S. ij

ce, à une autorité qui ne doit être fondée que sur la charité, & qui est, pour ainsi dire dégénérée en tyrannie.

Les remontrans ne combattent pas un phantôme; ce sont des vérités d'autant plus tristes pour eux, qu'elles existent depuis long-temps, & qui se vérifieroient non-seulement par une visite canonique, mais se montreroient sous l'aspect le plus affreux, si sa sacrée Majesté impériale & royale apostolique, touchée des malheurs trop réels du monastere de saint Hubert, daignoit en favoriser l'exécution. Les religieux qui implorent cette grace de sa justice, & qui l'attendent, avec confiance, du zèle & de la piété de leur supérieur majeur, redoubleront leurs vœux au ciel pour la précieuse conservation de leurs personnes sacrées; & l'ordre, la régularité & la paix qui regneront dans un monastere autrefois si célebre, seront un monument éternel de leur piété, & le motif de la plus respectueuse & de la plus sincere reconnoissance.

Dom HUBERT GENDEBIEN,
Dom MONON DE GARCANO,
Dom CLEMENT PETIT-JEAN,
Dom PLACIDE WELTER,
Dom HENRI COLIGNON,

Tous Prêtres profès de l'abbaye de Saint-Hubert.

ERRATA.

e 9, *ligne* 11, le Lerins, *lifez* de Lerins.

e 13, *ligne* 25, 23 octobre, *ajouté*.

e 14, *ligne* 9, *prefcivit*, lifez *prefcrivit*.

, *ligne* 26, (1), *lifez* (2).

e 33, *ligne* 26, d'appels contre lui, *lifez* d'appels au St. Siege.

e 37, *ligne* 17, 1728, *lifez* 1628.

e 39, *ligne* 25, *jus præfatos*, lifez *per præfatos*.

e 40, *ligne* 4, *ex auxilio*, lifez *& auxilio*.

ligne 31, *putandis*, lifez *deputandis*.

e 41, *ligne* 15, *introductâ*, lifez *introductæ*.

e 42, *ligne* 24 & 27, *aurigæ*, lifez *auriga*.

ligne 36, *& ex certa*, lifez *& ex certa scientia*.

e 43, *ligne* 1, *memorata*, lifez *memoratæ*.

ligne 24, *aurigæ*, lifez *auriga*.

ligne 25, Jocquay, *lifez* Socquay.

ligne 40, *fegerus ftrans*, lifez *ftraûs*,

e 45, *ligne* 10, *decantatam*, lifez *poft decantatam*.

e 54, *ligne* 26, *teneantur*, lifez *terreantur*.

e 60, *ligne* 11, *ita aliis*, lifez *ita ab aliis*.

e 71, *ligne* 4, nous voyant, *lifez* nous voyons.

e 73, *ligne* 20, difcritte, *lifez* diftricté.

e 85, *ligne* 7, faute, *lifez* faute.

e 86, *ligne* 37, m'eût été, *lifez* m'eût paru.

e 817, *ligne* 8, toutes, *lifez* tout.

e 100, *ligne* 5, il eft une, *lifez* il eft un.

e 104, *ligne* 41, dépradations, *lifez* déprédations, *& dans plu-fieurs autres endroits où le même mot fe trouve*.

e 115, *ligne* 23, *ex excqui*, lifez *ea exequi*.

e 120, *ligne* 6, *difcurfio*, lifez *difcuffio*.

ligne 24, *non pœnitebis*, lifez *pœnitebit*.

e 124, *ligne* 20, FANCON, *lifez* FANSON.

e 128, *ligne* 40, trouvent, *lizez*, trouve.

e 134, *ligne* 41, maltraité comme, *mettez* comme.

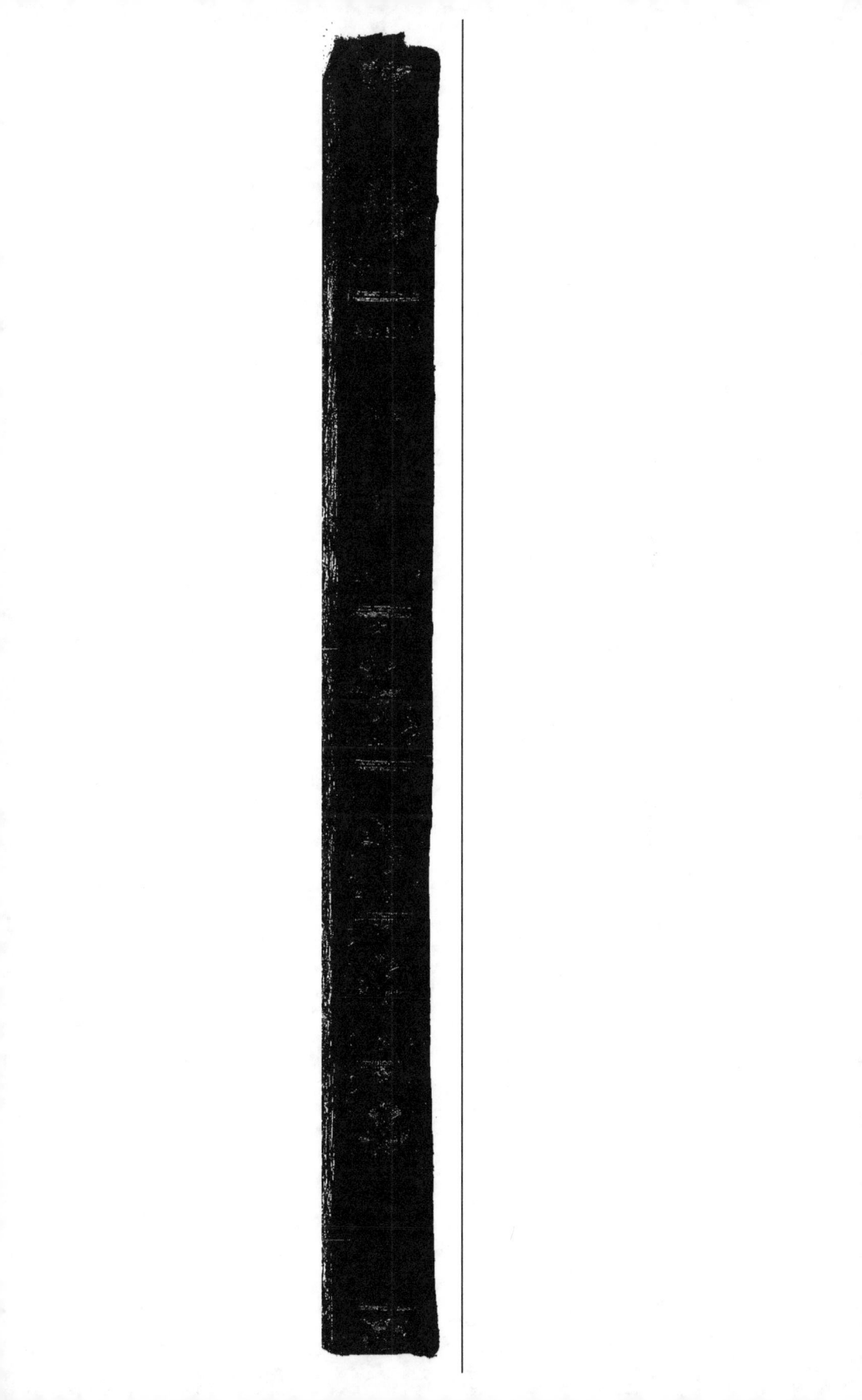

www.ingramcontent.com/pod-product-compliance
Lightning Source LLC
Chambersburg PA
CBHW070819250626
47170CB00006B/2160